KB238046

아시아총서 52

동양의 이상, 동양의 각성

Ideals of the East, The Awakening of the East

오카쿠라 텐신 지음 | 정천구 옮김

산지니

＿『동양의 이상』

Ideals of the East

『동양의 이상』

일러두기

1. 번역의 저본은 *IDEALS OF THE EAST WITH SPECIAL REFERENCE TO THE ART OF JAPAN*(London, 1905)이며, *IDEALS OF THE EAST : The Spirit of Japanese Art*(Dover Publications, Inc., 2005)를 참고자료로 활용하였다.

2. 원문에는 없는 각 장의 번호를 새로 붙였다. 또 각 장의 말미에 있는 '주해'는 원저자가 붙인 것을 그대로 따른 것인데, 여기에도 본래는 없던 일련번호를 새로 덧붙으며, 본문에는 ●로 표시하였다.

3. 원문의 이해를 돕기 위해 최소한의 설명을 곁들일 필요가 있어서 번역자가 주석을 달았다. 단, 일본의 승려들과 불교사에 대해서는 번거로움을 피해 생략하니, 필자가 번역한 『원형석서』(상·하), 씨아이알, 2010을 참조하기 바란다. 『원형석서』는 코칸 시렌(虎關師鍊)이 저술한 일본의 불교문화사다.

4. 산스크리트로 표기된 법명이나 지명 가운데서 동아시아에서 이미 한자어로 널리 쓰던 것은 괄호 안에 한자어를 넣었다.

5. 일본의 고유명사는 원음대로(장음과 탁음을 살려서) 표기하였다. 예를 들면, 아래와 같다. 東京→ 토오쿄오, 香山→ 코오잔, 鎌倉→ 카마쿠라

6. 본문에서 옮긴이가 문맥의 흐름상 필요하다고 여겨서 덧붙인 말은 [ ]로 표시하였다.

7. 저본에는 없으나 본문의 이해를 돕는 데 도움이 되도록 관련 사진을 실었다. 사진은 모두 인터넷 백과사전인 '위키백과Wikipedia'에서 얻었다. 여기에 사진을 올린 이들이 누구인지는 거의 알 수 없는데, 그들에게 감사드린다.

8. 표지그림은 요코야마 타이칸의 〈부악비상(富嶽飛翔)〉이다.

● 　　　오카쿠라 카쿠조오(岡倉覺三),[1] 곧 일본 예술의 이상에 대해 이 글을 쓴 저자―그리고 똑같은 제목으로 훨씬 더 길고, 또 완전한 도판을 갖춘 책을 쓰리라 기대되는 미래의 저자―는 동양의 고고학과 예술에 관한 한 살아 있는 최고의 권위자로서 일본 국민과 다른 나라 사람들에게 널리 알려져 있다.

1886년, 약관의 나이였음에도 오카쿠라는 왕립예술위원단의 일원이 되었는데, 이 위원단은 유럽과 미국의 예술사 및 예술 운동을 연구하기 위해 일본 정부가 파견한 것이었다. 왕립예술위원단 일원으로서 경험을 한 오카쿠라는 압도되기는커녕 이 여행이 아시아 예술에 대한 자신의 비평안을 더 깊고 더 날카롭게 만들어주었음을 알았다. 이때부터 오카쿠라는 지금도 전 동양에서 대단히 유행하고 있는 의

―――――――――――

1) 널리 알려진 이름은 '오카쿠라 텐신(岡倉天心)'이다.

서문을 쓴 니베디타Nivedita(1867~1911) 수녀. 본명은 마가렛 노블Margaret E. Noble이다. 영국의 수녀로서 사회운동가이며 작가다. 1895년에 런던에서 스와미 비베카난다를 만나서 1898년에 인도 캘커타에 갔다. 스승인 비베카난다가 그녀에게 '니베디타' 라는 이름을 지어주었는데, 이는 "신께 바칩니다" 라는 뜻이다. 『인도인의 삶과 짜임*The Web of Indian Life*』 외 여러 저술을 남겼다. 오카쿠라 텐신은 1901년에서 1902년 사이에 인도를 여행하였는데, 그때 비베카난다와 니베디타를 만났다.

사(擬似) 유럽화 경향에 반대하여 일본 예술을 다시 강력하게 국민화하려는 방향으로 노력을 기울여야겠다는 뜻을 점점 확고히 했다.

오카쿠라가 서양에서 돌아오자 일본 정부는 그의 공헌과 신념을 높이 평가하면서 토오쿄오 우에노의 신설 미술학교 교장으로 그를 임명하였다. 그러나 정치적 변화로 인해 이른바 유럽주의라는 새로운 물결이 이 학교에도 밀어닥쳤고, 1897년에는 유럽의 방법론들이 더욱더 현저해져야 한다는 주장이 제기되었다. 이로 말미암아 오카쿠라는 자리에서 물러나게 되었는데 그로부터 여섯 달 뒤, 일본의 유력한 젊은 예술가 39명이 오카쿠라 주위에 모여들었다. 그들은 토오쿄오 교외의 야나카(谷中)에 일본미술원(日本美術院) 혹은 예술의 전당을 열었다. 이에 대해서는 이 책 14장에 언급되어 있다.

어떤 의미에서는 오카쿠라를 일본의 윌리엄 모리스[2]라고 부를 수도 있는데, 그렇다면 일본미술원은 일본의 머튼 애비[3]라고 말할 수 있겠다. 여기에서는 회화와 조각 외에도 칠기와 금속 공예, 청동 주조, 도자(陶瓷) 등 갖가지 장식 예술이 행해졌다. 회원들은 당대 서양의 예술 운동에서 보이는 최상의 것을 모두 깊이 공감하고 이해하

---

2) 윌리엄 모리스William Morris(1834~1896) : 영국의 화가이자 건축가, 디자이너, 공예가, 시인, 사회주의 개혁가, 미술과 공예 운동의 창시자다. 1861년에 단테 가브리엘 로제티, 에드워드 번 존스, 포드 매독스 브라운 등과 함께 "모리스 마샬 포크 회사"를 설립하였는데, 이는 중세 길드 조직에 바탕을 둔 것이다. 이 회사에서는 벽화, 벽지, 장식, 조각, 자수, 가구 등 거의 모든 생활용품을 예술적으로 만들어냈다.

3) 머튼 애비Merton Abbey : 윌리엄 모리스가 1881년에 런던 교외에 마련한 미술 공방과 일단의 사람들. 모리스는 견습생을 선발하여 예술가나 장인으로서 소질을 길러주면서 함께 작업을 하였다.

려 애썼고, 동시에 민족적 영감을 유지하고 확장하는 것을 목표로 삼았다. 그들은 자신의 작품이 세상 그 어떤 것과 견주어도 손색이 없다는 자부심을 갖고 있었다. 그 가운데에는 하시모토 가호오(橋本雅邦), 칸잔(觀山), 타이칸(大觀), 셋세이(雪聲), 코오잔(香山), 그리고 이들에 뒤지지 않는 유명 인물들이 포함되어 있었다. 그러나 이 일본미술원 일 외에도 오카쿠라는 일본의 주요 미술품을 분류하는 정부 일을 돕는 데 시간을 썼으며, 중국과 인도의 고대 유적을 방문하여 연구하기도 하였다. 특히 인도와 관련해서 말하자면, 동양 문화에 해박한 여행자가 근대에 인도를 방문한 최초의 예인데, 오카쿠라가 아잔타 석굴[4]을 방문한 것은 인도 고고학에서는 획기적인 일이었다. 중국 남부의 동시대 예술에 조예가 깊었던 오카쿠라는, 석굴 안에 남아 있던 석상이 본래 조상(彫像)의 골격이나 기초로서 만들어진 것에 불과하며, 그 묘사의 생동감과 역동성은 모두 나중에 덧씌워진 두터운 벽토에 새겨진 것이었음을 한눈에 알아볼 수 있었다. 조각들을 더 면밀하게 조사해보면 이런 견해가 타당하다는 것은 충분히 입증된다. 아주 최근에 우리 영국의 여러 교구(敎區) 교회에서 벌어진 일처럼 무지몽매함 곧 "이익만 따지는 유럽의 무의식적인 문화 파괴"가 엄청나게 심대한 손해와 의도하지 않은 손상을 불러오기는 했지만 말이다.

---

4) 아잔타 석굴Caves of Ajanta : 뭄바이 북동쪽 약 350킬로미터에 있는, 인도의 대표적인 석굴 사원이다. 석굴 수는 스물아홉이고, 인도 미술의 보고로서 규모도 크지만 빼어난 벽화와 조각, 정연한 건축적 구성 등으로 유명하다.

아잔타 석굴. 인도의 대표적인 석굴 사원으로, 인도 미술의 보고다.

예술은 오로지 자유 상태에 있는 민족에 의해서만 발전할 수 있다. 그것은 동시에 우리가 민족성 또는 민족의식이라 부르는, 그 자유의 환희에 이르게 하는, 참으로 위대한 수단이요 결실이다. 따라서 1천 년에 걸친 억압으로 자발성을 빼앗긴 인도가 노동의 기쁨과 아름다움의 세계에서 자기 자리를 잃어버린 것은 그리 놀랄 일이 아니다. 그러나 아쇼카왕 시대의 종교에서처럼 다시 한 번 인도는 분명히 전 동양을 이끌었는데, 인도의 대학(사원)이나 석굴 사원을 방문한 무수한 중국 구법승들에게 사상과 고상한 취미를 각인시켰고, 또 그 구법승을 매개로 하여 중국 그리고 중국을 통한 일본의 조각과 회화, 건축 등의 발달에 큰 영향을 끼쳤다는 사실을 역량 있는 권위자가 말했다는 것은 매우 든든한 일이다.

그렇지만 인도의 조각에 그리스인의 영향이 있었다는 주장에 관해서 오카쿠라의 제언이 갖는 놀라운 가치는 인도 고고학의 독특한 문제에 이미 깊이 발을 들여놓은 사람만이 알아챌 수 있다. 세계의 예술 계보에 있어 또 하나의 위대한 계보, 즉 중국의 계보를 대표하는 사람으로서 오카쿠라는 그리스 계통설의 부조리함을 보여주었다. 오카쿠라는 인도 예술의 발달과 실제적인 친연성을 갖는 것은 주로 중국적인 것이며, 그 논거는 초기 아시아의 공통적인 것 속에서 찾을 수 있다고 지적하였다. 그것은 아주 멀리 떨어진 그리스의 해안과 아일랜드 극서부, 에트루리아, 페니키아, 이집트, 인도, 그리고 중국에 유사한 파문(波紋)을 남겼다. 이런 이론이 제시되자, 누가 먼저냐 하는 우선권에 대한 모든 비열한 논쟁은 당연히 휴전에 들어갔고, 그리스는 저에게 알맞은 자리로 밀려나서는 학자들이 오래도록 북유럽의 위대한 전설 속 아스가르드[5]로 바라보았던 고대 아시아의 한 지방으로 전락하였다. 동시에 미래의 학문에 새로운 세계가 열리고, 더욱 종합적인 방법과 전망으로 과거의 많은 허물을 바로잡을 수 있게 되었다.

중국에 관해서도 오카쿠라는 똑같이 풍부한 암시를 주고 있다. 북부와 남부의 사유에 대한 오카쿠라의 분석은 그 나라 학자들 사이에서 이미 상당한 관심을 끌었고, 노장사상과 도교 사이에 세운 오카쿠라의 구별도 널리 받아들여지고 있다. 그러나 무엇보다도 오카쿠라의 작업에서 가장 가치 있는 것은 그 거시적인 면에 있다. 왜냐하면 세상 사람들에게 필연적으로 익숙해 있는 거대한 역사적 장관, 말하자면 히말라야의 산길을 가로질러 그리고 남중국 해협을 지나는 바닷길을 통해 중국으로 흘러 들어간 불교―아마도 아쇼카왕 치세에 시작되어 2세기 나가르주나(龍樹)[6] 때에 중국 자체에서도 명백하게 드러난 그런 움직임―는 외따로 떨어진 사건이 아니었다고 주장하였기 때문이다. 이는 오로지 아시아가 생존하고 번영할 수 있는 그런 조건을 나타내는 것이었다. 우리가 불교라고 부르는 것은 스스로 엄격한 경계를 갖고 명료하게 이단과 구별되는, 또 자체의

---

5) 아스가르드Asgard : 북유럽 신화에서 신들이 머무는 천상의 거처.
6) 나가르주나Nagarjuna(龍樹) : 기원전 2~3세기에 활동한 남인도 출신의 불교학자. 당시 인도의 여러 사상을 배운 뒤 북인도로 가서 불교 특히 대승불교사상에 통효(通曉)하여 그 기초이론을 형성하고, 만년에는 고향으로 돌아갔다. 저서에 『중론(中論)』, 『회쟁론(廻諍論)』, 『대지도론(大智度論)』, 『십주비바사론(十住毘婆沙論)』 등이 있다.

성직(聖職)을 낳을 수 있는 그런 세련되고 공식화된 교의가 될 수 없었다. 외국인의 인식에서 볼 때, 그것은 오히려 힌두교로 알려져 있는 광대한 종합체에 부여된 이름이라고 보아야 한다. 왜냐하면 오카쿠라는 9세기 일본 예술이라는 주제를 다루면서, 붓다의 개인적인 가르침만이 아니라 동양의 모든 신화가 상호 교류의 주제라는 것을 풍부하게 해명하였기 때문이다. 몽골인의 마음이 불교화된 것이 아니라 인도화되었다는 것이 실제로 드러난 과정이었다. 기독교가 어느 낯선 땅에서 최초의 선교사들을 통해 프란체스코교라는 이름을 받아야 했던 것과 똑같이 말이다.

일본의 경우, 국민의 활동에서 절대적인 요소는 늘 예술에 놓여 있다는 것이 널리 알려져 있다. 여기서 우리는 각 시기에 일본인의 의식을 구성했던 참으로 본질적인 요소의 지표와 기념물 등을 엿보게 될 것이다. 고대 그리스와는 다르게 그것은 온 국민이 참여한 예술이다. 심지어 인도에서도 온 국민이 힘을 합쳐서 공들여 그 사상을 만들었다. 따라서 크게 흥미를 불러일으키는 문제가 제기된다. 전체로서의 일본 예술을 관통하여 표현되는 그것은 전체로서 무엇이라 할 것인가?

오카쿠라는 서슴없이 대답한다. 일본에 모여 있고 또 일본의 예술에서 자유롭게 생동하는 표현을 얻은 것은 아시아 대륙의 문화라고. 그가 주장한 바에 따르면, 이 아시아 문화는 크게 중국의 학문과 인도의 종교로 나눌 수 있다. 그에게 있어서는 실제로 자국 예술의 독자적인 요소를 구성하고 있는 것은 장식적이고 공예적인 특질

이 아니고, 아직 유럽에는 거의 알려져 있지 않은 저 이상(理想)의 위대한 생명이다. 매화를 그린 그림이 아니라 용을 낳는 강력한 착상, 새와 꽃이 아니라 죽음에 대한 숭배, 아무리 아름다워도 하찮은 사실주의가 아니라 인간의 마음이 미치는 한 가장 장대한 주제―자신이 아니라 남을 구제하기 위해 붓다가 되려는 열망―에 대한 장대한 해석, 이런 것들이 일본 예술의 진정한 취지다. 이를 표현하는 수단과 방법에서 일본은 늘 중국에 빚지고 있다. 그렇지만 이러한 이상 자체는 인도에 의존하고 있다는 것이 오카쿠라의 논점이다. 일본에서 획기적인 표현의 시기는 언제나 인도에서 일어나는 영성(靈性)의 파동을 따른다고 오카쿠라는 믿고 있다. 그리하여 위대한 남쪽 반도(半島)[7]의 자극적인 영향을 빼버린다면 중국 및 일본의 탁월한 예술 본능도, 북유럽과 서유럽의 그것이 이탈리아나 교회의 복음에서 분리된다면 틀림없이 처하게 될 때와 똑같이 활기가 뚝 떨어지고 규모에서도 빈약하기 짝이 없게 될 것이 분명하다. 이 저자는 아시아의 예술이 결코 '부르조아적'인 것이 될 수 없다고 주장하는데, 이 점에서 우리 속에 있는 독일, 네덜란드, 노르웨이 등의 그것과는 뚜렷하게 대조가 된다. 그러나 그것은 농부의 장식이라는 위대하고도 아름다운 기획의 수준에 머문 것이라는 사실을 그도 인정하리라 생각한다.

인도의 영성이라는 이런 파동이 정확하게 어떻게 여러 민족에게

---

7) 인도를 가리킨다.

영감을 불어 넣었는지 보여주려는 것이 이 책에서 오카쿠라가 의도한 바다. 우선 그 파동이 작용할 수밖에 없었던 여러 조건, 즉 일본의 야마토(大和) 민족, 북방 중국의 놀랍게도 윤리적인 천성, 남방 중국의 풍부한 상상력 등을 이해하면서 우리는 불교의 흐름이 유입되고 이윽고 계속 넘쳐흘러서 전체를 통합하는 양상을 보게 될 것이다. 여기서 우리는 보편적 신앙의 꿈이 최초에 한 번 건드린 것이 과학에서는 우주적 관념을, 예술에서는 비로자나불을 낳은 일을 보게 될 것이다. 그것이 또 끓어올라서 헤이안(平安) 시대의 강렬한 다신론(多神論)으로, 후지와라(藤原) 시대의 주정주의(主情主義)로, 카마쿠라(鎌倉) 시대의 영웅적 남성상으로 탈바꿈하는 것도 보게 될 것이다.

메이지(明治) 시대의 위업이 성취된 것은 불교적 요소가 거의 제거된, 야마토의 원시종교 신토(神道)의 재연에 의해서다. 그러나 그런 위업은 영감을 멀찌감치 내버려둔 것이라고 할 수 있다. 동양을 사랑하는 모든 사람은 바로 지금, 서양과 경쟁한 결과 생겨나고 있는 취향과 이상의 분열 앞에서 당황하고 있다.

그러므로 아시아의 여러 민족에게, 과거에 자신들의 위대성을 이루고 있었고 이제는 복원할 수 있게 해주는 그들 본래의 목적을 상기시켜서 어떤 노력을 기울이게 하는 것은 가치 있는 일이다. 따라서 오카쿠라처럼 아시아를, 우리가 상상했던 지리적 파편을 긁어모으는 것이 아닌, 각 부분이 다른 모든 것에 의존하고 있고 전체가 단일하면서 복합적인 생명의 숨을 쉬는 하나의 통일된 유기체로 보여주는 것이야말로 최상의 가치다.

때마침 최근 10년 사이에 한 편력 수행자(스와미 비베카난다)[8]─1893년 미국에서 열린 시카고 세계종교회의에서 자신의 목소리를 들려주었다─라는 천재에 의해서 정통 힌두교는 다시 한 번 아쇼카 왕 시대의 진취성을 되찾았다. 지난 6, 7년 동안, 미래를 위해서 유럽과 미국에 계속 선교사를 보내 프로테스탄티즘(신교)─자연과학에서 정점에 이르렀다─의 지적 자유와 가톨릭(구교)의 영적이고 경건한 정신적 유산을 결합시킬 수 있는 종교적 종합을 준비하고 있었다. 열강의 국민들이 식민지 예속민의 종교적인 관념에 의해서 거꾸로 정복당할 것 같은 운명처럼 보였다. 그 위대한 인도 사상가의 말을 인용하면 다음과 같다. "짓밟힌 유대인의 신조가 1800년 동안 지구의 절반을 장악했던 것과 똑같이, 경멸받던 인도인의 교의가 세상을 지배할지도 모른다." 그러한 사건 속에 동아시아[9]의 희망이 있다. 우리[서양] 시대의 시작에서 천년이 걸렸던 과정이 이제는 증기와 전기의 힘을 입어 불과 몇 십 년 안에 되풀이될 수 있고, 세계는 동양의 인도화를 다시 목격할 수도 있다.

만약 그렇게 된다면, 그 결과 가운데 하나는 일본의 예술 안에서

---

8) 스와미 비베카난다Swami Vivekananda(1862~1902) : 인도 벵골 출신 힌두교 수행자. 캘커타 대학에서 공부하다가 당시 성자로 일컬어지던 라마크리슈나의 제자가 되었다. 스승이 세상을 떠나자 인도 전역을 돌아다니며 수행하였다. 서구적 교양과 지성을 아우르면서 힌두교 사상, 특히 베단타 철학을 전개하였다. 미국과 영국 등에 요가와 인도의 철학을 전하기도 하였다.
9) 원문은 'Northern Asia'로 되어 있어 '북아시아'라고 번역해야 하나, 오늘날에 널리 쓰이는 '동아시아'라는 용어로 대체하였다.

볼 수 있을 텐데, 그것은 지난 세기에 영국에서 일어난 중세의 부활에 상응하는 이상(理想)의 부활이다. 이와 동시에 중국에서 일어날 발전은 무엇일까? 인도에서는? 왜냐하면 이 동방의 섬나라 제국에 영향을 끼친 것이라면 그것이 무엇이든 틀림없이 다른 나라에도 영향을 끼칠 테니 말이다. 이 책의 저자가 이 작은 책자에서 "아시아, 그 위대한 어머니는 영원히 하나다"라는 주장을 단호하게 입증하지 못한다면, 그의 말은 모두 헛된 것이다.

캘커타의 바그 거리, 보레 파라가 17번지에서
라마크리슈나 비베카난다의 니베디타가 쓰다

1

이상理想의 범위

● 아시아는 하나다. 공자의 공동사회주의[1]를 가진 중국 문명과 베다[2]의 개인주의를 가진 인도 문명을 히말라야가 가르고 있는데, 이는 오로지 강력한 두 문명을 두드러져 보이게 할 뿐이다. 하지만 그 눈 덮인 장벽조차도 궁극적이고 보편적인 것을 향한 열망의 드넓은 확장을 가로막을 수는 없었다. 그리하여 그 열망은 모든 아시아 민족에 공통된 사유의 유산을 물려주어, 그들로 하여금 세계의 모든 위대한 종교를 낳게 할 수 있었고, 또 개별적인 것

---

1) 원문은 'communism'이다. 이를 "공산주의"나 "사회주의"로 번역하면 오해의 소지가 있을 것이므로 중국의 역사적 특성을 감안하여 "공동사회주의"라고 하였다. 아래에서도 마찬가지다.
2) 베다Veda : 인도에서 가장 오래된 종교 성전(聖典)의 총칭. 인도의 종교·철학·문학의 근원을 이루는 것으로, 리그베다, 야주르베다, 사마베다, 아타르바베다의 네 가지가 있다.

히말라야의 K2. 파키스탄과 중국의 경계에 있다.

에 골몰하면서 삶의 목적이 아니라 수단을 탐구하는 지중해·발트해 연안 민족과 구별되게 하였다.

이슬람교도의 정복 시대에 이르기까지 벵골 연안의 강맹한 선원들은 고대의 해로(海路)를 내달리며 실론(스리랑카), 자바, 수마트라 등에 식민지를 세웠고, 아리아인의 피를 버마와 시암(태국)의 연해 민족 피와 섞이게 하였으며, 중국과 인도의 상호 교섭을 굳건하게 다져주었다.

몇 세기에 걸친 긴 수축기간—인도는 주어진 힘을 잃고 자신에게로 움츠러들었고, 중국은 몽골의 폭정으로 받은 충격으로부터 회복하려는 데에 열중하면서 자신의 지적인 환대를 잃어버렸던 기간—이 11세기 가즈니[3]의 마흐무드[4] 시대를 뒤이었다. 그러나 예전부터 내려오던 소통의 기운은 타타르(韃靼) 유목민의 대양과 같은 거대한 이동 속에서도 살아남았다. 그 파도는 북쪽의 장성(長城)에서 되튀어 나와서는 펀자브 지역으로 밀려와서 범람하였다. 흉노족이나 석가족, 크샤트리아[5]의 냉혹한 조상인 대월지족[6] 등은 칭기즈 칸이나 티무르[7]가 이끈 몽골 대폭발의 선구자들이었다. 몽골 대폭발은 천자의 땅을 휩쓸고 그 땅을 벵골 탄트리즘●으로 침수시켰고, 인도 반

---

3) 가즈니Ghazni : 호라산, 아프가니스탄 및 인도 북부 지역에 수립되었던 투르크 왕조(975 ~1187). 가즈니 왕조는 그 전의 왕조인 사만 왕조를 멸망시키고 들어섰다.
4) 마흐무드Mahmoud(971~1030) : 가즈니 왕조의 술탄으로, 998년에 왕위에 올라 뛰어난 행정능력과 정치수완을 보여주면서 전성기를 이끌었다.
5) 크샤트리아 : 인도 카스트에서 두 번째인 왕족 및 무사 계급.
6) 대월지족(大月氏族) : 고대 중앙아시아에서 활약했던 투르크계 민족.
7) 티무르(1336~1405) : 중앙아시아의 몽골-투르크계 군사 지도자로, 티무르 제국의 창업자다.

도에는 몽골의 정치와 예술로 물든 이슬람 제국주의를 범람시켰다.

생각하건대 아시아가 하나라고 한다면, 아시아의 여러 민족이 단일하고 강력한 조직망을 형성한다는 것도 진실이다. 분류가 최상인 시대에서 우리는, 유형은 결국 근사치의 바다에서 구별을 위해 세운 빛나는 한 점에 지나지 않고, 심리적 편의를 위해서 숭배되도록 일부러 세운 가짜 신이며, 상호 교환할 수 있는 두 가지 학문의 독립된 존재와 마찬가지로 궁극적이거나 상호 배타적인 타당성을 가진 것은 아니라는 점을 잊고 있다. 만약 델리의 역사가 이슬람 세계에 대한 타타르인의 강압을 표현하는 것이라고 한다면, 바그다드와 그 위대한 사라센(아랍) 문화에 대한 이야기는 지중해 연안의 프랑크족을 앞에 두면서 페르시아뿐만 아니라 중국의 문명과 예술을 드러내는 셈족들의 힘도 똑같이 중요하게 여긴다는 점도 잊지 말아야 한다. 아랍의 기사도(騎士道), 페르시아의 시, 중국의 윤리, 인도의 사상은 모두 단일한 고대 아시아의 평화를 말해주는데, 그 안에서는 서로 다른 지역에서 서로 다른 특색을 지닌 꽃이 피어나지만 단단하게 고정된 구분선을 그을 수가 없는 그런 공통된 삶이 자라났다. 이슬람 자체는 손에 칼을 쥐고 말을 탄 유교로 묘사될 수 있다. 왜냐하면 이슬람 민족 안에서 추출되고 실현되는 순수 유목민적 요소의 자취를 황하 유역의 고색창연한 공동사회주의 안에서도 찾아내는 일이 충분히 가능하기 때문이다.

다시 서방에서 동방 아시아로 눈을 돌리면, 불교—동방 아시아 사상의 모든 하천이 합류하는 이상주의 또는 유심론(唯心論)의 거대한 바다―는 갠지스 강의 순수한 물에 의해서만 채색되어 있는 것이 아니다. 왜냐하면 거기에 가세한 타타르의 여러 민족도 그 천성을 발휘해서 새로운 상징주의, 새로운 조직, 신심(信心)의 새로운 힘을 가져와서는 그 신앙의 보고에 더하는 기여를 했기 때문이다.

그렇지만 이 복잡성 속의 통일성을 특히 명료하게 실현한 것은 일본의 위대한 특권이었다. 이 민족의 인도―타타르적인 피는 저 두 근원에서 흡수하여 아시아적 의식의 전체를 반영하는 데 적합한 자격을 갖는, 그 자체로 하나의 유산이었다. 끊어지지 않고 이어지는 황통이라는 독특한 축복, 정복당한 적이 없는 민족의 당당한 자신감, 팽창하지 않은 대가로 대대손손 전해진 관념과 본능을 지켜온 섬나라 특유의 고립 등이 일본을 아시아적 사유와 문화를 맡길 만한 보고(寶庫)로 만들었다. 왕조의 대변동, 타타르 유목민의 침입, 성난 폭도의 살육과 약탈 등 이 모든 것이 거듭해서 전 국토를 휩쓸고 지나간 중국에서는, 문학과 폐허 외에는 당 황제들의 영광이나 송나라 사회의 전아함을 상기시켜줄 그 어떤 표지도 남지 않게 되었다.

아쇼카왕, 아시아적 군주의 이상적 모범으로서 안티옥과 알렉산드리아의 군주에게 일방적으로 칙령을 내렸던 그 왕의 위세도 이제는 바르후트[8]와 붓다가야[9]의 무너져 내린 돌 더미 사이에서 거의

---

8) 바르후트Bharhut : 인도 중부의 마디아프라데시 북부에 있는 곳으로, 아쇼카왕이 세운 탑으로 유명하다. 이 밖에도 초기 불교의 미술품들이 매우 많다.
9) 붓다가야Buddha Gaya : 석가모니가 보리수 아래에서 깨달음을 얻은 곳. 기원전 3세기에 아쇼카왕이 여기에 마하보디 대탑을 세우고 사원을 건립하였다.

잊혀졌다. 비크라마디티야왕[10]의 찬란한 궁전도 다만 잃어버린 꿈이 되었으니, 위대한 시인 칼리다사[11]의 시로도 되살리지 못하였다. 인도 예술이 이룩한 숭고한 성취도 거칠기 짝이 없는 흉노족의 취급, 광신적인 무슬림의 우상파괴주의, 유럽 용병의 무의식적인 문화 파괴행위 등으로 말미암아 거의 말살되어 이제는 아잔타의 곰팡내 나는 암벽, 엘로라[12]의 일그러진 조각, 바위에 새긴 오리사[13]의 무언의 항변, 그리고 마침내 고상한 가정생활 한가운데에서 애처롭게 종교에 매달려 아름다움을 보여주는 오늘날의 가정용품 속에서만 과거의 영광을 찾아볼 수 있을 뿐이다.

아시아 문화의 역사적 풍부성을 그 비장(秘藏)된 표본을 통해서 연속적으로 연구하는 것은 오로지 일본에서만 가능하다. 황실의 소장품, 신사(神社), 발굴된 고분 등은 한대(漢代) 기술의 미묘한 곡선

---

10) 비크라마디티야왕Vikramaditya(375-415) : 인도 굽타 왕조의 세 번째 왕으로, 찬드라굽타 2세다. 한역으로는 초일왕(超日王)이라 한다. 문화와 예술의 황금시대를 이룩하였는데, 법현이 이때 인도를 여행하였다.

11) 칼리다사Kalidasa : 고대 인도의 시인이자 극작가. 비크라마디티야왕의 궁정 시인이었다고도 하지만, 그의 전기는 명확하지 않다. 『사쿤탈라』와 『메가두타』 등의 희곡을 비롯해서 많은 시를 남긴 인도 문학사상 최고의 시인으로, 인도의 세익스피어로 일컬어진다.

12) 엘로라Ellora : 엘로라 석굴을 가리킨다. 마하라쉬트라에 있는 현무암질로 된 높은 절벽의 벽면을 단계적으로 파내어 조성한 34개의 사원들로서, 길이가 2km 이상이다. 7세기에서 11세기까지 끊임없이 계속 조성된 기념물이며, 불교 · 힌두교 · 자이나교를 같이 봉헌한 신전이다. 이 안에 많은 석조(石彫)가 있다.

13) 오리사Orissa : 인도 동부에 있는 주. 석가모니가 살아 있을 때 번성했고, 아쇼카왕이 참전한 큰 전쟁이 일어났던 곳이기도 하다. 인도 미술 및 건축의 가장 훌륭한 본보기들이 있는 곳으로, 13-14세기에 이슬람교도에게 인도가 정복된 뒤에도 힌두교의 종교 · 철학 · 예술 · 건축의 독자적인 아성으로 남아 있었다.

인도 엘로라 석굴의 카일라사나타 사원.
거대하면서 정교한 이 사원은 한 세기에 걸쳐서 완성되었다.

을 드러내 보여준다. 나라(奈良)의 사원들은 당(唐)• 문화, 그리고
당시 찬연하게 빛나며 이 고전적 시기의 창작에 지대한 영향을 끼쳤
던 저 인도의 예술로 풍부했는데, 그것은 그토록 놀라운 시대의 종
교적 제의와 철학은 말할 것도 없고 음악, 발음, 의례, 의상에까지도
온전하게 남아 전하고 있는, 한 민족의 지극히 당연한 조상전래의
가보다.

또 다이묘오(大名)들의 보고(寶庫)에는 송, 몽골 왕조•에 속하는
예술품과 사본(寫本)이 풍부하다. 중국 자체에서도 송의 것들은 몽
골의 정복 기간 동안에 잃어버렸고, 몽골의 것들은 반동적인 명나라
때에 잃어버렸다. 이러한 사실은 오늘날 중국학자로 하여금 자신들
의 고대 지식의 원천을 일본에서 탐구하도록 만들었다.

따라서 일본은 아시아 문명의 박물관이다. 아니, 박물관 그 이상
이다. 왜냐하면 이 민족의 비범한 천성은 옛것을 잃어버리는 일 없
이 기꺼이 새것을 받아들이는 불이일원론(不二一元論)의 정신 속에
서 과거의 이상(理想)에 있어 모든 면을 깊이 헤아리게 하였기 때문
이다. 신토는 여전히 불교 이전의 조상 숭배 의식을 고수하고 있고
불교도는 이 땅을 자연의 순리에 따라서 풍요롭게 해준 종교적 발전
과정에서 등장한 갖가지 종파에 매달리고 있다.

후지와라(藤原) 귀족의 정권하에서 당의 이상을 반영한 야마토
(大和)의 시,• 부가쿠(舞樂)• 등은 송의 계몽에서 태어난 미묘한 선
(禪)과 노오가쿠(能樂)[14]처럼 오늘날까지도 영감과 환희의 원천으
로 남아 있다. 일본을 한편으로는 근대 열강의 반열에 오르게 하면

서도 동시에 늘 아시아의 혼에 충실하도록 만든 것은 바로 이 집요함이다.

따라서 일본 예술의 역사는 아시아적 이상의 역사—연속되는 동방 사상의 물결이 각각 민족적 의식에 부딪칠 때마다 파문을 남기는 해안—가 된다. 그럼에도 그러한 예술의 이상에 대해 알기 쉽게 요약하려는 이 시점에, 나는 당혹해하며 망설이고 있다. 왜냐하면 예술은 금강석으로 된 인드라의 그물과 같아서 구슬 하나하나에 전체 사슬이 반영되기 때문이다. 예술은 어떠한 시기에도 특정한 틀 속에 존재하지 않는다. 그것은 늘 성장하며, 연대학(年代學) 학자가 가하는 날카로운 칼날에 반항한다. 예술의 발달에서 특정 국면에 대해 논술하는 것은 그 과거와 현재를 관통하는 무한한 원인과 결과를 다루어야 함을 의미한다. 우리에게 있어 예술은, 다른 데서처럼, 우리 민족문화 가운데 지고하고 가장 고상한 것을 표현한 것이다. 그러므로 그것을 이해하기 위해서는 유교 철학의 갖가지 양상, 때때로 불교 정신이 드러낸 다양한 이상, 잇달아 민족성의 기치를 높이 내건 저 거대한 정치적 순환, 애국적 사상을 반영하는 시의 광휘와 영웅의 그림자, 그리고 대중의 통곡과도 같고 또 한 민족의 미친 듯하며

---

14) 노오가쿠(能樂) : 일반적으로 노오(能)라고 하는데, 피리와 북소리에 맞추어 노래를 부르면서 춤을 추는 가무극(歌舞劇)이다. 나라 시대에 당나라에서 들어온 산가쿠(散樂)에서 분화된 사루가쿠(猿樂)에서 발전하여 카마쿠라 시대에 성립되고 무로마치(室町) 시대에 완성되었다. 칸아미(觀阿彌, 1333~1384)와 제아미(世阿彌, 1363?~1443) 부자로 말미암아 융성하였는데, 특히 제아미가 노오에 유우겐(幽玄)의 미를 부여하여 상징적 예능으로 만들면서 체계화되었다. 일본의 미학이 잘 드러나는 예능 가운데 하나다.

떠들썩한 웃음의 메아리 등을 얼추 검토하지 않으면 안 된다.

그러므로 일본의 예술적 이상에 대한 역사를 서술하는 일은 어떤 방식으로든 불가능하다. 그 예술이, 말하자면 보석처럼 끼워져 있는 다양한 환경과 상호 연관된 사회현상에 대해서 서구세계가 무지한 채로 남아 있는 한은 더욱 불가능하다. 정의를 내리는 것은 곧 한정 짓는 일이다. 한 조각 구름이나 한 송이 꽃의 아름다움은 무의식 속에서 저절로 펼쳐지는 데에 있다. 그리고 각 시대의 명작이 들려주는 무언의 웅변은, 어쩔 수 없이 반쯤만 진리를 드러내는 요약보다도 더 그들 자신의 이야기를 잘 들려준다. 나의 초라한 시도는 다만 암시일 뿐이고 서술은 아니다.

1. **벵골 탄트리즘** : 탄트라[16)]는 대부분 13세기 이후에 북 벵골에서 쓰인 작품이다. 그 주제는 주로 심리 현상 및 이와 유사한 문제로 이루어져 있지만, 순수한 힌두교 가운데서 가장 고상하게 고양된 것도 약간 포함하고 있다. 주요 목적은 낮은 가운데서도 가장 낮은 이들에게까지 이르러서 구제할 수 있는 종교의 계통을 세우는 것으로 보인다.

2. **한(漢)의 기술 · 당(唐)의 문화 · 송 및 몽골 왕조** : 중국사의 각 시기에 대해 요약하여 정리하면 다음과 같다.

> **주(周) 왕조**(기원전 1122~기원전 221) – 하(夏)와 은(殷) 왕조에 의해서 진행된 초기 중국의 통합 과정에서 정점에 이르렀던 시기다. 이 여러 왕조의 도읍은 이미 황하 유역에 있기는 했지만, 현재의 중심부인 동쪽까지는 미처 진출하지 못하고 있었다. 왕조들은 황하가 평야를 직각으로 자르며 돌출한 동관(潼關)의 서쪽에 위치해 있었는데, 그곳은 나중에 바로 만리장성의 한쪽 끝이 되었다.

---

15) 원문에는 일련번호가 없으나, 번역하면서 붙였다. 주해에서 풀이한 용어는 본문에서 ●으로 표시되어 있다.

16) 탄트라Tantra : 힌두교 · 불교 · 자이나교 등 각 종파에서 행해지는 밀의적(密儀的) 수행법을 다루는 다양한 경전. 최초의 탄트라는 7세기 즈음에 성립된 것으로 추정된다.

진(秦) **왕조**(기원전 221~기원전 202) – 공동사회주의를 억압하려던 왕조의 성향이 몰락을 초래했다. 짧은 존속 기간에도 불구하고 그 중요성은 근대에 나폴레옹 1세가 이룩한 제국만이 그에 비견될 수 있다.

한(漢) **왕조**(기원전 202~기원후 220) – 이 제국은 민중의 봉기에 의해서 탄생하였고 한 마을의 촌장이 황제가 되었다. 그러나 한대(漢代)의 전반적인 추세와 발전은 제국주의화한 것이다.

삼국(三國) **시대**(220~268) – 영토 분할의 시대.

육조(六朝) **시대**(268~618)[17] – 삼국은 단일한 토착 왕조 아래 다시 통일을 이루었고, 통일은 약 2세기 동안 지속되었다. 그때 북방 변경에서 흉노 및 몽골 부족이 쇄도하여 그들을 양자강 유역으로 내몰았다. 이로 말미암아 중국 제위(帝位) 계승과 문화의 무대는 이 시기에 남방으로 옮아갔다. 한편 북방은 불교 도입과 도교 확립을 위한 매개가 되었다.

당(唐) **왕조**(618~907) – 태종(太宗, 599~649)의 천재성 아래 중국이 재통합된 결과로 탄생하였다. 수도는 황하 연안에 위치했고, 그곳에서 북방과 남방의 통치권이 융합되었다. 그러나 이 결합은 결국 오대(五代)로 알려진 봉건 왕국들에 의해 깨졌는데, 오대는 고작 반세기를 이어갔을 뿐이다.

송(宋) **왕조**(960~1280) – 통치의 중심이 다시 양자강으로 옮아갔다. 이 시기에 송유(宋儒) 또는 송대 스콜라 철학이라는 이름 아래, 우리가

---

17) 오카쿠라는 수 왕조를 육조에 포함시켰다.

본문에서 신유학이라 명명한 학술 운동이 발전하였다.

원(元) 또는 몽골 왕조(1280~1368) – 몽골 부족이 쿠빌라이(世祖, 1215~1294) 칸 아래에서 중국 왕조를 눌러버리고 북경(北京) 근처에 자신들의 왕조를 세웠다. 원나라는 라마교 또는 티베트의 탄트리즘을 받아들였다.

명(明) 왕조(1368~1662) – 이 왕조는 몽골의 폭정에 대항하여 일어난 민중의 봉기에서 비롯되었다. 세력의 중심은 양자강 가의 남경(南京)이었다. 그러나 제3대 황제가 북경에 수도를 정하면서 남경은 두 번째 수도로 남게 되었다.

만주(滿洲)[18] **왕조**(1662~현재) – 황제와 군대 사이에 벌어진 세력 분열에 편승하여 북경에 세운 타타르족의 또 다른 왕조다. 장군들의 모반을 제압함으로써 다시는 전복되지 않을 수 있었다. 왕조와 민족이 완전히 동일하지 않은 것이 이 왕가의 약점이어서 그 세력에 대한 모반이 양자강 방면에서 늘 일어났다.

3. **야마토(大和)의 시**[19] : 여기서 '야마토' 라는 말은 일본의 원시 종족인 '아마' 와 동의어로 쓰인다. 이는 일본의 한 지방 이름이기도 하다.

4. **부가쿠(舞樂)** : 이는 춤곡을 의미한다. 춤을 뜻하는 '부(舞)' 와 음악이나

---

18) 저자가 '청(淸)' 이라는 국호를 쓰지 않은 것은 중국을 비하하려는 그 시대의 인식을 보여주는 것으로 여겨진다. 조선 왕조를 '이조(李朝)' 라고 부른 것도 같은 맥락이다.
19) 일본의 전통적인 시가인 와카(和歌)를 가리킨다. 와카는 정형시로, 5 · 7 · 5 · 7 · 7의 31 음절로 이루어진다.

놀이를 뜻하는 '가쿠(樂)'의 결합이다. 일본에서 이 부가쿠는 육조 시대 중국 문화에 영향을 받아 나라와 헤이안 시대에 발달하였다. 인도 및 오래된 한(漢)나라 음악의 요소가 결합되어서 이루어진 것이다. '레이쥬(伶人)'라 불리는 세습 신분의 악인(樂人)이 연주하였는데, 그들은 조정이나 카스가(春日), 카모(賀茂), 텐노오지(天王寺) 등과 같은 대사찰이나 신토 사원 등에 소속되어 있었다. 제전(祭典)이나 의식(儀式)과 같은 큰 행사에서 들을 수 있었다.[20]

---

20) 부가쿠는 인도뿐만 아니라 한국의 음악에서도 영향을 받았다. 크게 두 가지 기본 형식, 즉 사호노마이(左方の舞)와 우호노마이(右方の舞)로 이루어지는데, 사호노마이는 중국에서 전래된 토오쿠(唐樂)에 맞추어서 추고, 우호노마이는 주로 한국에서 전래된 코마가쿠(高麗樂)에 맞추어서 춘다.

2

일본의 원시예술

● 떠오르는 태양의 제국을 건설하기 위해서 선주민 아이누족을 에조(蝦夷)[1]와 쿠릴 열도로 쫓아낸 야마토족(大和族)의 기원은 그들이 등장했던 그 바다의 운무 깊은 데 묻혀 보이지 않게 됨에 따라 그들의 예술적 본능이 어디에 원천을 두고 있는지도 헤아릴 수 없게 되었다. 동남아시아의 해안과 섬들을 지나오면서 그 피가 인도-타타르족의 피와 뒤섞인 악카디아인[2]의 잔존(殘存)이었는지 어떤지, 또는 만주와 조선을 거쳐 와서 일찌감치 인도-태평양 지

---

1) 에조(蝦夷) : '에미시' 또는 '에비스'로도 읽는다. 고대와 중세 초기에 일본 열도의 동북 지역에 살았고 조정으로부터는 이족(異族)으로 여겨졌던 사람들의 총칭이다. 이들은 오랫동안 통일국가의 지배에 저항하였다. 여기서는 일본 열도의 동북 지역을 가리킨다.
2) 악카디아인Accadian : 기원전 3000년에서 예수의 시대까지 고대 메소포타미아(지금의 이라크) 지역에 널리 퍼져 있던 민족. 셈족 계통에 속하는 것으로 알려져 있다.

역에 정착한 투르크 유목민의 한 갈래였는지 어떤지, 또는 카시미르의 험로를 뚫고 내려왔다가 우랄 알타이인 사이에서 소멸되면서 티베트인, 네팔인, 시암인, 버마인 등을 형성하고 또 양자강 유역의 아이들에게 인도 상징주의의 힘을 더해준 아리아인의 후예였는지 어떤지, 그것은 고고학적 억측이라는 안개 속에서 여전히 의문으로 남아 있다.

역사의 여명은 그들 야마토족을 전쟁에서는 흉맹하고, 평화의 기예들에서는 온화하며, 태양신의 자손이라는 전설과 인도 신화에 물들어 있고, 시를 사랑하며, 여자다움에 대해서 극도로 숭배하는 하나의 압축된 민족임을 드러내 보여준다. 신토(神道) 또는 신들의 길이라 불리는 그들의 종교는 조상 숭배라는 소박한 의례였다. 그것은 신비로운 산인 타카마가하라(高天原), 곧 아마(天)의 고원(高原)—태양의 여신을 주신(主神)으로 하는 올림푸스 정상—에 카미(かみ) 또는 신의 집단에 불러 모은 조상들의 영혼을 기리는 것이었다. 일본에서는 모든 가문이, 저 태양의 여신의 손자가 여덟 겹으로 된 구름길을 따라 이 섬에 내려왔을 때 따라온 신들의 후손이라고 주장한다. 그리하여 이것은 만세일계(萬世一系)의 황통을 둘러싼 민족정신을 더 강렬하게 만들고 있다. 우리는 늘, "우리는 아마에서 온다"라고 말하는데, 그 아마가 하늘인지 바다인지 라마(Rama, ?)의 땅인지에 대해서는 나무·거울·칼 등의 소박하고 오래된 의례• 외에는 말해줄 것이 아무것도 없다.

바람에 흔들리는 논의 물결, 개성의 발달에 이바지하는 뭇 섬의 다채로운 윤곽, 부드러운 색조를 띤 계절의 불변하는 장난질, 은백색 하늘의 어렴풋한 빛, 폭포처럼 깎아지른 산의 신록, 소나무로 두른 해변에 울리는 바다의 소리—이 모든 것에서 유약한 소박함, 저 낭만적인 순수성이 생겨났다. 그것은 일본 예술의 영혼을 부드럽게 만들었으며, 중국의 단조로운 웅대함으로 치우치지 않고 또 인도 예술의 과도한 풍부함으로도 쏠리지 않게 하면서 동시에 확연히 구별되게 하였다. 때때로 웅장함에는 해롭지만, 우리 일본의 공예적이고 장식적인 예술에 정묘한 끝손질을 더해주는 저 깨끗함에 대한 타고난 심성은 아마도 대륙의 작품 어디에서도 발견할 수 없을 것이다.

흠 없이 깨끗한 조상숭배의 그 거룩한 사당인 이세신궁(伊勢神宮)과 이즈모신사(出雲神社)• 등은 인도의 토란[3]을 상기시키는 토리이[4]와 울타리[5]를 갖추고 있는데, 이 신사들은 20년마다 원형 그대로 다시 세워져 젊음을 되찾음으로써 원시적 모습을 정확하게 유지하고 있다. 그 아름다움은 꾸밈이 없는 균제미에 있다.

고분들은 그 형상으로 보건대 본래 솔도파(率堵婆)[6]와의 관계 속에서 그 의미가 깊으며 또 남근상[7]의 원형임을 암시하기도 한다. 정교한 형태의 돌과 점토로 구워 만든 관(棺)을 갈무리하고 있고, 때로

---

3) 토란toran : 인도 사원의 산문(山門).
4) 토리이(鳥居) : 일본에서 신사(神社) 입구에 세우는 기둥 문. "새가 앉는 곳"을 뜻하는데, 아마 새가 신의 사자(使者) 노릇을 한 데서 유래한 것이 아닌가 여겨진다.
5) 정확하게는 '타마가키(玉垣)' 다. 신사를 둘러싼 담장을 가리킨다.
6) 솔도파(率堵婆) : 산스크리트 stupa의 소리글자. 불교의 탑을 가리키는 말이다.
7) 남근상 : 힌두교에서 시바Shiva 신의 표상이다.

이세신궁(伊勢神宮)의 내궁. 미에현(三重縣) 이세시(伊勢市)에 있는 신사

는 그 표면이 상당히 예술적으로 뛰어난 문양으로 덮여 있으며, 제의나 개인적 장식을 위한 도구가 포함되어 있다. 도구들은 구리나 철, 각양각색의 돌로 되어 있으며, 고도로 완성된 솜씨를 보여준다. 분묘 주위에 서 있는 테라코타 상(像)은 아주 오래전부터 무덤에서 행한 인신 공희(供犧)의 표현으로 여겨지는데, 원시 야마토족의 예술 능력을 증명해주기도 한다. 게다가 아주 초기에 중국 한(漢) 왕조의 원숙한 예술이 유입되어 한층 더 오래된 문화의 풍부성이 우리 일본을 압도하였고, 또 다르고 더 높은 차원에서 이루어지는 새로운 노력 속으로 우리의 미적 활력을 오롯하게 흡수하였다.

만약 우리 문명에서 이 한대 문화의 영향, 그리고 나중에 전래된 불교가 없었다면, 일본 예술은 어떤 것이 되었을까? 이는 상상하기 어렵다. 그리스에서 이집트, 펠라스기,[8] 또는 페르시아라는 배경을 빼버린다면, 그 왕성한 예술적 본능이 있었음에도 이르지 못했을 그 수준에 대해 누가 감히 헤아릴 수 있겠는가? 기독교 그리고 지중해 민족들이 이룬 라틴 문화와 절연한다면, 튜턴의 예술은 살풍경하지 않았겠는가? 우리는 다만 우리의 원시예술에 담긴 본래의 정신이 결코 사라지게 내버려두지 않았다고만 말할 수 있다. 그 정신은, 나라(奈良)의 카스가(春日) 양식•에서 미묘한 곡선으로 중국 건축의 기울어진 지붕을 변화시켰다. 후지와라 시대의 창작품에서는 그 시대의 여성적 세련미를 더해주었다. 아시카가 시대의 엄숙한 예술에

---

8) 펠라스기 : 기원전 12세기에 그리스에 살던 종족. 이 이름은 고대 그리스인만이 사용했다.

는 검의 혼의 청정함을 각인시켰다. 낙엽군 아래로 흐르는 물길처럼 그것은 머지않아 광휘를 드러내고 그것을 덮어 가리고 있던 초목을 기르게 될 것이다.

이런 사실 외에도 타고난 운명과도 같은 난공불락의 지리적 위치는 이 나라로 하여금 중국의 한 주 또는 인도의 식민지로서 지적(知的) 역할을 하도록 만들었던 것 같다. 그러나 우리의 민족적 자부심과 유기적 통일체라는 바위는 아시아 문명의 위대한 두 극지에서 밀어닥친 강력한 파도에도 불구하고 오랜 세월 동안 우뚝 서 있었다. 결코 국민적 본성은 압도되지 않았다. 결코 모방이 자유롭고 창조적인 자리를 빼앗지는 못하였다. 받아들인 영향이 아무리 거대하더라도 그 영향을 수용하고 응용할 활력은 늘 풍부했다. 일본에 대한 아시아 대륙의 접촉이 언제나 새로운 생명과 영감을 낳았다는 사실은 아시아 대륙의 영광이다. 단순한 정치적 의미에서만이 아니라 훨씬 더 심오하게, 하나의 살아 있는 자유의 정신으로서 생활과 사상 그리고 예술에서 그 무엇에도 정복당하지 않도록 자신을 지키는 일은 야마족의 가장 거룩한 영예다.

호전적인 진구우(神功) 왕후의 마음에 불을 지펴, 대륙의 제국에도 아랑곳없이 조공을 바치는 조선 왕국들을 보호하기 위해서 대담하게 바다를 건너게 한 것은 이 의식이었다.[9] 수(隋) 왕조의 방약무

---

9) 일본의 고대사에 대한 연구는 코가쿠파(國學派)에서부터 본격적으로 왜곡되기 시작하였고, 오늘날에도 여전히 그 영향을 끼치고 있다. 일본의 고대가 한반도에서 건너간 도래인들에 의해서 중세화로 나아갔다는 것은 그들의 초기 기록들에 서술되어 있다. 따라서

인한 양제(煬帝)를 "해가 지는 땅의 황제"라 부름으로써 당황하게 만든 것도 바로 이 의식이었다.[10] 우랄 산맥을 넘어 모스크바까지 승리와 정복의 정점에 이르렀던 쿠빌라이 칸의 그 오만한 위협●에 도전했던 것도 이 의식이었다. 그리고 일본 스스로 결코 잊어서는 안 될 것은, 바로 이 똑같은 영웅적 정신으로 말미암아 오늘날 새로운 문제들에 직면하고 있으며, 이 문제를 위해서는 더욱더 깊은 자존심을 지닐 필요가 있다는 사실이다.

진구우 왕후가 조선을 침략해서 조공을 바치는 번국(蕃國)으로 삼았다기보다는 한반도와 밀접한 연관 속에서 일본을 통치했다고 보는 것이 타당하다. 게다가 일본은 8세기에 들어서야 비로소 외형적으로 통일국가의 꼴을 갖추게 되었는데, 어찌 한반도를 번국으로 삼을 수 있었겠는가. 또 최근에야 한국과 일본의 역사학자들은 가장 심각한 왜곡이자 날조였던 '임나일본부설'을 폐기하는 데 동의하였다. 그렇지만 이는 동의를 한다고 해서 해결되는 문제가 아니다. 역사적 사실과 진실에 대한 깊은 자각을 요구하는 일이다. 더구나 일본의 역사 왜곡은 이미 수백 년 넘게 지속되어온 일이어서 결코 간단히 해결될 문제가 아니다. 오카쿠라 텐신 역시 그런 왜곡에 의식적으로든 무의식적으로든 동조하고, 때로는 앞장 선 인물이었다.

10) 일본의 조정에서 자신의 국왕을 '천황'이라 부르면서 중국의 황제와 대등하다고 여긴 것은 자신들만의 생각일 뿐이었다. 중세는 문명권을 이룬 시대였고, 중심부에서는 천자가, 주변부에서는 국왕이 존재했다. 천자가 국왕을 책봉하고, 국왕은 천자에게 조공을 바치는 것이 중세 문명권 내에서 지속되었던 일이다. 이는 기독교·이슬람·힌두교 문명권에서도 마찬가지였다. 또 조공을 바치는 것과 사대주의는 다르다. 일본의 국왕이 자신을 "해가 떠오르는 땅의 황제"라 부르고, 중국의 천자를 "해가 지는 땅의 황제"라 불렀다고 해서 문명권 내에서 중심부와 주변부가 바뀌는 것도 또 달라지는 것도 아니다. 이는 오히려 중세의 국제질서를 간파하지 못했음을 드러내는 것이고, 또 일본이 중세화에서 뒤떨어져 있었음을 반증하는 일이다. 실제로 일본은 중세 초기에 견수사(遣隋使)와 견당사(遣唐使)를 중국에 보내 조공과 책봉 관계를 지속했고, 이는 중세가 끝날 때까지 계속되었다. 이는 엄연한 사실이다. 그럼에도 그런 사실이 없었던 것처럼 주장하면서 일본은 중세에 조선과 달리 중국에 사대(事大)를 하지 않고 독자적인 행보를 하였다고 하는 것은 매우 그릇되고 편협한 인식일 뿐이며, 스스로 건설적 미래를 차단하는 것에 지나지 않는다.

1. **나무·거울·칼 등의 소박하고 오래된 의례** : 나무가 가리키는 것은 사카키(榊) 또는 신의 나무인데, 거기에 수놓은 직물, 비단, 삼베, 무명, 종이 등을 특별한 방식으로 잘라서 그 조각을 걸어둔다. 거울과 칼은 황제를 표시하는 요소로, 태양신 아마테라스 오오미카미(天照大神)가 그 손자가 이 섬에 하강할 때 건네주었던 것이다. 신토의 신사에는 거울만 모셔져 있다. 칼은 폭풍신인 스사노오노미코토가 용을 죽이고 그 꼬리에서 얻은 것으로, 특히 아츠타(熱田)에서 숭배하고 있다.

2. **이세신궁(伊勢神宮)과 이즈모신사(出雲神社)** : 이세신궁은 태양신 아마테라스 오오미카미의 신사다. 일본 중부의 이세 지방에 있는 야마다(山田) 지역에 있다. 이즈모신사는 그 지방에 태양신의 손자가 강림하기 전에 지배자였던 폭풍신 스사노오노미코토의 후손들의 신사다. 일본 북쪽 해안 이즈모 지방에 위치해 있다. 이세신궁과 이즈모신사는 전체가 목조로 되어 있고, 각각 교체할 부지를 갖고 있는데, 그 부지에 20년마다 정확히 원형대로 다시 짓는다. 그 양식은, 아시아의 동남 해안 지방에서 아직도 수없이 많이 볼 수 있는 대나무 집 또는 통나무 오두막의 건축에서 발전해온 것으로 여겨진다. 막사를 말하는 것이 아니다.

3. **나라(奈良)의 카스가(春日) 양식** : 카스가 양식은 이세와 이즈모의 신토적(神道的) 양식이 발전해온 것이다. 한편으로는 야마토(大和) 건축의 직

선을 대신하고 다른 한편으로는 중국 건축의 천막과 같은 풍부한 곡선을 대신하는, 매우 섬세한 곡선이 특징이다.

4. **쿠빌라이 칸의 오만한 위협** : 쿠빌라이 칸은 중국을 정복한 뒤 일본에 사자를 보내 항복을 종용하였다. 일본 측이 단호하게 거부하자 몇 차례 일본 변경 섬들을 침략하였다. 그때 일본은 해안을 방비하면서 기다리고 있었는데, 밤에 이세의 신궁에서 거대한 구름이 일어나는 게 보였다. 구름은 이내 폭풍이 되더니, 병사 백만 명을 싣고 있던 침략자의 전함 1만 척을 완전히 파괴하는 것이었다. 살아 돌아간 자는 겨우 세 사람에 지나지 않았다. 이것이 이세의 신풍(神風, 카미카제)으로, 오늘날까지도 각 종파는 자신의 기원으로 그 일이 일어났다고 주장한다. 중국 지배자가 일본에 대해 공격적인 정책을 편 경우는 역사상 이것이 유일하다.

3

유교-북방 중국

● 　　　　6세기에 불교가 이 나라(일본)에 전래되기 전, 원시 일본의 예술에 끼친 대륙의 영향으로는 한(漢) 및 육조(六朝)의 물결이 최초였다.

한대(漢代)의 예술은 그 자체가 중국 원시문화에서 나온 자연스런 결과인데, 이 원시 중국문화는 기원전 1122년에서 기원전 221년 사이에 주 왕조 아래에서 정점에 이르렀다. 이 예술의 개념은, 중화민족의 근본적인 관념을 체현하고 명료하게 밝힌 위대한 성인의 이름을 따와서, 대체로 공자적(또는 유교적)이라고 할 수 있다.

왜냐하면 타타르인이 유목하는 중국인이듯이 농경하는 타타르인인 중국인, 아득한 옛날부터 비옥한 황하 유역에서 정주하고 있던 중국인은 곧바로 공동사회의 체제를 발전시키기 시작했는데, 이는 그들이 몽골 초원에 남겨두고 온, 방랑하는 동포의 문명과는 사뭇 달랐다. 물론 가장 이른 단계에서도 고원(高原)에 있는 저 왕국들의 도시 사이에는 유교를 발달시킬 싹이 될 만한 동질적인 요소가 의심할 여지없이 약간은 남아 있었다. 선사의 어두운 밤에 그대로 사라져버린 그때부터 오늘날까지 황하의 여러 민족의 역할은 아주 똑같았으니, 그들 스스로 진보적인 발전을 하는 가운데 주기적으로 타타르 유목민의 신선한 증식력을 받아들여서 동화하고 융합하여 농경적인 구조 안에 두었다.

이것은 유목민의 칼을 두드려 농부의 보습으로 만듦으로써 새로운 시민의 저항력을 약화시키고 이전에 외부에서 가해졌던 운명을 "성벽 뒤에서" 다시 겪도록 내버려두는 과정이다. 그리하여 오랫동안 중국 왕조가 계승되는 과정은, 늘 어떤 새로운 종족이 국가의 수장에 올랐다가 예전의 상태가 되풀이될 때 다시 남에게 그 자리를 빼앗기는 이야기다.

그런데 평야에 정주한 뒤로 여러 세대가 지나는 동안 중국 타타르인은 여전히 목민적(牧民的)인 정치 관념을 유지하면서, 초기 중국이 아홉으로 나뉘었을 때[1]의 통치자들을 '목(牧)' 이라 부르고 있었다. 그들은 천(天) 또는 하늘로 상징되는 가부장적인 신을 믿었고, 이 신은 자신의 덕(德)으로써 수학처럼 엄밀한 순서대로 인류에게

---

1) 흔히 말하는 구주(九州)다. 이 말은 고대에 중국을 아홉 개 주로 나누었던 데서 유래하는데, 중국 전역을 이른다. 중국에서는 천하나 세계 전체를 의미하는 말로 쓰기도 한다.

갖가지 운명을 내려주었다. 숙명Fate에 해당하는 중국어는 명(命) 또는 명령인데, 그런 숙명론의 근본 관념은 아마도 타타르인이 아랍인에게 빌려주어서 이슬람교가 되었는지도 모른다. 그들은 보이지 않는 세계에서 떠도는 갖가지 영혼에 대한 두려움이나, 나중에 동방의 규방(閨房)2) 생활로 발달하게 될 여성성의 이상주의를 유지하고 있다. 그들은 별에 대한 지식을 지니고 있는데, 그것은 고원의 훌쩍 자란 풀 사이를 떠돌면서 우랄알타이족의 이원론적 신화와 함께 모은 것이다. 무엇보다도 보편적인 형제애라는 장대한 관념은 아무르 강3)과 다뉴브 강 사이를 배회하던 모든 유목민에게 공통되는, 빼앗길 수 없는 유산을 지니고 있다. 중국에서 농민에 앞서서 유목민이 있었다는 이런 사실은, 최초의 황제가 목축의 스승인 복희(伏羲)이며 그를 이은 이가 거룩한 농부 신농(神農)이라는 신화 속에 표현되어 있다.

그러나 아득한 세월 동안 태평을 누리면서 발전해온 농경적 공동사회에서도 갖가지 필요한 것들이 천천히 그리고 분명하게 드러났는데, 그것은 토지와 노동에 바탕을 둔 위대한 도덕적·종교적 체제를 낳는 일이었다. 그것은 오늘날까지도 중국 민족의 무진장한 힘을 이루고 있다. 이 조상 전래의 조직에 충실하고 또 고양된 공동사회

---

2) 원문은 '제나나zenana'다. 이는 인도나 페르시아에서 집안의 부녀자를 격리시켜둔 방을 뜻하는데, 조선시대의 규방과 비슷하다.

3) 아무르 강 : 러시아와 중국의 국경 부근을 흐르는 강으로, 몽골 북부의 오논 강에서 나와 동쪽으로 흘러 타타르 해협으로 흐른다. 중국과 우리나라에서는 '흑룡강(黑龍江)'이라 부른다.

주의에 자족하고 있는 그 후손들은 정치적인 혼란에도 불구하고 전 지구에서, 이를 수 있는 모든 곳 구석구석까지, 그들의 산업적 정복을 지금도 확장하고 있다.

근대의 모든 사회학자들이 연구할 만한 가치가 있는, 종합적인 노동력으로 이루어진 이 위대한 조직을 설명하고 요약하는 일은 주 왕조 말기의 공자(기원전 551~기원전 479)에게 주어진 운명이었다. 공자는 도덕의 종교 곧 인간에 대한 인간의 신성화를 실현하는 일에 이바지하였다. 그에게 있어서는 인간성이 신이었고, 삶의 조화야말로 그가 지향하는 궁극이었다. 천공(天穹)의 무한성으로 날아올라서 혼융되는 것은 인도인의 영혼에 남겨두었고, 대지와 물질의 비밀을 조사하는 일은 경험주의 유럽에 남겨두었으며, 지상의 꿈의 낙원을 통해 공중으로 가볍게 떠오르는 일은 기독교인과 셈족에 남겨두었다. 이 모든 것을 남에게 맡겨둔 유교는 늘 그 광대한 지적 보편화와 일반 민중을 위한 무한한 동정이라는 주문을 통해서 계속 위대한 이들의 마음을 사로잡아야만 했다.

중국인의 베다인 『역(易)』 또는 『변화의 책』•은 말 그대로 유목적 삶에 대한 암시로 가득하다. 그러나 공자도 이 책을 통해서 '불가해한 세계'에 다가가기는 했지만, "삶도 아직 모르는데, 죽음을 어찌 알겠는가?"라고 말하는 불가지론자 공자에게는 거의 금지된 문서나 마찬가지였다. 중국의 도덕에 따르면, 사회의 단위는 상하 복종 관계 위에서 이루어지는 가족으로, 여기에서는 농부조차 황제와 똑같이 중요하다. 그 가부장적인 독재자는 상호 의무를 지는 거대한 공동체적 형제애의 수장 자리에 자신의 덕성을 통하여 앉게 되는데, 그것은 전적으로 자신의 동의와 선택에 따른 것이다.

인생에서 최고의 규범은 공동체에 대한 자기희생이다. 예술은 사회의 도덕적 행위에 이바지하기 때문에 높이 평가된다. 음악은 주의를 기울일 만한데, 이는 최고의 자리에 놓인다. 음악의 특별한 기능은 사람과 사람, 공동체와 공동체를 조화롭게 하는 것이다. 따라서 음악 공부는 군자가 되어야 할 주 왕조의 젊은이들이 가장 먼저 성취해야 하는 일이었다.

어떤 사람은 공자의 삶을 들여다보면서 공자가 음악의 아름다움에 깊은 애정을 담고서 나누는 몇몇 대화뿐만 아니라, 음악을 듣지 않느니 차라리 단식(斷食)을 선택했다는 이야기나, 어느 때엔가는 순전히 가락이 사람들에게 끼치는 영향이 어떠한지를 지켜보는 즐거움 때문에 토기를 두드리는 아이를 뒤따라 간 이야기, 끝내는 옛날 태공망(太公望)의 시대•부터 전해 내려와서 아직도 남아 있는 고대 민요를 듣고자 하는 열망에서 제(齊)나라―지금의 산동(山東)―까지 여행을 하기도 한 이야기를 떠올린다.

시(詩)도 음악과 비슷하게 정치적 조화를 이끌어내는 수단으로 여겨졌다. 군주의 직분은 명령하는 것이 아니라 암시하는 것이고, 신하가 할 일은 직언하는 것이 아니라 넌지시 알리는 것이니, 시는 이 모든 일의 매개로 인정을 받았다. 이러한 이론은 곧 중세 유럽에서처럼 사랑이나 노동의 괴로움 그리고 대지의 아름다움을 노래하는 각 지방의 민요, 병장기가 부딪쳐 쨍그렁하는 소리와 들뜬 군마

(軍馬)들이 쿵쿵거리며 걷는 소리가 울리는 변방의 전쟁 가요들, 무지(無知)가 무한한 존재 앞에 굴복하는 변경의 땅에서 초자연적인 것을 노래하는 기묘한 노래 등이 일반적으로 인정된 형식임을 의미한다. 다만 그런 이론은 그러한 요소가 풍부한 시대에, 개인의 자아 실현으로서의 시가 아직 태어나지 않은 민족에 의해서만 공식화될 수 있었다. 고대 민요는 성인에 의해서 수집되었는데, 이는 중국의 황금시대인 하(夏)·은(殷)·주(周) 세 왕조의 풍속을 보여주기 위해서였다. 그때의 노래는 한 나라의 후생(厚生)이나 실정(失政)을 판정하는 시금석을 제공해주었다.

회화조차 그것이 덕의 실천을 일깨워주느냐에 따라서 평가를 받았다. 『공자가어(孔子家語)』에서 공자는 주 왕실의 영묘(靈廟)를 방문한 일에 대해 이야기하면서, 어린 성왕(成王)을 두 팔로 안고 있는 주공(周公)의 초상이 벽에 어떻게 그려져 있는지를 묘사하였고, 또 과거의 폭군인 걸(桀)과 주(紂)가 개인적 쾌락을 일삼고 있는 모습을 그린 또 다른 그림과 이것을 대조시켜 각각의 그림에서 묘사되고 있는 영광과 비천함에 대해 강조하고 있다.

주 왕조 때의 항아리나 다른 청동기를 보면, 비록 다른 관습을 따르고는 있지만 그 형태의 순수성에 있어서는 그리스의 것과 같거나 그 이상이다. 정말로 이 둘은, 정밀(靜謐)하고 섬세한 비취와 번쩍이는 개인주의적 다이아몬드를 견주었을 때처럼 동양과 서양의 장식(裝飾) 충동이 지향하는 이상(理想)의 대조 또는 두 극단을 이룬다. 그리고 여기에서도, 그 시기 가인(歌人)들과 화가들의 마음을 빼앗은, 조화의 이상을 실현하려는 열정적인 노력이 금옥(金玉)의 세공사들에게도 있었음을 똑같이 발견하게 된다.

강고한 주 왕조의 힘은 5백여 년 동안 지속되었는데, 그 뒤 강력한 제후국이 여럿 대두함에 따라 약화되었다. 그러나 그 제후국들도 다시 정복되더니, 영속하는 중국의 운명에 따라 기원전 221년경에 진(秦)이라 불린, 먼 변방에서 들어와 대략 6백여 년 동안 차츰차츰 세력을 증대시켜온 종족에 병합되었다. 그들은 몽골 유목민으로, 주 왕조의 첫 번째 천자 밑에서 말의 사육자이자 전사 노릇을 하였으나, 이제는 사막에서 온 최후의 종족으로서 지배적 요소가 되었다. 그런데 제국의 변방에 있던 그 영토로부터 외국인들이 중화(中華)라고 알고 있는 그 이름이 유래되었다.[4]

고대 유학자들은 진나라 폭군들에 대해 상상할 수 있는 모든 혐오와 공포의 장본인이라 생각하였다. 그러나 그 폭군들은 결국 주 왕조의 제도를 완성함에 있어 빠뜨릴 수 없는 요소였다고 말할 수도 있을 것이다. 그들에 의해서 중국 제국은 공고해졌으니, 도로와 장성의 구축, 페르시아 태수(太守)의 통치와 유사한 군현제 실시, 전국적으로 통용될 서체의 발명 아니 더 정확하게는 선택 등을 통해서였

---

4) 중국 최초의 통일제국인 진(秦)이 서양에 알려지면서, 그 국명이 China(영어), Chine(프랑스어), Cina(이탈리아어) 등으로 불리게 된 것을 가리킨다. 수·당 때에 인도의 승려들이 불경을 한역하면서 중국을 '지나(支那)'로 표기하면서 '지나'로도 쓴다. '지나'라는 호칭은 9세기경 일본에 전해졌는데, 일본에서는 메이지유신 이후에 중국을 경멸하는 뜻에서 '지나'라는 호칭을 널리 썼다. 이로 말미암아 오늘날 중국인도 '지나'를 경멸적인 호칭으로 받아들이고 있다.

다. 공식적으로 중국을 무장 해제한 이들은 그들이었고, 처음으로 황제라는 체제를 갖추고 그 칭호를 사용한 이들도 그들이었다. 이 모든 일에 있어서 그들은 제국주의에 공통된 전통을 따랐을 뿐이다. 제국주의란 그 자체의 목적을 위해서 중앙집권화를 꾀하지만, 장차 바로 그것으로 말미암아 전복된다.

문인(文人)에 대한 그들의 반감과 박해조차 반드시 유학자를 향한 것이라기보다는 오히려 자유로운 정치사상—주 왕조 말기의 봉건 제후국에 있던 위험 요소—을 억압하려는 것이었다. 그들은 국학(國學)을 두었지만, 조정에서 임명한 박사(博士)라 불리는 교사들만이 담당하였다.

이때는 전 세계적으로 철학적 사유가 확장되던 시대였다. 불교는 사회적 의식이 되어가고 있었다. 아테네는 활발하게 영향을 끼치고 있었다. 기독교는 알렉산드리아에서 인류에게 이제 막 서광을 비추기 시작하였다. 그리고 거대한 산맥의 동쪽에서는 진의 전제군주 아래 여러 학파가 융성하고 있었다. 이 폭군들이 '분서(焚書)'로 알려진 검열을 실시하였지만, 후대에 가장 통탄스럽게 여기는 문헌의 파괴는 사실상 이들 때문이 아니었다. 그보다는 그들의 짧은 제국이 몰락하던 20여 년 동안 전국을 황폐화시킨 내란에 더 큰 원인이 있었다고 할 수 있다.

진 제국을 이은 한 왕조(기원전 202~기원후 220)는 대체로 진 제국의 정책을 따랐는데, 한 가지 다른 점이라면 세 번째 황제 때부터 문관 등용 시험에서 유교 지식을 필수로 삼았다는 사실이다. 그것은 오늘날까지 이어지고 있는 제도다.[5] 이 제도는 국가에 봉사할 수재(秀才)[6]를 뽑는 데 있어 가장 유용한 방식이었다. 그러나 시험에 긴요한 요소가 고정되었기 때문에 성장과 발전이 억제되면서 유교 자체가 경직되는 경향을 보였다.

이 시기에 유교의 영향은 참으로 대단하였다. 서력기원 후 첫 세기에 왕망(王莽, 기원전 45~기원후 23)이라는 재상은 유교가 지지하는 전통에 따라서 당시의 현자들이 추천하였다고 주장하면서 유교의 권위에 힘입어 용좌(龍座)에 올랐다.

이 사람은 흥미로워서 기록할 만한데, 그는 천부적인 재능을 지닌 자였다. 그는 신(新)이라는 왕조를 세웠으며, 14년이라는 짧은 치세 기간에 주조한 화폐들이 당시에 알려져 있던 세계 곳곳에 이르렀다는 사실에서 볼 때 지나(支那)[7]라는 이름이 처음 부여된 것은 바로 이때였을 것이다. 그러나 인도 문헌에 이 이름이 훨씬 일찍 나타나고 있는 것으로 보아서 그는 그 이름을 더 강력하게 사용했을 뿐이다. 그는 노예폐지의 칙령을 내린 역사상 최초의 군주라는 영예를

---

5) 유교 지식을 중심으로 관리를 선발하는 방식으로 대표적인 것은 수(隋)나라 문제(文帝) 때부터 시행된 과거제다. 이 과거제는 청나라가 망하면서 자연스럽게 폐지되었다.

6) 원문은 'the best intellect' 인데, 이는 "최상의 지식인"으로 풀이된다. 그런데 이 말에 해당되는 용어가 이미 있었으니, 바로 "재능이 빼어난 자"를 뜻하는 수재(秀才)다. 수재는 본래 한나라 때 관리 선발 제도의 과목 가운데 하나였다. 당나라 때에는 명경과(明經科)와 진사과(進士科)에 수재과를 나란히 두었고, 송나라 때부터는 과거 응시자를 모두 수재라 불렀다.

7) 시황의 진(秦)이나 왕망의 신(新) 모두 '지나China'로 읽히기 때문에 둘 가운데 어디에서 '지나'가 기원했는지는 사실 명확하지 않다.

얻었으며, 자신의 유교적 본능에 따라서 온 백성에게 토지를 균등하게 배분하겠다고 선언하고 이윽고 실행에 옮기려다가 스스로 몰락을 초래하였다. 토지 배분은 귀족들로 하여금 그에 대항하는 힘을 결집하게 만들었으며 기원후 23년에 그는 살해당하였다. 그의 죽음에 대한 이야기는 유교 정신에 자연스럽게 따르는 숙명관을 보여주는 멋들어진 사례다. 전각 밖에서 그의 기치를 에워싸고 한창 전투가 벌어지고 있을 때, 그는 옥으로 만든 지팡이를 손에 들고 하늘의 별을 응시하면서 궁전에 앉아 있었다. 그리고 "하늘의 뜻이라면, 나는 기꺼이 죽을 것이다. 하늘의 뜻이 아니라면, 그 무엇도 나를 죽이지 못한다"고 조용히 말하였다. 그때 암살자들이 달려들어 그를 죽였다. 그는 앉은 채로 아무런 저항을 하지 않았다. 그가 외국 사신을 접대하던 그 정중함의 향기는 여전히 그의 이름에 배여 있다.

한대─로마 제국이 그리스 문화를 퍼뜨린 것처럼 유교의 이상을 퍼뜨린 왕조─의 예술은 그 형태에서는 주(周) 왕조적이었다. 비록 광대한 통일과 호사스런 생활을 누린 한대의 의식(意識)에서는 필수적인 부분이었던 풍부한 색채와 장려한 심상(心象)으로 물들어 있기는 했지만 말이다. 문학에서 흥미롭게 주목할 것은 그 작자(作者)들이 이것 곧 그들이 푹 빠져 있던 화려한 색채에 대한 도덕적 토대를 찾아내려고 항상 애쓰고 있었으며 또 현저하게 사회적인 지성이라는 관점에서 그렇게 하고 있었다는 사실이다. 중국의 학자라면 누구라도 사마상여(司馬相如)[8]와 송지문(宋之問)[9]의 시부(詩賦)를 떠올릴 것이다. 그 시부는 황제의 굉장한 사냥 풍경을 묘사하고 있는데, 화려하게 빛나는 전차, 먼 이국에서 들여온 코끼리와 사자들, 향연과 무희 등을 서술한 뒤에, "그토록 태평한 시절임을 우리는 대단히 기뻐하였으니, 그러므로 왕이 그런 호사를 누릴 수 있었도다!"라는 말을 덧붙이고 있다. 이어서 그들은 제국의 주요 도시가 뽐내는 장대한 모습을 열거하고, 도성의 진정한 아름다움이 건물 위로 솟은 탑이나 장식물에서보다는 백성의 행복한 얼굴에 있다는 것을 암시하면서 글을 맺고 있다.

그 시대의 건축은, 주로 도덕적 생활을 나타내는 여상주(女像柱)[10]와 엄청난 조각으로 장식한 거대 궁정으로 특징된다. 엄청난 탑, 나무와 벽돌로 만든 거대한 구조물 등은 이들 진(秦)의 진정한 계승자에 의해서 세워졌다. 왜냐하면 이때는 군사적 성벽의 시대였고, 나중에 로마인이 그랬던 것처럼 진의 황제들은 동관(潼關)[11]에서 황하에 이르는 만리장성이라는 기념물을 남겼기 때문이다. 이는 융성의 절정이면서 동시에 조정의 재원과 위신을 소진시킴으로써 그 지배력을 약화시키는 발단이기도 하였다. 그렇지만 뒤를 이은 왕조들도 이 일에 가세하였다. 이 시대에 성취한 건축적 성과, 가령 문

---

8) 사마상여(司馬相如, 기원전 179~기원전 117) : 중국 전한(前漢)의 문인. 그의 사부(辭賦)는 한위(漢魏)와 육조(六朝) 때 문인들의 모범이 되었다. 〈자허부(子虛賦)〉, 〈상림부(上林賦)〉가 대표작이다.
9) 송지문(宋之問, 656~712) : 중국 당나라 시인. 오언시에 뛰어났고, 심전기(沈佺期)와 함께 율체(律體)를 확립하였다.
10) 여상주(女像柱) : 건축에서 기둥 대신에 사용한, 옷을 걸친 여인상.
11) 동관(潼關) : 중국 섬서성(陝西省) 동쪽 끝에 있는 현. 황하 가까이 있으며, 예로부터 낙양과 장안을 이어주는 교통 요충지였다.

헌에 종종 언급되는 청동이나 철로 만든 거상(巨像)들은 이제 남아 있지 않은데, 한편으로는 패주할 때에 재보(財寶)와 함께 그것들을 불태워버리는 중국 황제들의 습관 때문이고, 다른 한편으로는 왕조가 교체될 때에 문화를 파괴하는 행위 때문이다.

한대의 회화 양식은, 만약 한대 후기에 속하는 지방 귀족의 가족 무덤, 곧 산동성(山東省) 무량사(武梁祠)[12]의 그 거칠게 조각된 바위에서 풍부함과 원숙함을 상상해낼 수 없다면, 오늘날 알 길이 없다. 이 벽화식(壁畵式) 조각은 중국의 신화와 역사를 묘사하고 있고, 초기 중국인의 생활과 관습을 보여준다.

그 시대의 빼어난 기술을 엿볼 수 있는 표본을 보기 위해서는 일본으로, 천황가의 소장품으로, 신사(神社)의 보고(寶庫)로, 고분에서 발굴한 유물로 눈을 돌려야 한다. 왜냐하면 조선[13]의 박사 왕인(王仁)이 도래하여 유교 경전을 강설하기 훨씬 전에 우리는 이미 중국에서 한대의 예술을 받아들였고, 심지어는 중국 문학에도 밝았기 때문이다.[14] 선행하는 영향의 흐름이 있었다는 것은 왕인이 도래하

---

12) 무량사(武梁祠) : 산동성의 가상현(嘉祥縣)에 있다. 인류의 시조에서 제왕, 열녀, 자객에 이르기까지 다양한 인물과 거마출행(車馬出行), 누각 등 갖가지 도상의 석각(石刻)으로 유명하다.

13) 정확하게는 '백제' 다. 이 책에서는 대체로 우리나라 왕조의 명칭을 정확하게 가려 쓰지 않고, 포괄적으로 '조선' 이라 일컫고 있다.

14) 이에 대해서는 의문의 여지가 많다. 왕인이 건너가기 전에 한대의 예술이나 문화가 전해질 수는 있었겠으나, 과연 중국 문학 곧 한문학에 대해서도 잘 알고 있었는지는 확언할 수 없다. 만약 왕인 이전에 이미 일본에서 한문학을 잘 알고 있었다면, 왕인을 그토록 높이 떠받든 까닭을 이해하기 어렵다. 게다가 왕인은 『천자문』과 『논어』 등 매우 기초적인 한학을 전해주면서 태자의 사부가 되었다. 이는 당시 일본의 문화 수준, 특히 한학

무량사의 석각 가운데 하나인 〈걸(桀)〉. 걸은 하 왕조의 마지막 왕이다.

고 나서 오래지 않아 한문을 용이하게 갈고 닦았음을 보여주는 수많은 비문(碑文)이 나타났다는 사실에 의해서 입증된다. 따라서 중국에서처럼 일본에서도 유교는 나중에 불교가 종자를 뿌릴 토양을 제공해주었다.

중국과 조선에서 매우 많은 사람들이 도래하였으니, 그들은 예술가나 장인으로서 한대의 양식에 따라서 작업하였다. 이는 그들이 만든 거울, 마구(馬具), 도검의 장식, 청동과 금으로 만든 아름다운 갑주가 증명해준다. 따라서 일본인의 예술 교육은, 불교가 아스카 시대(飛鳥時代)에 새롭고 웅대한 표현을 요구할 즈음에는 거의 완전해졌다. 우리의 위대한 조각가인 토리(鳥)라는 천재적인 불사(佛師)는 하룻밤에 태어날 수 없는, 그보다 훨씬 오래전에 존재했던 여러 원인의 결실이었다. 우리는 숱한 나날을 힘들여 경작하고서야 비로소 그에게서 최초의 결실을 얻었을 뿐이다.

그러나 이원론에서 태어난 그 균제(均齊)와, 전체에 대한 부분의 본능적인 예속에서 나온 평정(平靜)을 갖춘 유교적 이상은 필연적으로 예술의 자유를 제한하였다. 도덕에 봉사하도록 속박된 예술은 자연스럽게 공예적인 것이 되었다. 실제로 중국의 예술의식은, 도가적(道家的) 정신이 거기에 놀이를 좋아하는 개인주의를 부여하지 않았다면, 또 나중에 불교가 와서 그것을 장엄한 이상(理想)의 표현

수준이 매우 낮았음을 암시해준다. 실제로 일본의 대표적인 한문학사 저술인 이노구치 아츠시(猪口篤志)의 『일본한문학사』(角川書店, 1983)에서도 일본 한학이 왕인에서 시작된 것으로 서술하고 있다.

으로 끌어올리지 않았다면, 직물이나 도기의 기이한 발달에서 보이
는 것 같은 그런 장식적인 데로 늘 기울었을 것임이 틀림없다. 그렇
지만 장식적인 데서 그쳤을지라도, 결코 부르주아의 저속한 수준으
로 떨어지지는 않았을 것이다. 왜냐하면 아시아의 예술은 공감의 결
여라는 극단적인 위험으로부터도 보편적이고 몰개성적인 그 광대
한 생명을 통해서 영원히 구제될 수 있기 때문이다.

1. **『역(易)』 또는 『변화의 책』** : 중국의 고대 문헌으로, 하(夏)와 은(殷)의 시대를 통해서 점차적으로 축적되었다가 주(周) 최초의 왕인 문왕(文王) 아래에서 현재의 형태에 이르렀다. 공자는 여기에 주석을 덧붙였는데, 그것이 유자(儒者)들에 의해서 『역』의 본질적인 특징으로 간주되었다. 여기에서는 천(天)과 지(地)의 상충하는 힘 사이의 중간으로서 인(人)을 중시하였고, 그렇게 해서 공동사회주의를 철학적으로 다루었다. 반면에 도가(道家)에서는 유교적 해석을 무시하고 독자적으로 『역』을 해석하였다. 도가에게 『역』이라는 텍스트의 위대한 어조는 "사물을 열고 사물을 창조하라"는 데에 있다. 이 고대 중국의 베다는 창세(創世)의 이야기라기보다는 자연에 대한 철학이라고 말할 수 있다. 이원성에 내재한 '일(一)'을 다루며, 사계절 또는 하늘과 여덟 원소[八卦] 또는 땅의 관계를 다룬다. 네 권 또는 네 부문으로 이루어져 있다.

2. **옛날 태공망(太公望)의 시대** : 태공망은 주나라가 은나라의 제위를 빼앗을 때, 주나라 왕의 첫 수석 고문이었다. 이 위대한 대신(大臣)은 그 보상으로 제(齊, 산동)에 왕으로 봉해졌다.

4

노장사상과 도교 – 남방 중국

●   유교적 중국이 인도의 이상주의를 받아들인 일은, 노장사상과 도교가 주 왕조 말기 이래로 이들 상호 대립하는 아시아 사상의 양극단[1]이 함께 전개할 수 있는 심리적 토대를 준비하지 않았다면 결코 일어날 수 없었다.

양자강(揚子江)은 황하의 지류가 아니다. 황하의 강가에서 성장하여 농경화한 타타르인의 모든 것을 포괄하는 사회주의도 결코 이 푸른 강[양자강]의 자식인 그들 형제의 야성적 정신을 매혹시킬 정도는 아니었다. 그 광대한 유역의 인적이 미치지 않는 삼림과 안개 자욱한 소택지 사이에서는 사나우면서도 자유로운 종족이 살았는

---

1) 유교와 불교를 가리킨다.

데, 그들은 북방 주 왕조에 그 어떠한 충성도 서약하지 않았다. 봉건시대[2]에 이 산인(山人)의 수장들은 주의 제후 모임에 참가할 수 없었고, 기괴한 그들의 생김새 그리고 북방 사람들이 까마귀 울음소리와 비교하던 메떨어진 그들의 언어는 한대에 이르기까지도 조롱거리였다. 그러나 차츰차츰 주 문화에 젖어들면서 이들 남방 사람은 자신의 애정과 이상을 표현할 예술을 찾아냈는데, 그 형태가 저 북방 사람들 것과 대단히 달랐다.

비극적인 인물로 기억되는 굴원(屈原)•의 경우에서 잘 드러나듯이, 그들의 시에는 자연에 대한 강렬한 찬미, 거대한 강에 대한 숭배, 구름과 호수의 안개에 대한 환희, 자유에 대한 사랑, 단호한 자기주장 등이 풍성하다. 자기주장이 두드러지게 드러나는 실례는, 공자의 최대 호적수인 노자(老子)의 저술 『도덕경(道德經)』에서 엿볼 수 있다. 5천 자의 긴 글로 된 이 작품에서 우리는, 자기 내면으로 물러나서 인습이라는 족쇄로부터 자아를 해방시키려는 위대한 목소리를 듣는다.

당시 남쪽 지방의 초(楚)나라에서 태어난 노자는 주 왕실의 문서보관소 사서(司書)였는데, 교의의 차이에도 불구하고 공자에게서 스승으로 추앙받았고, 반대로 그는 공자를 가리켜 '용(龍)'이라 하면서 "나는 물고기가 헤엄칠 수 있다는 것을 안다. 새들이 날 수 있

---

2) 서양에서는 중세를 봉건시대라 하지만, 중국사에서는 주 왕조 때를 가리킨다. 또 봉건제라는 동일한 용어를 쓰더라도 구체적인 제도나 실상은 매우 다르다.

다는 것을 안다. 그러나 용의 힘에 대해서는 헤아릴 수가 없다"라고 말하였다.[3] 노자의 후계자인 장자(莊子) 또한 남방 사람으로서 노자의 발자취를 좇았고, 사물의 상대성과 형상의 변화에 대해 자세하게 서술하였다.

장자의 책은 멋들어진 비유로 가득한데, 꾸밈없고 산문적인 격언으로 채워진 공자의 저술과는 참으로 대비된다. 장자는 마법의 새[4]에 대해 이야기하는데, 그 새는 날개 길이가 9만 리에 이르므로 날아오르면 하늘을 어둡게 하고 반년이 지나서야 땅에 내려앉는다고 한다. 한편, 개똥지빠귀와 참새는 저희들끼리 즐겁게 재잘거리면서, "우리는 순식간에 풀잎에서 나무의 우듬지까지 날아오르지 않니? 저렇게 멀리 오래 나는 게 도대체 무슨 소용이람?" 하고 말한다. 또 장자는, "자연의 피리인 바람은 나무와 물 위를 스쳐 지나가면서 숱한 선율을 연주한다. 게다가 위대한 기운인 도(道)까지도 갖가지 마음과 시대를 통해서 자신을 표현하지만, 그럼에도 도 자체는 여전히 그대로 있다"고 말한다. 또 "양생의 비결은 대립이나 비난에 있지 않고, 어디에나 존재하는 그 틈새로 미끄러지듯 나아가는 것이다"

---

3) 사마천의 『사기』〈노자한비열전(老子韓非列傳)〉에서는 이와 반대로 말하고 있다. 주나라에서 노자를 만난 공자가 돌아와서는 제자들에게 이렇게 말했다고 한다. "새가 잘 난다는 것을 나는 알고, 물고기가 헤엄을 잘 친다는 것을 알며, 짐승이 잘 달린다는 것을 안다. 달리는 짐승은 그물을 쳐서 잡을 수 있고, 헤엄치는 물고기는 낚시를 드리워 낚을 수 있고, 나는 새는 화살을 쏘아 잡을 수 있다. 그러나 용이 어떻게 바람과 구름을 타고 하늘로 올라가는지 나는 알 수 없다. 오늘 노자를 만났는데, 그는 마치 용 같은 존재였다."
4) 『장자』에서는 '붕(鵬)'이라 했다.

라고 말한다. 이 마지막 말에 대해서 장자는 도살(屠殺)의 대가인 포정(庖丁)을 예로 들어 설명한다. 포정의 칼은 한 번도 숫돌에 갈 필요가 없었는데, 그것은 그가 뼈를 가르지 않고 뼈와 뼈 사이를 가르기 때문이다. 그리하여 장자는 유교적인 제도와 습속을 비웃는다. 왜냐하면 그런 것들은 한계를 가질 수밖에 없는 노력일 뿐이며, 비인격적인 기운의 광대한 영역을 절대로 포괄하지 못하기 때문이다.

장자는 관직을 권유받지만, 희생 제물로 꾸며진 소를 예로 들며 이렇게 말했다. "생각해보라, 저 소가 비록 보석으로 장식되었을지언정, 도끼가 자신에게 내려쳐질 때 과연 행복을 느끼겠는가?" 이런 개인주의 정신은 유교적 사회주의를 그 근본에서부터 뒤흔든다. 그래서 공자 이후 가장 위대한 유가 사상가인 맹자(孟子)•는 노장사상과 싸우는 데 일생을 바쳤다. 공동사회주의와 개인주의적 반동이라는 두 힘 사이에서 벌어진 이 동방의 경쟁에서 논쟁의 토대는 경제적인(또는 실용적인) 것이 아니라 지적이고 상상적인 것임을 주목해야 한다. 공공의 이익을 위해서 공자가 획득한 그 위대한 도덕적 우위를 지키려는 열망이, 공자와 경쟁하는 사상가였던 노자보다 더 강했던 인물은 없었을 것이다.

치국책(治國策) 분야에서도 남방의 정신은 유교적 이상과 아주 반대되는 위대한 사상가들을 낳았다. 예를 들어, 이 방면에는 한비자(韓非子)가 있는데, 그는 이탈리아인이 『군주론』을 쓰기 1600년 전에 마키아벨리의 체계를 완성하였다. 이 시대에는 군사 이론이 풍부하게 나왔다. 나폴레옹과 같은 천재[5)]가 병법을 완성하는 데 전념

하였다. 왜냐하면 주 왕조 말기의 봉건시대는 자유로운 토론이 이루어지던 시대였기 때문이다. 독창적인 사상과 탐구가 정치학에서도, 사회학에서도, 법학에서도 환영받았으며 동시에 남방 중국인의 천성인 자유로움과 복잡성은 그런 것들이 최고의 기회를 누릴 수 있게 하였다.

이러는 동안 중국은 진(秦)의 침략으로 천천히 잠식되어갔고, 여러 왕조가 교체된 후에는 그들의 제국주의와 한대의 유교주의가 노장파에 치명적인 것처럼 보였다. 그러나 철학적 활력의 흐름은 지하의 수로를 발견하였고, 거기에서 한대 말경에 청담파(淸談派)[6]의 자유와 기행(奇行)이 나타났다.

한 왕조는 삼국으로 나뉘어 유교적 통일성이라는 권위를 약화시켰는데, 이때 노장의 정신은 크게 유행하였다. 하안(何晏, 193~249)이나 왕필(王弼, 226~249)은 『도덕경』에 대한 새로운 주석을 지었다. 이들 사상가들은 비록 공공연히 유교를 공격하지는 않았지만, 그들의 삶은 의식적으로 관습에 반대되는 방향으로 향했다. 이때는 지식인들이 죽림(竹林)으로 물러나 철학을 논하던 시대였다. 재상이 길가의 술집 앞에 마차를 멈추게 하고는 깜짝 놀란 대중이 보고 있는 데서 하인과 함께 술을 마시던 시대였다. 일개 서생(書生)

---

5) 『손자병법』을 쓴 손무(孫武)나 『오자병법』을 남긴 오기(吳起) 등을 이른다.

6) 한대 말기부터 난세에 목숨을 부지하기 위해 세속을 벗어나 예절 따위의 속박을 버리고 정치적 비판이나 인물평을 일삼았던 귀족적 지식인을 청담가 또는 청담파라 한다. 위나라의 하안(何晏)과 왕필(王弼), 서진(西晉)의 왕연(王衍)·악광(樂廣) 등을 비롯해, 완적(阮籍), 산도(山濤), 상수(向秀), 완함(阮咸), 혜강(嵇康), 유령(劉伶), 왕융(王戎) 등 죽림칠현(竹林七賢)이 유명한데, 이들은 노장(老莊) 사상을 철학적 바탕으로 삼았다.

대표적인 청담가들이었던 죽림칠현(3세기 후반의 탁본)

이 고위 관리를 불러 세우고는 그의 명성을 드높였던 피리 한 곡조를 연주해보라고 청하자, 그 온후한 정치가는 서생의 요청을 기꺼이 받아들여 몇 시간이고 연주하며 그를 만족시켰던 시대였다. 철학자들은 다만 놀이를 위해서 대장간 일에 온 힘을 기울이면서도 현달한 빈객들이 중대한 문제를 해결해 달라면서 경의를 표할 때에는 전혀 눈길을 주지 않았던 시대였다. 이 시대와 육조(六朝) 초기의 시는 이러한 자유를 표현하고 있으며, 또 자연을 향한 사랑으로 돌아갈 때의 그 소박함과 우아함은 한대 시인들의 화려한 심상(心象)이나 정교한 운율 등과는 아주 대조를 이루었다.

누구라도 도연명(陶淵明)의 시를 기억할 것이다. 노장파 가운데 가장 유가적이고, 유가 가운데 가장 노장적인 사람으로, 황제의 대리인을 영접할 때 예복 입는 것을 싫어하여 지방관의 직책에서 물러난 사람이다. 그의 〈귀거래사(歸去來辭)〉는 바로 그 시대를 표현한 시다. 이슬을 머금고 수그린 국화의 청초함, 흔들리는 대숲의 미묘한 우아함, 여명의 물 위를 떠다니는 매화의 공연한 향기, 바람에게 무언의 탄식을 속삭이는 소나무의 차분한 초록빛, 그 고귀한 영혼을 깊은 골짜기에 숨긴 듯 또는 흘끗 본 하늘에서 봄을 간구하는 신성한 수선화 등 이런 것들이 시적 영감의 주제가 된 것은 도연명을 비롯한 남방의 다른 시인들을 통해서다. 그러한 시적 영감은 당(唐)의 위대한 개방화 시대에 불교의 이상과 혼융되고, 다시 송대(宋代)의 시인들에게서 뿜어져 나온다. 송대의 시인들은 도연명과 같은 양자강 정신의 소산이어서 늘 자연 속에서 그 혼을 표현하려고 애썼다.

자유는 장자에 의해서 [존재의] 본질적 속성으로 인지되었다. 장자는 그림 한 폭을 그릴 탁월한 화가를 찾으려 애쓴 지체 높은 귀족의 이야기를 들려준다. 후보자들이 한 사람씩 찾아와 예의 바르게 인사를 하고, 귀족이 바라는 화제(畫題)와 화법(畫法)에 대해 물었다. 그러나 그런 식으로는 귀족을 조금도 만족시키지 못하였다. 드디어 한 화가가 나타났는데, 그 화가는 무례하게 방 안으로 들이닥치더니 의복을 벗어던지고는 볼썽사나운 자세로 앉는 것이었다. 그리고는 붓과 물감을 달라고 하였다. 귀족은 전혀 호들갑스럽지 않게 소리쳤다.

"이 사람이 내가 찾던 사람이다!"

고개지(顧愷之)는 4세기 후반의 시인이자 화가였다. 노장파에 속하였고, "시에서 으뜸, 그림에서 으뜸, 어리석음에서 으뜸(才絶, 畫絶, 癡絶)"이라는 삼절(三絶)로 칭송을 받았다. 고개지는 예술 창작에서 주된 정조(情調)에 집중할 필요가 있다고 역설한 최초의 인물이다. "초상화의 비결은 해당 인물의 눈에서 드러난, 바로 거기에 있다"고 그는 말했다.

노장(老莊) 정신의 또 다른 성과로는 이 시기에 중국에서 처음으로 회화에 대한 체계적인 비평과 화가들의 전기가 나온 것을 들 수 있는데, 이는 그 나라[중국]와 일본에서 후에 미학이 일반화될 수 있는 토대를 제공해주었다.

5세기의 사혁(謝赫)은 화법(畫法)에서 육법(六法)을 세웠는데, 그 가운데 "자연을 묘사한다는 관념(應物象形)"은 다른 두 주요 원리

고개지의 낙신부도(洛神賦圖). 위(魏)나라의 시인 조자건(曹子健)이 쓴 도교시를 도식화한 것이다.

를 보조하는 세 번째 자리로 떨어졌다. 육법의 첫째는 "사물의 율동을 통한 정신의 생생한 약동(氣韻生動)"이다. 그에게 있어 예술이란 우주의 위대한 기운으로서, 사물의 조화 법칙인 율동 사이에서 이리저리 움직이는 것이다.

두 번째 법은 구조와 선을 다루는데, "뼈대의 법칙과 붓질(骨法用筆)"이라 한다. 이에 따르면, 창조적인 정신은 회화적 착상으로 내려갈 때 그 자체의 유기적 구조를 갖지 않으면 안 된다. 이 위대한 상상적 기획이 작품의 뼈대가 되는 조직을 형성한다. 선은 신경이나 동맥의 자리를 차지하고, 전체는 색채라는 살갗으로 덮인다. 그가 명암의 문제를 무시하는 것은 그의 시대에는 모든 회화가 초기의 아시아적 방식―바탕에 허연 석회를 깔고 그 위에 바위를 나타내는 물감을 칠한 뒤, 강렬하게 검은 선으로 그것을 강조하면서 서로 구분되도록 하는 방법―을 여전히 따르고 있다는 사실에 기인한다. 따라서 공자는 "모든 색칠은 희게 칠한 다음에 한다(繪事後素)"고 말한다. 이와 똑같은 방식을 인도 아잔타 석굴이나 일본 호오류우지(法隆寺) 벽화에서도 채택하고 있다.

이런 것들과 마주할 때, 회화에 있어 그리스인이 잃어버린 위대한 양식―아펠레시안파[7]에 의해서 무대의 명암법과 자연의 모사(模

---

7) 아펠레시안파Appellesian school : 기원전 4세기에 활동한 그리스 화가 아펠레스Appelles 의 화풍을 따른 유파. 아펠레스의 작품은 현재 전하는 것이 없지만, 고대 문필가들이 그의 작품에 대해 대단한 찬사를 보냈기 때문에 널리 알려졌다. 아펠레스는 윤곽선을 매우 중시 하여 매일 선 긋는 법을 연습했다고 하며, 몇 가지 색채만 사용하고 정밀한 원근법은 피했 다고 한다. 그에 관한 기록은 이탈리아 르네상스 시대의 미술가들에게 큰 영향을 끼쳤다.

寫) 등이 도입되기 전에 그들의 것이었던 양식—의 꿈이, 지울 수 없는 유감(遺憾)과 함께 우리 눈앞에 떠오른다. 강렬한 선의 거장인 프로토게네스[8]의 〈카산드라〉[9]를 생각해보자. 사람들이 말하기를, 프로토게네스는 이 여성 예언자[카산드라]의 눈에 트로이 몰락의 전모를 담아낼 수 있었다고 한다. 유럽의 작품은 그 후의 유파들을 따름으로써 비록 사실적인 묘사를 용이하게 한 데서는 무언가 기여한 것이 있기는 해도, 구도와 선의 표현에서는 대단한 힘을 잃었다고 말하지 않을 수 없다. 선과 그 선에 의한 구도라는 개념은 늘 중국 및 일본 예술의 위대한 힘이었다. 다만 송대와 아시카가(足利) 시대의 화가들은—그들의 목표가 예술적인 것이지 과학적인 것은 아니라는 점을 잊지 않고—명암의 아름다움을 덧붙였고, 토요토미(豊臣) 시대는 색채에 의한 구도라는 관념에 기여하였다.

이 노장(老莊)의 시대에 처음으로 대단한 경지에 올랐던 서예(書藝)의 신성함은 순수하고 소박한 선에 대한 숭배다. 한 획 한 획에 삶과 죽음의 원리가 고스란히 담겨 있고, 선들은 상호관계를 맺으며 하나의 표의문자[漢字]에서 그 아름다움을 이루어낸다. 중국이나 일본 회화의 탁월함이 윤곽의 표현이나 강조에만 있다고 생각해서는

---

8) 프로토게네스Protogenes : 기원전 4세기 말에 활동한 그리스 화가로, 아펠레스와 쌍벽을 이루었다. 작품 하나하나에 엄청난 정성과 시간을 바친 것으로 유명하다. 프로토게네스의 작품 또한 한 점도 남아 있지 않다.

9) 카산드라Cassandra : 그리스 신화에 나오는 트로이 최후의 왕 프리아모스와 헤카베 사이에서 태어난 딸로, 예언자의 능력을 갖추고 있었다. 여기서는 프로토게네스가 그렸으리라 여겨지는 작품을 가리킨다.

안 되지만, 그럼에도 그 윤곽은 단순한 선으로서 그 자체의 추상적인 아름다움을 지니고 있다.

노장 시대의 작품으로는 현재 남아 있는 것이 없기 때문에 그들의 특질을 계속 지녔던 다음 시대의 작품을 통해서 그 양식을 추론해 재구성할 수밖에 없다. 우리가 아는 것은 새로운 화제(畫題)가 시도되었다는 사실이다. 자연과 자유에 대한 사랑이 그들을 산수(山水)로 이끌었는데, 갈대 사이에서 서로를 부르는 들새의 그림을 우리는 문헌을 통해서 읽을 수 있다. 무엇보다도 그들은, 운무에서 태어나 변화의 힘을 표상하는 무시무시한 용(龍)•에 대해 강력한 관념을 만들어냈다. 그들이 그린 용호도(龍虎圖)에서는 물질적인 힘이 무한한 것과 쉼 없이 다투고 있는데, 범은 정령의 알 수 없는 공포에 끊임없이 도전하면서 포효하고 있다.

당연한 것이지만, 민중 일반은 노장사상의 움직임에 이끌려 행동하지 않았다. 노자와 장자도, 그들의 적법한 계승자인 청담가(淸談家)—이야기를 하면서 옥으로 만든 손잡이[玉柄]에 붙은 소꼬리를 흔들며 추상과 순수에 대한 지적인 토론을 즐겨한 이들—도 오늘날 중국 민족을 손 안에 꽉 쥐고 있으면서 '노철학자' [10]를 그 창시자라고 주장하는 도교 숭배에 대해서는 아무런 책임이 없다.

유교 성현들의 꾸준한 노력에도 불구하고, 중국 민족의 초기 고향에서 중국인과 함께 온 타타르인의 미신은 결코 근절되지 않았고,

---

10) 노자를 가리키는데, 노자는 도교에서 태상노군(太上老君)으로 일컬어지며 숭배되고 있다. 그래서 도교의 창시자로도 간주된다.

양자강의 삼림에서 살던 미개한 종족은 이 원시적 유산의 수호자가 되어 마법과 주술의 마성적인 이야기를 즐겨 하였다. 내세의 문제를 도외시하고 인간의 고상한 성품은 하늘에 돌리며 하찮은 성품은 다시 한 번 땅에서 모인다고 가르치는 유교주의는 그 자체의 필연적인 결과로서 몸 안에서 불멸성을 추구하였다.

멀리 거슬러 올라가서 주 왕조 말기의 문헌[11]을 보면 종종 산인(山人) 또는 산에 사는 마법사에 대한 언급이 나온다. 그들은 기이한 술법을 통해서 또는 마법의 영약을 발견함으로써 영생불사의 힘을 얻고, 학의 등에 타고는 한낮에 하늘을 날아 불가사의한 그의 형제들이 여는 은밀한 모임에 참여해서 해질녘까지 시간을 보낸다.

진(秦)의 황제들은 불사의 약을 구하기 위해 한 무리의 사람[12]을 동해 바다로 보냈는데, 그 무리는 빈손으로 돌아가는 것이 두려워서 일본에 정주하였다고 한다. 오늘날 그 땅[13]에 사는 일족은 전체가 그들의 후손이라 주장하고 있다.

한나라의 황제들 또한 비슷한 일에 빠져들지 않을 수 없었다. 그래서 몇 번이고 그들의 신에게 제사 지낼 신전을 세웠지만, 한결같이 유자들의 항변으로 말미암아 파괴되었다. 그런데 연금술에 있어 그들의 실험은 많은 화합물을 생산해냈으니, 중국에서 경이로운 자

---

11) 한대(漢代)의 유향(劉向, 기원전 77~기원전 6)이 지은 『열선전(列仙傳)』이 대표적인 문헌이다. 『열선전』은 중국 최초의 신선 설화집이자 신선 전기집이다.
12) 진시황의 명을 받아 장생불로의 영약을 구하러 동방으로 떠난 서복(徐福)과 3천 명의 동남동녀(童男童女)를 가리킨다.
13) 일본 와카야마현(和歌山縣) 쿠마노(熊野) 지방을 가리킨다.

기(磁器)의 유약이 만들어진 기원을 그들의 우연한 발견으로 돌릴
수 있다.

그러나 하나의 종파로서 도교의 최종적인 조직화는 육조 초기의
육수정(陸修靜, 406~477)과 구겸지(寇謙之, ?~448)의 노력에 의한
것이었다. 그들은 민중이 지닌 관념의 의의에 깊이를 부여하고 더욱
깊이 믿게 하려는 생각으로 노자의 철학과 불교도의 의례를 받아들
였다. 그리고 북방 중국의 불교도에게 끔찍한 재앙이었던 일련의 박
해를 시작한 것도 그들이었다. 당 왕조의 개방성이 유교와 불교, 도
교 삼교의 교도들로 하여금 상호 관용 속에서 함께 살아갈 수 있게
해주었을 때에야 그 박해는 그쳤다.

불교는 그 철학적인 면에 있어서는 노장 사상가들로부터 기꺼이
받아들여졌다. 노장 사상가들은 불교에서 그들 자신의 철학을 발전
시킬 만한 것들을 찾아냈다. 중국에서 인도의 교의를 체득한 초기의
교사들은 대부분 노자와 장자를 익힌 학인들이었다. 혜원(慧遠)과
같은 이는 아슈바고샤(馬鳴)[14]와 나가르주나(龍樹)의 추상적인 관
념론을 이해하기 위해 필요한 준비로서 그들의 책을 가르쳤다.

더 구체적인 면에 있어서도, 초기 도교도는 부처의 형상을 기꺼이
받아들여 자신들의 신 가운데 하나로 삼았다. 한대의 장군인 반초

---

14) 아슈바고샤Asvaghosha : 인도 대승불교의 논사(論師)이며 산스크리트 문학 최초의 불교
    시인이다. 부처의 일생을 노래한 서사시 『붓다차리야』─한문 번역은 『불소행찬(佛所行
    讚)』이라 한다─가 유명하며, 대승불교의 주요 경전인 『대승기신론(大乘起信論)』의 저
    자로도 알려져 있다.

(班超)가 1세기 초에 티베트 변경을 침입해서 전리품으로 가져온 황금의 산인(山人, 산의 마법사)은, 그 이름이 암시하듯이, 중국에 이미 존재하던 도교의 형상과 전혀 다르지 않은 것으로 여겨졌고, 그래서 그것은 감천궁(甘泉宮)의 도교의 신들 사이에 놓여 유사한 의례를 통해 숭배되었다.

2세기에 초(楚)의 왕[15]은 확고한 도가였는데, 동시에 열렬한 불교도이기도 했다. 3세기[16]의 영제(靈帝)는 황금 불상을 주조할 때, 동시에 노자의 상도 주조하였다. 이 모든 것이, 후대에 도가의 저술에서 주장하는 대로, 초기에는 두 종교가 반목하지 않았음을 입증해준다.

---

15) 초왕 영(英)을 가리킨다.
16) 정확하게는 2세기다.

1. **굴원**(屈原) : 양자강 유역의 나라였던 초(楚)의 왕족. 굴원의 진언은 초의 왕에게 받아들여지지 않았고 굴원은 도리어 유배를 당했다. 그는 자기 주장의 한 방식으로―사람들로부터 외따로 떨어진 자의―고독을 표현한 위대한 시를 써서, 자연 속에서 유일한 지기(知己)를 찾고 이상화 안에서 유일한 집을 구하였는데, 그러고 나서 물에 몸을 던져 빠져죽었다. 오늘날까지도 사람들은 해마다 모여서 그의 죽음을 애도한다.

2. **맹자** : 맹자는 공자가 죽은 지 백여 년이 지나서 살았다. 문왕과 공자는 인간이 관계를 맺고 살아가는 데 있어 비결로서 인(仁)을 가르쳤다. 맹자는 법칙으로서 상호 의무를 나타내는 의(義)를 덧붙였다. 여기서 의라는 문자는 매우 시사적이다. 이 글자는 양(羊)과 '나' 를 뜻하는 아(我)로 이루어져 있다. 나의 양, 그것이 의다. 인이라는 문자는 사람(人)과 둘(二)이다. 두 사람이 있을 때, 사람은 자신을 잊는다.

3. **용**(龍) : 도교가 흥기한 뒤로 중국 및 일본의 예술을 통해서 무한성이 표현될 때마다 이 상징을 보게 된다. 이것은 변화의 힘―지고무상의 주권(主權)―을 의미한다. 천자는 늘 용체(龍體)나 용안(龍顔)으로 묘사되곤 했다.

5

불교와 인도예술

●   불교는 일종의 성장하는 종교다. 최초의 깨달음이 이루어졌던 금강좌(金剛座)[1]는 이제 정말로 찾아내기가 어려운데, 그것은 건축가들이 그 신앙의 전당에 자신의 몫을 더하겠다고 끊임없이 세운 거대한 기둥과 정교한 주랑(柱廊)의 미로 등으로 에워쌌기 때문이다. 보리수 그것처럼 인류에게 광대한 쉼터를 제공해주는 거대한 지붕을 더 넓히려고 돌과 기와를 가져오지 않은 세대는 없었다. [석가모니가 성도한 땅] 붓다가야에서 볼 수 있는 것처럼 불교의 탄생이라는 이미지를 숨기는 것은 몇 세기에 걸친 불분명함이다. 애정과 존숭의 화환들로 그것을 덮어버렸고, 종파적 과시와 경건한 협

---

1) 석가모니가 성도(成道)할 때 앉아 있었던 보리수 아래를 가리킨다.

잡이 주위를 에워싸고 있는 대양의 물을 제각각의 색조에 맞게 물들였다. 이렇게 해서 결국 한때 지류였던 온갖 하천과 흐름들을 하나하나 식별하는 것이 거의 불가능해졌다.

그러나 동아시아를 포용할 뿐만 아니라 먼 옛날 시리아의 사막에 씨앗을 퍼뜨려서 꽃을 피우고 이에 더하여 기독교라는 형태로 사랑과 극기라는 향기를 뿜으며 세계 일주를 완성한 그 체계의 위대성을 구성하는 것은 적응과 성장이라는 바로 이 힘이다.

저 위대한 스승의 사상이 다양한 민족과 시대와 접촉하면서—마치 똑같은 빗방울이 매우 다른 풍토에 있는 꽃에 생명을 불어넣어주는 것과 비슷하게—각각에 맞도록 마련한 몇 가지 형태를 참된 발전의 순서에 따라서 분석하고 서술하는 일은 참으로 어렵다. 왜냐하면 아시아는 광대하고, 인도 자체는 비스툴라[2] 서쪽의 유럽보다 더 크며, 후대 학자들이 좋아서 분류한 불교의 계통을 보면 인도에 스물셋, 중국에 열둘, 일본에 열셋의 종파 및 그 아래 또 무수히 많은 하위 부류가 있는데 이 모두 연대기적 계열이라기보다는 지역적 분포의 의미에서 더 상호 연관되어 있기 때문이다. 북방과 남방[불교][3]이라는 그 이름에도 이 신앙을 그런 방식으로 크게 나누었다는 의미가 들어 있다.

개인이 창시자인 종교에는 반드시 두 가지 중대한 요소가 있다.

---

2) 비스툴라Vistula : 폴란드에서 가장 긴 강. 폴란드 남부에 위치한 베스키디 산맥에서 발원하여 북쪽으로 구불구불 흐르다가 발트 해로 들어간다.
3) 동아시아에서는 흔히 북방불교를 대승불교라 하고, 남방불교를 소승불교라고 부른다.

하나는 교조 자신의 거인과도 같은 자태인데, 이는 이어지는 여러 세기가 그 자체의 광휘를 교조의 인격에 투영하면서 더욱더 눈부시게 만든 것이다. 다른 하나는 교조가 활연히 깨달음에 이르도록 해준 그 역사적 또는 민족적 배경이다. 우리가 개성이라는 심리적 조건들을 더 깊이 캐어들면 그 위대한 스승과 그의 과거 사이에서, 반드시 대립하는 것은 아닐지라도, 어떤 대조를 찾아내려는 것이 타당한 것으로 여겨질 것이다. 그가 사회적인 의식에서는 알아채지 못한 그 깨달음의 요소들은 그의 가장 힘 있는 언설의 주제가 된다. 그렇지만 그러한 의식과의 관계 속에서만 그의 전언(傳言)은 충분한 의미를 가진다. 그러므로 창시자의 교의가 본래의 환경으로부터 멀찌감치 떨어지게 되면, 어떤 의미에서는 이해되거나 발전될 수 있고 또 그 자체에 있어서는 진실일 수 있으나, 최초의 충동이 갖는 그 복잡성에 대해 조금이나마 진정이고 훨씬 더 충실한 또 다른 사상의 흐름과는 표면적으로 모순될 수 있다는 것은 꽤 있을 법한 일이다. 이 성인이 인도에서 그 민족에 대해 가지는 관계를 연구한 사람이라면 누구든지 이 법칙의 적용을 이해할 수 있다. 거기에서는 깨달은 자 자신의 해탈에 대한 자연스런 증거로서 가장 놀랄 만한 부정(否定)이 그 입에서 나올 뿐 아니라, 그가 그 부정에 이를 때까지 농축한 적정(寂靜)의 경험을 한 순간도 어지럽히지 않으면서도 생명의 온전한 기운을 그 사회에 드리운다. 인도의 남녀는 모두, 신에 대한 어떠한 상(像)도 있을 수 없으며 신이라는 말 자체가 하나의 제한적 조건이라고 말하는, 어떤 영감으로 가득한 여행자(붓다)의 발아래에 엎드려 절을 한 뒤에, 매우 당연한 순서겠지만, 곧장 시바 신상(神像)[4]으로 가서는 그 머리에 물을 쏟아 부을 것이다. 만약 반대되는 것을 포섭하는 이러한 비밀을 파악하지 못한다면, 우리는 틀림없이 남방불교와 북방불교의 상호관계를 이해하지 못해서 허우적거릴 것이다. 왜냐하면 둘 가운데 어느 것은 옳고 어느 것은 그르다고 말할 수 없기 때문이다. 그러나 완전히 이해할 수 있는 것은, 남방불교에서는 그 기반이 비교적 좁아서, 어디서 와서 어디로 갈지 전혀 모르는 사람들 사이에서 마치 광야에서 홀로 외치는 것 같은 저 위대한 목소리 그 자체의 울림을 기반으로 하고 있고, 북방불교에서는 그 나라의 종교적 경험의 극치로서 '자신의 참된 상대성 안에 있는 부처'에 귀를 기울이고 있다는 점이다. 따라서 북방불교는 어떤 거대한 산의 협곡과도 같아서 그 협곡을 통해 인도가 지적(知的) 급류를 온 세상에 흘려보내고 있으며, 카시미르[인도 북부]에서는 그 교의의 가장 권위 있는 집적이 이루어졌다는 주장에는, 의도된 의미에서는 참일 수도 참이 아닐 수도 있겠지만, 그 언어에 내포된 것보다 더 깊은, 그 자체에 필연적으로 따르는 정확성이 있다.

남북 양쪽의 해석을 따라서 본질적으로 말한다면, 부처의 전언은 영혼의 자유에 대한 것이었고, 그 전언을 들은 이들은 『마하바라타』나 『우파니샤드』 등을 통해서 이미 절대자의 청정한 물을 배부

---

4) 원문은 "Siva-lingam"인데, 시바Siva는 힌두교의 신이고, 링감lingam은 그 신을 표상하는 남근상(男根像)이다. 링감은 생식력을 상징하는 것으로, 인도 전역의 시바 신전과 가정의 사당에서 중요한 숭배 대상으로 모셔놓고 있다.

르게 마셨던, 갠지스 강의 해탈한 아이들이었다. 그러나 그 웅대한
철학 너머에서, 몇 세기라는 세월의 흐름을 가로지르고 남북 양쪽이
똑같이 반복하는 것을 꿰뚫어 보면, 세상에서 가장 개인주의적인 민
족 가운데서도 유달리 돋보이는, 또 우둔한 짐승을 인간과 같은 차
원으로 끌어올려주는 저 열정적인 자비심으로 여전히 떨리고 있는
그 거룩한 목소리를 우리는 듣게 된다. 카스트제도가 빈곤에 허덕이
는 농부를 인도적(人道的)인 귀족 가운데 하나로 만들어버리는 정
신적 봉건제도•에도 아랑곳없이 한량없는 자비심을 가지고 하나의
위대한 마음이 된 민중을 꿈꾸며 사회적 속박을 파괴하고 천하에 평
등과 동포주의를 설파하고 있는 그의 모습을 우리는 보게 된다. 유
교적 중국의 감정과 매우 유사한 이 두 번째 요소[동포주의]야말로
이전에 베다 사상을 발전시켜온 사람들과 그를 구별지어주었고 또
그의 가르침으로 하여금 인류 전체는 아닐지라도 아시아 사람을 모
두 포용할 수 있게 해주었다.

그가 태어난 카필라바스투는 네팔에 있는데, 당시에는 지금보다
훨씬 더 우랄알타이적이었다. 학자들은 때때로 그가 타타르족의 피
를 이어받았다고 주장한다. 왜냐하면 샤카족Sakyas(석가족)은 사카
족Sakas 곧 스키타이인이었을지도 모르고 또 솔직히 말해서 가장
초기의 상들을 보면 그를 몽골 계통으로 표현하고 있을 뿐 아니라
가장 초기 경전에 묘사된 그의 피부도 금색 또는 황색이어서 주목할
만한 증거로 간주될 수 있기 때문이다. 도가(道家)조차 "노자에 의
한 오랑캐 교화의 책"이라 풀이할 수 있는 『노자화호경(老子化胡

經)』5)에서 더 익살스럽게 서술하고 있는데, 거기에서는 노자가 함곡관(函谷關)에서 불가사의하게 사라진 뒤에 어떻게 인도를 여행했고 또 그곳에서 어떻게 고타마[6]로 환생하게 되었는지 이야기하고 있다.

그의 혈관에 타타르족의 피가 흐르고 있든 아니든 상관없이 어쨌든 그가 그 민족의 근본이념을 체현하고 그것을 통해 인도의 관념론을 최고의 농도로 보편화시킴에 따라 갠지스 강과 황하의 물이 혼융되는 대양이 되었다는 것은 분명하다.

사원(寺院)에 대한 관념 또한 그 당시 숲속에서 설교하던 다른 리쉬[7]나 산야신[8]들로부터 그를 명확하게 구별해주었다. 그러나 리쉬나 산야신들의 독립 정신은 그들을 행성(行星)이 되게는 해주었지만 항성(恒星)이 되게 해주지는 못했다. 모든 사원의 모체인 불교 사원의 존재는 불교사상의 이중적 경향을 여실하게 보여준다. 왜냐하면 산야신의 조직화는 곧 해탈한 사람에 대한 속박이고, 그럼에도 신앙의 요체는 인생의 속성이라고 알려져 있는 번뇌로부터 벗어나는 자유의 본질에 대한 탐구이기 때문이다.

그런데 실제로 자유와 속박은 틀림없이 이 위대한 성자의 주요한

---

5) 『노자화호경』은 노자가 인도로 가서 그들을 교화하고 석가가 되었다고도 하고 석가의 스승이 되었다고도 하는 내용을 담고 있다.

6) 고타마Gautama : 부처가 출가하기 전의 이름이 고타마 싯다르타Siddhartha였다. 고타마는 성이고, 싯다르타는 이름이다. 남방불교에서는 흔히 '고타마 붓다'라 일컫는다.

7) 리쉬Rish : 베다의 송가(만트라)를 아는 고대의 현자.

8) 산야신Sannyasin : 인도에서 속세를 완전히 떠나 유행(遊行)하는 고행승.

형식이었다. 원만구족(圓滿具足) 그 자체를 표현하기 위해서는 필연적으로 상반되는 것의 대조에 기대지 않으면 안 된다. 그리고 다양성 속에서 통일성을 구한다고 하는 것, 곧 보편적인 것과 특수한 것 안에는 동시에 참되고 개성적인 것이 있다고 주장하는 그 선언적인 말에서 우리는 이미 그 교의의 분화를 상정하게 된다.

석가족의 사자는 그 갈기를 흔들어서 마야[9]라는 티끌을 떨어낸다. 그는 형상에 예속되는 것을 타파하고, 영혼을 영원한 통일성으로 향하게 하고는 형태의 존재 자체를 부정한다. 이는 나중에 남방 종파의 무신론적 공식에 그 기초를 제공했다. 동시에 절대자와 합일하는 환희와 영광은 사물의 아름다움과 그 의의에 대한 무한한 애정을 낳았고, 북방의 불교도와 그 형제인 힌두교도로 하여금 신으로 가득한 세상을 그리게 하였다. 그의 가르침은 필시 가타,[10] 또는 팔리어 이전에 가타와 유사한 원(原) 산스크리트의 과도적인 형태로 전해졌을 것이다. 그러나 그는 자신의 입으로 그것을 거부하려는 듯이 제자들에게는 민중의 방언으로 말하라고 일렀다.

단일한 진리에 대한 그런 갖가지 해석은 동등한 권위를 가지면서 아주 다른 의상을 입은 것으로, 필연적으로 종파적인 논쟁을 이끌어냈다. 처음에 이런 논쟁은 주로 이 위대한 정신적 실천가의 가장 중

---

9) 마야Maya : 힌두철학의 근본 개념. 원래 "마술"을 뜻하는 말이었으나, 현상세계가 진짜라는 우주적인 환상을 생성하는 강력한 힘을 뜻하게 되었다. 그래서 흔히 '환상' 또는 '환몽(幻夢)' 등으로 번역된다.
10) 가타Gatha : 부처의 공덕이나 가르침을 찬탄하는 노래. 흔히 '게송'으로 번역된다.

요한 행동 원칙이었던 규율이나 규칙에 관한 것이었다. 그러나 나중에는 철학적 관점을 지닌 토론이 되면서 불교는 셀 수 없이 많은 종파로 나뉘었다.

불교의 제1기, 곧 대열반—기원전 6세기 중반에 일어난 일로 추정되는 석가모니의 입멸—직후에 이어진 시기는 최초 집단[11]의 우세와 관련되는데, 그 집단의 지도자들인 교단의 초기 장로들은 긍정적인 관념론의 체계를 가르친 반면에, 그 반대자들은 주로 사원 규율의 세부 사항에 몰두하고 실재와 비실재에 관해 토론하여 그 결과로 대부분 부정적인 결론에 이르렀다는 사실과 관련되어 있다.

아쇼카왕—인도를 통일하고 제국의 영향력을 실론(스리랑카)에서 시리아와 이집트의 경계에까지 미치게 했으며, 심사숙고 끝에 불교를 통합의 정신적인 힘으로 인식한 위대한 황제—은 북방의 종파와 긴밀한 연관을 가졌음에 틀림없는 사상가들에게 심대한 개인적 영향력을 끼쳤다. 그러면서도 아시아적 관용으로 반대자들까지 후원하고 또 브라만교도 지지해주었다. 그의 아들 마힌드라Mahindra는 실론을 불교로 개종시키고 그 땅에서 북방불교의 기초를 쌓았는데, 그것은 7세기에 현장(玄奘)이 인도를 방문했을 때에도 존속하고 있었으며, 그 후로도 몇 세기 동안 오늘날에도 남방불교의 아성으로

---

11) 이른바 상좌부(上座部)를 가리킨다. 상좌부는 스리랑카 · 미얀마 · 타이 · 캄보디아 · 라오스 등지에 퍼져 있는 주요 불교 형태의 하나로, 팔리어로 전승된 불교 경전을 정통으로 받아들이고 있으며, 스스로의 노력에 의해 깨달음에 이른 완전한 성인 곧 아라한(阿羅漢)을 이상적으로 생각한다.

남아 있는 시암(태국)에서 남방불교의 교리가 흘러들어올 때까지 지속되었다.

부처의 직제자들이 신앙을 설파한 북인도와 카시미르는 불교 활동이 가장 왕성한 곳이었다. 기원후 1세기에 카니슈카[12]—중앙아시아에서 펀자브[인도의 북서부]까지 세력을 확장시키고, 아그라 근처의 마투라[13]에 족적을 남긴 대월지의 왕—가 불교도 대회의를 소집한 곳이 바로 카시미르였으며, 그 회의의 영향으로 불교는 중앙아시아까지 퍼졌다. 그러나 이 모든 일은 찬드라 굽타(기원전 4세기)의 위대한 후손인 아쇼카왕이 시작한 일을 더 강력하게 추진한 것일 뿐이다.

나가르주나는 인도의 승려였는데, 그의 이름은 중국과 일본에도 잘 알려져 있다. 기원후 2세기에 나가르주나는 아슈바고샤와 바수미트라(世友)로 알려진 선사(先師)들의 자취를 따랐다. 바수미트라는 카니슈카왕의 대회의에서 의장을 맡았던 인물이다. 나가르주나는 그의 여덟 가지 부정(八不論), 두 가지 대립 사이에 놓인 중도(中道)의 해명, 일체만물에 스며 있는 위대한 정신과 광명인 무한한 자아[시방세계에서 유일한 참된 마음]에 대한 인식 등을 통해서 불교 최초의 유파에 최종적인 형태를 부여하였다. 이는 팔리어 경전(남

---

12) 카니슈카Kanishka : 인도 쿠샨 왕조의 제3대 왕. 그의 치세 때 불교가 흥성하였고, 그리스 조각의 영향을 받아 불상 제작이 활발하였다.
13) 마투라Mathura : 인도 북부의 도시로, 아그라Agra 북서쪽의 야무나 강변에 위치해 있다. 기원전 2세기에서 기원후 12세기까지 무역과 순례의 중심지 구실을 했는데, 그와 동시에 불교예술이 번성하였다.

방불교)도 부정하지 않는 교의다. 비록 거기에서는 그가 유한한 자아는 존재하지 않는다는 것을 설하고 있지만 말이다. 나가르주나의 기억이 오리사 및 남인도와 연결되어 있다는 사실, 그리고 그의 뒤를 곧바로 이은 후계자 데바(提婆)[14]가 실론 출신이라는 사실 등은 이 최초의 유파가 꽤 광범위한 지역에 영향을 끼쳤음을 보여준다.

인도에서 이 초기 불교의 예술은 그에 앞섰던 서사시 시대의 예술에서 자연스럽게 성장한 것이다. 왜냐하면 유럽 고고학자들이 즐겨 말하는 대로 그 갑작스런 출현을 그리스 예술의 영향으로 돌리면서 불교 이전 인도 예술의 존재를 부정하는 것은 무익한 짓이기 때문이다. 『마하바라타』와 『라마야나』•는 영웅적 여성의 황금상(黃金像)과 개인의 화려한 장신구 등에 대해서는 언급하지 않지만, 여러 층으로 된 탑이나 화랑(畵廊), 그리고 화가의 신분 등에 대해서는 자주 언급을 하고 있다. 방랑하는 음유시인들이 나중에 서사시가 될 민요를 노래했던 그 시대에 형상을 숭배하는 일이 없었다고 생각하기는 어렵다. 신들의 형상에 대해 묘사하는 문학은 조형화하려는 시도와 상관관계가 있기 때문이다. 이런 사유는 아쇼카왕 때의 난간(欄干) 조각에서 확실히 입증되는데, 거기에는 보리수를 숭배하는 인드라와 데바(천신)의 여러 형상이 있다. 이는 고대 중국에서처럼 점토, 회반죽, 그리고 영속성이 없는 다른 재료를 일찍부터 사용했음을 보

---

14) 데바Deva : 인도의 삼론종 창시자의 한 사람으로, '제바달다(提婆達多)'라고도 부른다. 남인도의 외도와 소승을 논파하고 대승의 공론(空論)을 주창하였으며, 『백론(百論)』을 저술하였다.

여준다. 아쇼카왕 때의 난간도 아마 처음에는 그런 것들로 덮여 있었을 것이다. 여기에는 그리스 예술의 영향을 받았다는 흔적이 전혀 없다. 만약 외국의 어떤 예술 유파와 관계를 설정할 필요가 있다고 한다면, 확실히 고대 아시아의 예술과 연관을 짓지 않으면 안 된다. 메소포타미아인, 중국인, 페르시아인 사이에서 그런 흔적이 발견되기 때문이다. 특히 페르시아인은 인도의 한 종족에 지나지 않는다.

델리에 있는 아쇼카왕의 거대한 철주(鐵柱), 그것은 오늘날 유럽의 모든 과학적 기계장치로도 모방할 수 없는 거대한 주조의 경이로움인데, 이는 아쇼카왕과 동시대에 중국 진시황(秦始皇)이 만든 열두 개의 거대 철상(鐵像)과 마찬가지로 이 시대가 숙련된 공예기술과 방대한 재원을 갖춘 시대였음을 가리킨다. 그러나 후세에 그런 잔해를 남겨주기 위해서 그 당시 거기에 존재했음에 틀림없는 그 엄청난 장엄과 번화함을 마음속에 재구성하는 일에는 너무도 노력을 기울이지 않았다. 쿠룩쉐트라•의 황량한 폐허, 라자그리하•의 그 구슬픈 소리를 내는 잡초는 여전히 저 고대의 영광에 대한 기억을 품고 있으면서도 이국인의 눈길로부터는 움츠리며 감추어버리고 있다.

부처 자신에 대한 상은, 비록 초기 스투파Stupa(탑)에는 존재하지 않아서 현존하는 그 이른 시기의 유물 가운데서 식별해낼 수 없을지라도, 아마 제자들이 만든 최초의 작품이 아니었을까 한다. 제자들은 곧 그 기억에 자타카[15)의 전설을 입히고 또 그 이상적 풍모를 미화하는 법을 알게 되었다.

아쇼카왕이 세운 석주(기원전 250년경). 인도 비하르의 바이샬리에 서 있다.
불교의 역사를 해명하는 데 있어 매우 귀중한 자료다.

아쇼카왕 이후에 인도의 불교 예술운동은 그 원시적 형태의 속박에서 벗어나 좀 더 자유로운 형식을 취하였고 주제의 범위도 확대시켰으나, 그럼에도 늘 민족적 유파의 정통적인 발전으로 남아 있었다. 이는 오리사의 석굴사원이나 산치[16]의 난간에서도, 3세기에 이 유파의 예술이 도달한 정점인 아마라바티[17]의 우아한 묘사에서도 똑같다.

마투라와 간다라의 유물도 이 일반적인 운동 속으로 들어갔다. 왜냐하면 카니슈카왕과 대월지족이 인도 예술에 그들의 몽골적 특색을 보태기는 했으나, 그것을 공통의 고대 양식 안에 들여놓는 데 그쳤을 뿐이기 때문이다. 간다라의 작품 자체를 더 깊이 그리고 더 많은 정보에 입각해서 연구해보면, 이른바 그리스적 특성보다는 중국적 특색이 훨씬 더 두드러진다는 사실이 드러날 것이다. 아프가니스탄의 박트리아 왕국[18]은 방대한 타타르 주민 한가운데에 있던 조그만 식민지에 불과했으며, 이미 기원전에 거의 멸망했다. 알렉산더 대왕의 침입은 헬레니즘 문화보다는 오히려 페르시아 문화의 영향을 신장시켰다는 의미를 갖는다.

---

15) 자타카Jataka : 부처의 전생에 관한 대중적 이야기들. 동아시아에서는 '본생담(本生譚)'이라고 한다.
16) 산치Sanchi : 인도 중부에 있는 불교 유적지. 평원에 솟은 언덕 위에 대탑(大塔)을 중심으로 많은 불탑이 있다. 기원전 3세기 이후 고대 인도 미술의 정수로 평가된다.
17) 아마라바티Amaravati : 인도 남부에 있는 고대의 불교 중심지. 서사적 조각에 속하는 웅장한 부조로 유명하다.
18) 박트리아Bactria 왕국 : 한자로는 '대하(大夏)'라고 쓰는, 힌두쿠시 산맥과 아무다리야 강(옥서스) 사이에 위치한 나라. 기원전 3세기부터 기원전 2세기까지 존속했다.

웅장한 부조로 유명한 아마라바티의 〈부처를 공격하는 마라〉

불교도들이 활동하던 제2기―중국과 일본에서 불교가 전개된 일에 대해서는 '나라(奈良) 시대'에서 다룰 기회가 있을 것이다―, 이 시기는 4세기 굽타 왕조 아래에서 시작된다. 이 왕조는 선행하는 안드라 왕조[19]를 통해서 남방의 드라비다족[20] 문화와 촐라족[21]의 문화를 융합할 수 있었다.

이 시대에 아상가(無着)[22]와 바수반두(世親)[23]가 객관적 연구의 유파를 창시했는데, 시적 충동이 비범한 과학적 표현에 도달한 운동이었다. 불교는 마야Maya에 대한 독특한 정의로 말미암아 대단히 과학적인 노력을 보유하고 있는 종교 관념이라는 것, 그리고 이 시기에는 그런 사실을 입증해줄 강력한 증거가 있다는 것을 이해해야 한다. 이 시기는 지적 확장이 성대하게 이루어지던 시대로, 칼리다사는 노래하고 천문학은 바라하미히라[24] 아래에서 절정에 이

---

19) 안드라Andra 왕조 : 기원전 3세기 말부터 기원후 3세기 전반까지 데칸 고원 일대를 지배했던 남부 인도의 왕조. 로마와 무역이 활발하였고, 불교 활동도 활발하였다.
20) 드라비다족Dravidian : 남인도와 스리랑카 동북쪽에 살며 드라비다어를 쓰는 민족. 선사시대부터 인도에서 살았으며, 아리아인에게 정복당했으나 독자적인 문화를 발전시켜왔다. 크게 타밀족과 텔루구족으로 나눈다.
21) 촐라족Cholas : 인도의 남쪽 끄트머리에서 살았던 종족.
22) 아상가Asangha : 4세기의 인도 불교사상가로, 논서 『섭대승론(攝大乘論)』을 저술하였다. 『섭대승론』은 유식학의 근본 문헌 가운데 하나로, 대승불교의 요강을 열 가지 주제를 들어 요령 있게 정리하고 체계화한 것이다. 이를 근거로 중국에서는 섭론종(攝論宗)이 성립했다.
23) 바수반두Vasubandhu : 320~400년경의 인도 불교사상가로, 아상가의 동생이다. 유가유식설(瑜伽唯識說) 완성에 힘썼고, 『유식삼십송(唯識三十頌)』을 저술하였다. 『유식삼십송』에 대해서는 그의 제자들 손으로 여러 주석서가 나왔고, 훗날에 현장(玄奬)이 호법(護法)의 주석을 중심으로 10대논사(十大論師)의 여러 주석을 합쳐서 번역한 『성유식론(成唯識論)』은 법상종(法相宗)의 근본경전이 되었다.

르렀으니, 그것은 지적 중심지인 날란다•와 함께 7세기까지 지속되었다.

이 두 번째 불교 시대의 예술은 아잔타의 벽화와 엘로라 석굴의 조각에서 가장 잘 엿볼 수 있다. 오늘날 그것들은 위대한 인도 예술의 표본 가운데서 극히 조금 남은 것에 지나지 않지만, 무수한 여행자 덕분에 중국 당나라 예술에 그 영감을 제공해주었다는 사실은 의심할 여지가 없는 일이다.

불교의 제3기, 곧 구체적 관념론의 시대는 7세기와 함께 시작되어 신앙의 주조음(主調音)을 전해준다. 그 영향력은 티베트까지 미쳤는데, 거기서 한편으로는 라마교가 되고 다른 한편으로는 탄트라불교가 되었으며, 다시 밀교적 교의로서 중국과 일본에 이르러 헤이안(平安) 시대의 예술을 일으켰다.

남방불교의 유파는 늘 그 동반자(북방불교)와 더불어 나란히 활동해왔는데, 이제는 그 이념이 버마와 시암(태국)으로 침투해 들어갔고, 다시 실론으로 되돌아와서는 그 섬에 남아 있던 북방불교 신자를 흡수하여 그 양식에서 북방의 예술과는 현저히 다른 인도차이나 예술이라는 새로운 층을 창조하였다.

힌두교―불교가 하나의 교의로서 출현한 이래로 인도의 민족의식이 늘 불교를 그 안에 용해시키려 애써왔던 형식―는 이제 다시 한

---

24) 바라하미히라Varahamihira : 6세기 인도의 철학자 · 수학자 · 천문학자. 서양의 천문학에 대한 지식이 깊었던 그는 그리스 · 이집트 · 로마 · 인도의 천문학 해설서인 『다섯 편의 천문학 논문』을 저술하였다.

번 국민 생활의 포괄적인 형식으로서 인식되었다. 상카라차리야[25)
에 의한 위대한 베단타 철학의 부활은 곧 불교를 흡수하고 동화하여
새롭게 역동적인 형태를 갖추고 나타난 사건이다. 그리고 이제 수세
기나 떨어져 있는 시대임에도 불구하고, 일본은 유례가 없을 정도로
사상의 모국[인도]에 가까이 이끌려가고 있다.

---

25) 상카라차리야Sankaracharya(700?~750?) : 인도 철학의 주류인 베단타학파를 창시한 사
람이다. 우파니샤드의 범아일여(梵我一如) 사상에 입각하여 우주의 근본원리인 브라흐만
은 개인의 본체인 아트만과 완전히 동일하다는 '불이일원론(不二一元論)'을 내세웠다.

1. **정신적 봉건제도** : 이는 바라문의 이상(理想)에 대해 언급한 것으로, 삶의 극단적인 단순성에 뿌리를 두고 그것을 실천해온 완전한 정신문화다. 바라문의 촌사람은 유럽 대학의 의미에서 학자일 뿐만 아니라, 해탈한 지성과 성격을 갖춘 사람이기도 하다. 그럼에도 언제나 소박한 촌사람으로 남아 있는 데에 자부심을 갖고 있다. 이런 기준은 아시시Assisi의 성 프란체스코가 그랬던 것처럼 청빈(淸貧)을 존숭한 것으로 여긴 산야신에 훨씬 더 들어맞는다. 인도에서는 이들 계급 사이에서, 본문에서 언급했던 것이 결코 과장이 아니라는 것을 보여주는 사람들이 많이 나타났다고 할 수 있다.

2. **마하바라타**Mahabharata : "위대한 인도"의 서사시로, 쿠루족Kurus과 판다바족Pandavas 사이에 있었던 전쟁을 노래하고 있다. 이 전쟁은 기원전 10세기 또는 12세기에 실제 일어났던 것으로 여겨지는데, 그 역사는 아직까지도 인도 상류계급 아이들을 교육시킬 때 영웅적 요소로서 강조되고 있다. 이 서사시는 삽화의 하나로 『바가바드기타』를 포함하고 있는데, 이 짧은 복음(福音)은 북방불교의 모든 본질적 특성을 구현하고 있다고 말할 수 있다.

3. **우파니샤드**Upanishads[26] : 이 문헌들은 적어도 기원전 2천 년에서 7백 년 사이 매우 이른 시기에 쓰였다. 그것은 베다Vedas에 대한 보유(補遺)로서, 힌두교도의 위대한 종교적 고전을 이루고 있다. 그 주제는 초월적 존

재를 생생하게 깨닫는 일이다. 이 세상의 문학에서 그 깊이와 웅장함을 겨룰 만한 적수는 없다.

4. **라마야나**Ramayana : 인도의 위대한 서사시 가운데 버금이 되는 것으로, 라마Rama와 시타Sita의 영웅적 사랑을 다루고 있다.

5. **쿠룩쉐트라**Kurukshetra **또는 쿠루족**Kurus**의 들판** : 델리와 이웃해 있는 거대한 평원으로, 『마하바라타』에는 여기에서 18일간의 전투가 벌어졌다고 기록되어 있다. 바로 여기에서 『바가바드기타』의 이야기가 전개되었다. 이제는 고작 순례자의 땅으로 남아 있다.

6. **라자그리하**Rajagriha[27] : 고대 마가다국Magadha이 파트나Patna로 이전하기 전의 수도로, 오늘날 비하르Behar로 알려져 있는 지방이다.

7. **날란다**Nalanda[28] : 라자그리하 근처에 있는, 불교학의 위대한 사원이자 대학이다.

---

26) 우파니샤드Upanishad는 "스승 가까이에 앉다"는 뜻이다. 힌두 경전인 베다를 운문과 산문으로 설명한 철학적 문헌들인데, 현재 108가지 정도가 알려져 있다.

27) 한역으로 '왕사성(王舍城)'이라 일컫는데, 석가모니가 설법을 한 죽림정사(竹林精舍)나 영취산(靈鷲山) 등의 불교유적이 있다.

28) 한역으로 '나란타(那爛陀)'라고 하는데, 비하르 주 북부의 비하르 시 남쪽에 위치해 있다.

6

아스카(飛鳥) 시대

(550~770)

●   일본에서 첫 불교시대는 552년에 조선[1]에서 불교가 공식적으로 전해지면서 시작된다. 아스카(飛鳥) 시대•로 불리는데, 그것은 710년에 최종적으로 나라(奈良)로 천도하기 전에 아스카 지방에 도읍이 있었기 때문이다. 그리고 이 시대에 아쇼카왕과 카니슈카왕의 통합을 거쳐서 새로운 신앙의 물결을 중국으로 들여온 추상적 관념론의 원류가 일본의 발전에 영향을 끼쳤다.

아쇼카왕의 사신이 진 시황제의 치세 때 중화제국에 이르렀다는 것은 물론 가능한 일이다. 그러나 비록 그러했더라도, 그들은 전혀

---

1) 정확하게는 '백제'다. 일본 최초의 불교문화사인 『원형석서』(1322) 권20을 보면, 552년 10월 13일에 백제국의 성명왕(聖明王)이 서부 희씨의 달솔 노리사치를 보내어 석가모니 동상과 경전, 논서, 깃발, 덮개 따위를 전했다고 적혀 있다.

자취를 남기지 않았다. 믿을 만한 역사서의 기록은 기원후 59년 즈음, 당시 카니슈카왕의 지배하에 있었던 대월지의 사신이 중국의 학자 채음(蔡愔)에게 불교경전 번역서들을 주었다고 한 때에서 시작하고 있다. 64년 어느 날, 한의 황제 명제(明帝, 58~76 재위)는 꿈에서 거대한 황금색 신을 보고 깨어나 신하들에게 무슨 의미인지 물었다. 이제는 명성이 높아진 학자 채음이 서방 불교에 대해 설명해주었다. 이듬해 채음은 18명을 동행하고서 대월지에 파견되었으며, 67년에 중인도 출신으로 알려진 섭마등(攝摩藤)과 축법란(쓰法蘭)[2] 두 승려와 함께 불상을 가지고 돌아왔다. 그들은 수도 낙양에서 외국 신하를 위해 설립한 공관에 머물렀다고 전해지는데, 왜냐하면 한대에 중국은 전 세계로 그 통치권을 주장하고 있었기 때문이다. 이 공관은 그 후 '백마사(白馬寺)' 라는 사원으로 바뀌었다. 고대 유적이 풍부하지만 이제는 쇠락한 낙양의 시 외곽에서 그 유적을 볼 수 있다. 기록에 따르면, 섭마등은 공관의 벽에 1천 대의 전차와 기수(騎手)들이 에워싼 탑 하나를 그렸다고 한다. 그것은 물론 이 시대의 양식이었던 산치와 아마라바티의 장식적인 탑이나 난간들을 떠올리게 한다. 그들이 가져온 불상에 대해서는 알려진 바가 거의 없다.

그 다음의 승려는 안청(安淸)[3]으로, 안청은 파르티아인의 땅이었던 안식국[4] 출신이다. 그를 이어서 대월지의 이웃 나라에서 몇 사람

---

2) 원문에서는 섭마등을 '마탕가Matanga' 로, 축법란을 '호란Horan' 으로 적고 있다. 한역된 이름은 산스크리트를 소리 나는 대로 옮긴 것이다.

3) 안청(安淸) : 자가 세고(安世)여서 안세고로 널리 알려져 있다.

이 왔고, 159년에는 중국의 교지(交趾)[5]를 거쳐서 인도의 사절단이 왔다고 기록되어 있다. 이들 교사들은 북방불교의 제1기(긍정적 관념론)에 속하는 불교경전들을 번역하였고, 3세기 말경에는 『아미타경(阿彌陀經)』 번역이 완성되었다.

아미타불(阿彌陀佛)은 "헤아릴 수 없이 광대무변한 빛"을 뜻하며, "비인격적인 신"에 대한 관념을 나타낸다. 그것은 인도 『우파니샤드』에서 '브라흐만'[6]으로 알려진 장대하고 영원한 존재에 대한 자태로서, 석가모니에 구현되어 있는 것과 같은 인격적인 신과는 사뭇 대비된다. 이 근본적인 차이에 대한 인식이 북방불교와 남방불교를 구분하는데, 남방불교가 상대성의 세계로부터 벗어나는 자유 또는 열반을 최종 목표로 삼고 성취하려 한다면, 북방불교는 그것을 새로운 장엄을 위한 시작으로 간주한다. 이러한 [북방불교의] 관념에 대한, 현전하는 최초의 해명은 바로 아슈바고샤(馬鳴)가 했다. 그것은 불교의 발전을 가져온 초기 인도 철학으로부터 물려받은 공동의 유산이다.

불교라는 나무가 차츰차츰 중국에 뿌리를 내리고 있을 때, 변경의 흉노족이 북방을 침략하여 북조(北朝)라 불리는 왕조들을 세웠다.

---

4) 안식국(安息國) : 오늘날 이란의 북동쪽에 있었던 파르티아 왕국(기원전 238~기원후 226)을 이르던 중국식 명칭.

5) 교지(交趾) : 한나라 때, 지금의 베트남 북부 통킹, 하노이 지방에 두었던 행정구역. 한 무제(武帝)가 남월(南越)을 멸망시키고 설치하였다.

6) 브라흐만Brahman : "우주의 진리" 또는 "우주 자체"를 가리킨다. 힌두교에서는 '참된 나'인 아트만이 브라흐만과 하나가 되는 것을 최상의 목표로 한다.

바로 그 왕조들에 의해서 거대한 자극을 받아 불교는 돌연히 성장하였다. 왜냐하면 이 종족은 황량한 초원지대에서 이미 그 신앙에 귀의하고 있었기 때문이다. 비록 그들의 야만적인 상태에는 자연스럽다고 할 미신과 편견이 가미된 형태여서, 남중국 또는 토착 왕조의 문명화된 세계에서 철학적 건전성과 청담가의 관념으로 호소한 형태와는 사뭇 달랐지만 말이다.

인도의 승려로 알려져 있는 교사 불도징(佛圖澄)은 흉포하고 난폭한 흉노의 전사들 사이에서 커다란 영향력을 발휘하였다. 그는 초자연적인 힘을 지니고 있었으며, 그로 말미암아 사람들은 그를 외경하고 그를 향해서는 결코 침을 뱉지 않았다고 한다. 그의 개인적 감화력은 후조[7] 시대의 그 많은 무자비한 행위와 학살을 막을 수 있었다. 불도징의 제자 도안(道安)은 남쪽으로 내려가 혜원(慧遠)과 힘을 합쳐, 서방정토에 있는 이상적인 부처를 염불하여 구제받으려는 아미타 신앙을 널리 펴는 데 이바지하였다. 대월지 출신의 아버지와 인도 출신의 어머니 사이에서 태어난 구마라집은 구자국(龜玆國) 태생이라 여겨지고 있는데, 당시 대단한 명성을 떨치고 있었다. 그래서 북조의 어떤 황제는 그를 데려와 교사로 삼기 위해 군대를 파견하였고, 401년에 구마라집은 중국에 이르렀다. 구마라집은 무수히 많은 불교경전을 번역하는 데 온 힘을 쏟아 불교학의 토대를 다

---

7) 원문에서는 '북조(北趙)'라고 쓰고 있는데, 북조(北朝)와 구분하기 위해서 흔히 쓰는 '후조(後趙, 319~352)'로 번역하였다. 후조는 갈족(羯族)의 석륵(石勒)이 건국한 왕조다.

졌는데, 이윽고 6세기 말에 천태산(天台山)의 지의(智顗)에 의해서 불교학은 절정에 이르렀다.

오랜 기간에 걸쳐 중요한 스승들이 연이어 도래한 이 역사는 이 시대를 통해서 인도에서 중국을 향해 편력하는 사상가들이 끊임없었음을 의미하며, 이는 교통수단에 대한 흥미로운 문제를 제기해준다. 벵갈 만에서 실론을 거쳐 양자강 입구에 이르는 해로(海路) 외에 거대한 육로 두 개가 있었던 것으로 여겨지는 것이다. 육로는 고비 사막 어귀에 있는 돈황에서 시작하여 옥수스[8]에 이르기 전에 천산(天山)의 남로와 북로로 나뉘고, 이윽고 인더스 강에 이른다. 사절들은 아마 해로로 왔을 것이다.

여기에 그 위대한 시기에 대한 실마리가 있으니, 북서 인도가 두 제국 사이의 중간지점을 이루었고, 활기가 넘치는 교통의 세계를 통해 여행자, 순례자, 상인들이 오가면서 공통의 문화를 전하였던 것이다. 그리고 또 이 대규모 교역을 그 양끝에서 정지 상태에 들어가게 만든 이슬람교도의 인도 정복에는, 동양으로부터 그 위신을 빼앗고 지중해와 발트 해안의 여러 민족으로 하여금 동양 전체를 "저지된 발전"의 희생자로만 간주하게 만든 그 과정의 비밀이 숨어 있다고 할 수도 있다.

그 시기에 이루어진 예술적인 시도가 무수히 많은데, 어떤 것은

---

8) 옥수스Oxus : '아무다리야' 로도 일컬어지는데, 파미르 고원에서 발원하여 힌두쿠시 산맥을 빠져서 북서쪽으로 흐르는 강. 타지키스탄과 아프가니스탄 사이의 국경 가운데 일부를 이룬다.

거대한 규모로 이루어지기도 하였다. 그러나 불상을 도교의 만신전에 받아들인 민족의 주요 착상은 인도 종교에 한대(漢代) 예술이라는 중국 의복을 입힌 것처럼 보인다. 이것은 초기 기독교 사원이나 우상이 로마의 건축과 조각 양식을 따라 만들어진 것과 매우 흡사한 방식으로 행해졌다.

건물에 관해 말하자면, 앞서 살펴보았듯이 중국의 궁전은 폐기하려는 충동에 따라 즉각 불교 사원으로 변하였는데, 그렇게 변경해야만 새로운 요구에 부응할 수 있었다. 탑은 우산(雨傘) 형식의 발달을 통해서 카니슈카왕 시대와 같은 매우 이른 시기에 다층 형태가 되었으며, 목조 건축이라는 조건 아래서 중국적 형태로 바뀌어 오늘날 일본에서 알려져 있는 것처럼 목조의 탑이 되었다. 이들 가운데 두 종류가 남아 있는데, 하나는 직각 형태고 다른 하나는 원 형태다. 원 형태는 아직까지도 본래의 둥근 천장 형태를 유지하고 있다.

217년에 료켄Rioken[9]에 의해서 목조로 세워진 최초의 탑은 한 왕조 때에 존재했던 다층의 탑을 본뜬 것이 틀림없는데, 상륜(相輪)[10]에 약간 수정을 가한 것이었다. 이 상륜은 본래 천개(天蓋) 또는 우산 형태로, 최상의 지위를 상징하는 것이었다. 그 수는 정신적 위계의 등급을 의미하는 것으로, 셋은 성자(보살)를, 아홉은 지고 무상한 부처를 나타낸다. 다행하게도 몇몇 문헌에 묘사되어 있는 6세기 초의 목조탑들은 훨씬 더 인도의 장식법을 따른 것으로 보인다. 왜냐

---

9) 누구인지 자세히 알 수 없다.
10) 상륜(相輪) : 불탑의 꼭대기에 있는, 쇠붙이로 된 원기둥 모양의 장식.

하면 꼭대기가 거대한 단지 모양이라고 한 것을 읽다 보면, 현장(玄奘)이 붓다가야의 탑 장식에 대해 묘사한 대목이 생생하게 떠오르기 때문이다. 그 탑은 비크라마디티야왕의 궁정에서 이른바 "아홉 명의 보배로운 학자" 가운데 한 명이던 아마라 싱하Amara Singh가 같은 시기에 세운 것이다.

조각도 같은 행로를 따랐던 것으로 보인다. 인도의 양식은 중국인들에게 처음에는 이국적인 것으로 보였고, 4세기의 대도안(戴道安)과 같은 조각가는 끊임없이 그 비율을 바꾸어가면서 새로운 양식을 발전시키려 전심전력을 다하였다. 대도안은 솔직한 비평을 간절하게 바라서 자기가 만든 조상(彫像) 뒤에 막을 드리우고는 3년 동안 그 뒤에 몸을 감추고서 뭇 사람의 소견을 들었다. 중국의 조각에 독특한 유파 하나가 있었다는 것은 순례자 법현(法顯)의 기록에 명확하게 나와 있다. 법현은 어떤 변경 지방의 조상을 묘사하고 있는데, 다른 곳의 인도 양식과는 현저히 차이가 나는 매우 중국적인 양식이었다고 하면서 그 양식의 기원을 그 지역을 점령했던 중국 장군 여광(呂光)의 영향으로 돌리고 있다. 다만 그 흔적이 마투라에서도 보이는, 펀자브 지방에서 대월지족에 의해 발전된 조각 양식을 강조한 것에 지나지 않는다고 여길 수도 있다. 실제로 이 시대의 것으로서 현존하는 표본은, 우리가 아는 한, 얼굴 생김새, 옷의 주름, 장식 등에 있어서 대체로 한대 양식을 따르고 있다.

우리가 떠올릴 수 있는 가장 전형적인 예는 낙양 근처 용문산(龍門山) 석굴에 새겨져 있는 불상들이다. 그것들은 516년에 호태후

(胡太后)[11]가 건립한 석굴사원의 일부를 이루고 있다. 이곳은 폐허가 되었으나, 여전히 깊은 인상을 주고 있다. 그것은 그 시대만을 대표하는 것이 아니라, 1만 개 이상의 불상을 포함하고 있는 그 자체가 하나의 완벽한 박물관이기 때문이다. 당대(唐代)의 것도 있고 송대(宋代)의 것도 있는데, 확실한 제작연대가 붙어 있어 대단히 중요하다. 석굴과 석굴이 이어져 있고, 어느 것이나 다 뾰족하고 둥근 천장을 이고 있다. 조각은 평부조(平浮彫)나 고부조(高浮彫)로 되어 있으며, 주요한 상들은 바위에서 거의 떨어져 나갈 정도로 새겨져 있다.

그곳을 방문했던 중국의 시인은 바위에 이런 명문(銘文)을 남겨 두었다. "여기 있는 이 돌들은 나이를 먹고, 그리하여 이윽고 부처가 되었도다!" 이곳은 그 자체로 아름답다. 부처가 새겨져 있는 벼랑 아래로는 이수(伊水)의 급류가 미친 듯 내달리고 있고, 맞은편 기슭에는 향산사(香山寺)라 불리는 자그마한 절이 있다. 우리 일본인이 가장 사랑하는 당나라 시인 백낙천(白樂天)의 집터도 아직 여기에서 볼 수 있다.

불교가 처음 일본에 전해진 아스카(飛鳥) 시대에는 소가씨(蘇我氏)가 후대에 후지와라씨(藤原氏)와 미나모토씨(源氏)가 그러했던 것처럼 국가에서 가장 권세 있는 지위를 차지하고 있었다. 소가씨는 그 조상인 타케노우치노 스쿠네(武內宿禰)[12] 시대부터 계속해서 제

---

11) 호태후(胡太后) : 후위(後魏, 386~534)의 제7대 선무제(宣武帝)의 황후.

국의 유력한 요소였다. 타케노우치노 스쿠네는 진구우(神功) 황후[13]의 유명한 조선정벌 때 황후의 고문이자 재상이었던 인물이다. 후대에 그는 어린 천황을 안고 있는, 수염을 길게 늘인 대인으로 묘사되었다. 이때부터 그의 씨족은 외교를 담당하는 대신 직책을 세습하였고, 그들의 혈통은 자연스럽게 그들로 하여금 외국 문화와 제도를 애호하고 숭배하게 만들었다. 반면, 다른 토착 황족들은 민족적 관습을 엄격하게 보존하려 하였다. 왜냐하면 당시에 통치의 책임은, 옥좌를 에워싼 채 천황을 등에 업고 명령을 집행한 유력한 귀족에게 주어져 있었기 때문이다. 이는 타카마가하라(高天原)에서 최고의 신격에게 조언을 해준 것으로 여겨지는 "신들의 모임"의 유풍이다.

그런 까닭에 일본에서 불교가 확립될 때 수반되었던 국내의 소요는 소가씨와 모노노베씨(物部氏) 사이의 씨족 간 질투 문제가 되었다. 대대로 영토를 수호하는 군대의 총수였던 모노노베씨는 후지와라씨의 조상인 나카토미씨(中臣氏)를 자기편으로 끌어들여 그 지지를 얻었다. 나카토미씨는 조상 전래의 의례에서 제사장, 또는 더 정확하게 말하자면 수호자로서 자연스럽게 새로운 종교에 저항하여 예부터 내려오던 관념을 고수하였다. 일본 해군의 제독을 세습하고

---

12) 타케노우치노 스쿠네(武內宿禰, 84~367) : 『코지키(古事記)』와 『니혼쇼키(日本書紀)』에서 야마토(大和) 조정 초기의 동량지신으로서 국정을 보좌했다고 알려져 있는 전설적인 인물. 소가씨를 비롯한 중앙 여러 호족의 시조로 여겨지고 있다.
13) 진구후 황후(神功皇后, 170~269) : 『니혼쇼키』에 의하면, 201년부터 269년까지 정사를 집행했다고 한다. 또 신탁에 의해서 한반도로 출병하여 신라를 공격하고 항복을 받았으며, 신라와 고구려, 백제로부터 조공을 받았다고 한다. 허구적 요소가 다분하여 역사적 사실로 볼 수는 없다.

있던 오오토모씨(大伴氏)는 조선의 해안을 따라 순항하고 있었는데, 적어도 그들이 이 논쟁에서 중립을 지키고 있었다는 사실에서 보자면 소가씨 쪽으로 기울었다고 할 수 있다. 이런 상서롭지 못한 힘겨루기는 소가씨가 우위를 차지하면서 끝났지만, 천황 시해라는 결코 잊을 수 없는—오늘날 일본인에게 통한의 일로 남아 있는—죄악이 수반되었다. 그러나 그 밖의 점에서는 진보파와 보수파가 그들의 목적과 견해 차이로 말미암아 다투었던 최근의 메이지유신(明治維新) 사정과 별반 다르지 않았다. 물론 메이지유신 때는 훨씬 더 온화한 정신으로 했지만 말이다.

소가씨 시대에 천황의 권력은 과두정치의 우세로 말미암아 박탈되어 어느 쪽의 주장도 거부할 수 없었다. 조선의 왕인 명례(明禮)[14]가 킨메이(欽明) 천황 13년(552)에 사신을 보내 석가모니의 청동상 한 구와 휘장, 천개(天蓋), 갖가지 불교경전 등을 바치면서 아울러 표문을 올렸다. "백제의 왕, 신 명(明)은 배신(陪臣) 노리사치게에게 불상을 가지고 가서 귀국에 바치게 하였으니, 불법이 동쪽으로 흐를 것이라고 부처가 설한 바대로 귀국 곳곳에 그 가르침이 흘러 퍼지도록 해주십시오." 물론 천황은 공물을 받게 된 일에 대해서는 기뻐하였지만, 불상을 받아들일지에 대해서는 주저하지 않을 수 없었다. 그래서 신하들에게 의견을 물었는데, 소가노 이나메(蘇我稲目)는 합당한 의례로써 숭배해야 한다는 견해를 내놓았다. 반면 모리야

---

14) 백제의 제26대 성명왕(聖明王, ?~554) 곧 성왕(聖王)을 가리킨다.

(守屋)의 부친인 모노노베노 오코시(物部尾輿)―불교도들이 두려워
했던 이름―와 나카토미노 카마코(中臣鎌子)는 [불상을] 호위해 온
사신 일행과 함께 그것을 거절하고 물리쳐야 한다고 주장하였다.

천황은 관용의 정신으로 이나메에게 불상을 맡기면서 문제를 해결
하였는데, 이나메는 불상을 한동안 무쿠하라(向原)[15]에 있는 자신의
별장에 안치하였다. 그러나 이듬해 창궐한 전염병과 기근은 소가씨의
적들에게 구실을 제공하였으니, 적들은 그런 재앙이 모두 외래의 신을
섬긴 데서 온 것이라고 재빨리 선언하였다. 그리하여 그들은 재가를
얻어서 그 부속물들은 불태워버리고 불상은 인근 강[16]에 내다버렸다.

그런데 궁정에서 정식으로 불교를 수용하기도 전에 이미 승려들과
불상들은 이 나라에 알려져 있었던 것으로 보인다. 남중국의 양(梁,
502~557)나라에서 온 사마달등(司馬達等)은 열렬한 신자이며 유명
한 조각가인데, 이 시대 예술에서 가장 탁월한 인물인 토리(鳥)[17]의
조부이기도 하다. 사마달등은 위의 일이 일어나기 31년 전에 일본에
건너왔으며, 그 딸은 최초의 비구니가 되어 불상을 섬겼다. 조선[18]
의 승려인 담혜(曇惠)와 도심(道深)도 554년에 도래하였다. 10년 뒤
에는 남중국인 지총(智聰)도 불상과 불구(佛具) 등을 가지고 왔으
며, 보수파의 박해에도 불구하고 그 숭배는 날마다 널리 퍼졌다고

---

15) '무카이하라'로 읽기도 한다.
16) 정확하게는 '나니와(難波)의 오리에(堀江)'다. 나니와는 지금의 오오사카 부근이다.
17) 토리는 쿠라츠쿠리노 토리(鞍作止利)를 가리킨다. 그는 아스카시대(飛鳥時代, 592~710)
　　의 뛰어난 불사(佛師)인데, 호오류우지의 석가삼존상(釋迦三尊像)이 그의 대표작이다.
18) 정확하게는 '백제'다.

한다. 조선의 백제 및 신라의 두 왕은 서로 앞을 다투어 불교 공물을 바쳤다. 이나메의 아들 우마코(馬子)는 부친을 이어 재상이 되어서 584년에 불교사원을 세웠다. 573년은 흔히 '쇼오토쿠 태자(聖德太子)'로 알려져 있는 우마야도(厩戶) 왕자가 탄생한 해로 주목되는데, 태자는 왕자들 사이에서 나온 성자로서 최초의 불교적 계몽에서 위대한 화신이 된 인물이다. 그는 숙모인 스이코(推古) 천황의 섭정(攝政)으로서, 일본 헌법의 17개 조목을 서술하였다.[19] 이 문서는 천황에 대한 헌신의 의무를 선언하고 유교적 윤리를 가르치며 그들 모두에게 고루 미칠 만한 인도의 위대한 이상을 강조하고 있다. 이는 그 후로 1300년 동안 일본의 국민 생활을 이끄는 요체로서 구실하였다. 불교경전에 대한 그의 주석서들[20]은 탁월한 한학(漢學) 실력을 보여주는 것일 뿐만 아니라, 나가르주나(龍樹)의 원리에 대한 명석한 해석은 그가 대가다운 통찰과 영감을 지녔음을 입증해준다. 그 주석서들은 조선인과 중국인에게는 하나의 경이(驚異)였다. 621년, 우마야도 왕자의 죽음은 온 나라를 절망에 빠뜨린 신호였으니, 백성들은 달을 빼앗긴 깜깜한 밤 같은 비통함에 가슴을 치며 슬퍼하였다. 왕자는 오늘날까지도 모든 직공과 예술가들로부터 예술의 보호자로 숭앙받고 있는데, 특히 오오사카의 텐노오지(天王寺)에서

---

19) 『니혼쇼키』에 따르면, 604년에 〈헌법17조〉를 지었다고 한다.
20) 『법화경소(法華經疏)』·『숭만경소(勝鬘經疏)』·『유마경소(維摩經疏)』 셋을 가리키는데, 오늘날에는 쇼오토쿠 태자가 이 주석서들을 지었다는 데 대해서 대체로 부정하고 있다. 후대에 저술된 것을 쇼오토쿠 태자에게 가탁한 것으로 볼 여지가 많다.

두드러진다.

　두 씨족 사이의 쟁투가 절정에 이른 때는 588년이었다. 그때 양쪽은 서로 자신의 신조를 지지해주는 이를 황위에 즉위시키려고 다투었는데, 결국 모리야와 나카토미의 패배로 끝났으며, 우마코의 전횡에 반대하기로 한 그 다음 천황이 시해되는 지경에까지 이르렀다. 그 다음에 우마코는 자신의 조카의 딸이며 황손(皇孫)이기도 한 스이코를 즉위시켰다. 스이코는 593년부터 628년까지 재위하면서 왕자 우마야도를 섭정으로 삼아 제1기 불교운동을 절정에 이르게 하였는데, 그때를 천황의 시호를 빌어서 '스이코 시대'라 부르기도 한다. 도읍은 나라(奈良)의 남쪽으로 50리가량 떨어진 아스카 지방에 있었으니, 킨메이(欽明) 이후로 천황은 그곳에 머물렀다. 불행하게도 아스카 자체에는 아무런 자취가 남아 있지 않다. 나라로 천도한 이후 그 일대가 황폐해졌기 때문이다. 여기저기에 있는 몇몇 사원, 그리고 뽕나무 사이에 흩어져 있는 대리석 기초들만이 그곳이 과거에 얼마나 중요한 곳이었는지를 느끼게 해준다.

　이에 대한 단 하나의 예외는 아스카데라(飛鳥寺) 터에 있는 안고인(安居院)의 거대한 금동불상으로, 역사가 전하는 바에 따르면 그것은 스이코 천황 15년(607)에 주조되었다고 한다. 그 크기가 어마어마해서 저 거대한 사원의 문으로도 들일 수가 없어 조각가인 토리의 재능을 빌릴 수밖에 없었고, 토리는 수고한 대가로 높은 관작과 함께 그 지방의 광대한 영지를 하사받았다. 그 불상은 화재와 그 밖의 재앙을 입어서 적어도 한때는 완전히 파괴되기에 이르렀다. 그

수리라는 것도 불행하게도 토쿠가와(德川) 초기에 한 것으로, 원작의 주요 부분은 깡그리 뭉개버려 팔과 소매, 이마와 귀 정도만 남아서 이 유명한 불상의 실제 모습은 고작 추정해볼 수 있을 뿐이다.

다행스럽게도 나라 근처에 있는 호오류우지(法隆寺)[21]는 우마야도 왕자의 저택 근처에 세워진 절로, 오늘날까지 이 시기의 건축 및 그 밖의 예술적인 실례를 풍부하게 전해주고 있다. 금당(金堂)에는 왕자의 명을 받아 토리가 주조한 석가삼존(釋迦三尊)이 여전히 남아 있는데, 거기에는 "600년"이라는 명문이 새겨져 있다.[22] 또 "625년"이라는 명문이 새겨져 있고 각각의 높이가 후광을 포함하여 일곱 자 정도 되는 또 다른 약사삼존(藥師三尊)을 지금도 볼 수 있다. 이들 불상에서는 한 세기 이전의 용문산 석굴사원에서 주목을 끌었던 것과 똑같은 한대의 양식을 엿볼 수 있다.

높이가 열 자가량 되는 관음상(觀音像)• 하나는 목조에 옻칠을 하였는데, 조선 왕이 바친 것으로, 바로 그 금당에 서 있다.[23] 이 관음상은 그 나라[백제]에서 만들어졌을 수도 있고, 당시 무리를 지어 일본에 건너온 수많은 조선 장인 가운데 누군가가 만들었을 수도 있다. 또 하나의 관음상은 수세기 동안 일반에게 알려지지 않아서 놀

---

21) 원문에서는 '호오린지(法琳寺, 또는 法輪寺)'라고 적고 있는데, 이는 '호오류우지'의 오류다. 호오린지는 쇼오토쿠(우마야도) 태자의 아들인 야마시로노 오오에노오오(山背大兄王)가 발원하여 건립한 절이다. 호오류우지는 스이코 천황과 쇼오토쿠 태자가 완성한 절이다.
22) 정확하게는 '스이코(推古) 31년' 곧 623년으로 알려져 있다.
23) 흔히 '백제관음(百濟觀音)'이라 불린다.

호오류우지(法隆寺)의 금당(金堂)과 오층탑. 아스카 시대의 자태를 지금도 전하고 있는 건축물로,
나라현(奈良縣) 이코마군(生駒郡) 이카루가쵸오(班鳩町)에 있다.

랄 만큼 훌륭하게 보존되고 있었으니, 같은 사원의 유메도노(夢殿)에 있는 관음상이다. 이 두 구의 관음상을 통해 불교예술에서 나타난 한대의 양식을 특징짓는 저 '표현의 이상화된 순수성'에 대해 판단할 수 있다. 균형은 그다지 잘 잡혀 있지 않은데, 손과 발의 크기가 어울리지 않는다는 점에서 그렇다. 또 얼굴 생김새는 이집트 조각에서나 볼 수 있는 엄격한 고요함을 지니고 있다. 그러나 이러한 결점에도 불구하고, 이들 작품 속에서 우리는 오로지 위대한 종교적 감성만이 빚어낼 수 있는 고도의 우아함과 순수의 정신을 엿볼 수 있다. 신성(神性)이란, 민족적 자각이 시작되는 초기 단계에서는 다가갈 수 없고 신비스럽기만 한 추상적 이념처럼 보이며, 심지어는 자연스러움과는 거리가 먼 것처럼 보이지만, 도리어 예술에 놀라운 매력을 부여해주는 것이기도 하다.

그러나 아름다움과 구체성을 애호하는 일본인의 타고난 심성은 중국이나 조선의 장인들이 표현한 그 추상적인 양식에 만족하지 않았던 것으로 보인다. 그런 까닭에 이와 동시대의 조각에서 새로운 움직임이 나타났는데, 그 목적은 경직된 윤곽을 부드럽게 하고 균형미를 더 좋게 하려는 것이었다. 그 전형적인 예가 태자의 딸들이 창건한 츄우구우지(中宮寺)[24]의 목조 관음상에서 발견되는데, 츄우구우지는 비구니 사찰로서 호오류우지에 부속되어 있다. 이 관음상은 대략 아스카 시대 말기의 것으로 여겨지는데, 그 시기 한

---

24) 츄우구우지(中宮寺) : 쇼오토쿠 태자가 모친이 살던 곳을 절로 만들었다고도 전해진다.

대의 양식을 엄격하게 고수하고는 있지만 표정의 부드러움이나 아름다운 균형은 참으로 놀랍다. 부처와 보살의 상 이외에도 천왕들―"법의 수호자들"로 알려져 있으며, 우주의 네 방위를 지탱하고 있다―의 전형도 있으며, '사천왕(四天王)'이라는 이름으로 오늘날까지 그 절에 보존되고 있다. 이 사천왕의 상들에는 야마구치(山口), 오오구치(大口), 쿠스시(藥師) 그리고 토리코(鳥古) 등의 서명이 있고, 이 가운데서 야마구치는 7세기 중반의 유명한 예술가로서 다른 곳에서도 언급되고 있다. 이 사천왕상에 대해서 한 가지 주목할 만한 점은 갑옷과 투구를 장식하고 있는 금속세공이 초기 고분에서 발견되는 오래된 한대의 도안(圖案)을 보존하고 있다는 사실이다.

이 시기 회화 가운데 지금까지 남아 전하는 유일한 예는 스이코 천황 자신에게 속하는 감실(龕室)의 옻칠 장식이다. 이것은 한대 양식을 보여주는 빼어난 표본이다.

텐쥬코쿠(天壽國)라 불리는, 무한한 지복의 왕국―우마야도 왕자의 혼령이 갔다고 여겨지는 낙원―을 나타내는 자수는 남아 있던 왕자비들이 시녀들과 함께 태자를 추모하기 위해서 만든 것으로, 조선[고구려]의 예술가 한 사람이 도안을 하였다. 이 자수는 지금도 츄우구우지에 남아 있어서, 스이코 천황의 감실에서 이끌어낸 그 시대의 색채나 선묘(線描)에 대한 해석을 확실히 입증해준다.

건축상의 유물로는 위의 감실 자체가 전형적인 예가 되며, 금당 또한 한 세기 뒤에 복원된 것이지만 대체로 그 양식에 충실한 것이

라 할 수 있다. 인근에 있는 절, 곧 호오린지(法輪寺)와 호오키지(法
起寺)[25]의 탑들 또한 똑같은 양식을 보여주는 표본이다.

25) 호오키지(法起寺) : 일본에서 가장 오래된 삼중탑(三重塔)이 있다. 606년에 쇼오토쿠 태
    자가 『법화경』을 강설했던 오카모토궁(崗本宮)을 절로 만든 것이라고 한다.

1. **시대 구분**[26] – 이 책에서 일본의 역사를 구분하는 연대는 개요를 보여주려는 목적에 맞게 약간 개괄화한 것이다. 아래는 참고를 위해서 좀 더 정확한 형태로 요약한 것을 제공해주려는 생각에서 쓴 것이다.

아스카 시대(飛鳥時代) – 552년에 불교가 도래한 때부터 668년, 텐지(天智) 천황의 즉위까지다. 이 시기에 일본은 당 왕조하에서 활력이 넘치던 중국불교로부터 커다란 영향을 받았다.[27]

후지와라 시대(藤原時代) – 898년 세이와(淸和) 천황의 즉위부터 1186년에 타이라(平家)가 몰락할 때까지다. 이 시기는 후지와라 귀족 정치 아래에서 불교 예술 및 철학이 순수하게 민족적 발전을 이룬 것으로 특징지어진다.

카마쿠라 시대(鎌倉時代, 1186~1394) – 카마쿠라에서 미나모토씨(源氏)의 막부(幕府)[28]가 일어난 때부터 아시카가(足利) 막부가 일어날 때

---

26) 원문에는 이 말이 없지만, 의미를 명확하게 드러내기 위해서 덧붙였다.

27) 이 주해 자체에도 오카쿠라 텐신의 민족주의적 또는 국수주의적 사유가 잘 드러나 있다. 아스카 시대의 일본은 중국불교가 아닌, 백제와 신라 등 삼국의 불교로부터 영향을 받았다. 그리고 삼국의 불교는 당 왕조 이전의 남북조로부터 영향을 받아서 시작된 것이어서 그 함의는 다를 수밖에 없다. 또 당 왕조하의 중국불교 영향을 크게 받은 것은 삼국 가운데서도 신라, 특히 통일신라다.

까지다.

아시카가 시대(足利時代, 1394~1587) – 무사시(武藏) 지방의 한 곳으로부터 그 명칭이 유래되었다. 그곳은 이 시기 동안에 쇼오군(將軍)의 직책을 유지했던 미나모토씨 일족의 본적지였다.

토요토미(豊臣)**와 초기 토쿠가와**(德川) **시대** – 1587년에 히데요시(秀吉)가 권력을 쥔 때로부터 1711년에 요시무네(吉宗)가 쇼오군직을 계승할 때까지다.

후기 토쿠가와 시대 – 1711년에 요시무네가 쇼오군직을 계승한 때로부터 1867년에 토쿠가와 막부가 몰락할 때까지다. 이 시기 동안에 중간 계층이 등장하였고, 유럽의 영향을 받았으며, 예술에서는 사실주의파가 출현하였다.

메이지 시대(明治時代) – 1867년에 현재의 천황[29]이 즉위한 때로부터 현재[30]까지다.

2. **관음**(觀音) : 이 말은 관세음(觀世音) 또는 관자재(觀自在)를 줄인 것으로, 눈앞에서 보고 있는 부처인 아발로키테슈바라Avalokiteswara를 의미한다. 이 이름은 온 우주의 중생이 완전하게 구제될 때까지 자신의 열반을 거부한, 위대한 보살 가운데 하나를 가리킨다. 관음은 본래 천사에

---

28) 막부(幕府) : 본래 뜻은 "대장군의 진영"인데, 12세기 일본에 카마쿠라 막부가 등장하면서 일본사에서는 "무사들의 정권 또는 정부"라는 특수한 의미로 쓰였다.
29) 메이지(明治) 천황을 가리킨다.
30) 이 책이 출판된 때는 1903년이다.

대한 기독교적 관념과 유사한 어떤 청년으로 여겨졌다. 후에 그 자태는 현저하게 여성화 또는 모성화(母性化)되었다. 이 관음의 감화력은 모든 비통한 울음 속에서, 연민을 일으키는 모든 광경 속에서 저절로 발현된다. 관음은 서른세 가지의 형태를 갖는데, 이는 모든 존재의 등급을 나타낸다. "하찮은 벌레가 우는 곳에도, 거기 내가 있다"는 말을 『법화경』의 요지로 받아들여도 좋다. 그(또는 그녀)는 극기(克己) 또는 자기를 오롯하게 버리기 전에 오는 만족을 나타낸다. 따라서 결코 열반을 가져다주지 않고, 다만 구제를 향해 한 걸음 나아가게 해줄 뿐이다. 부처도 아니고 보살도 아니다. 그는 인도 불교에서는, "번개를 쥔 자"인 바즈라파니(金剛力士)에 대해서 "연꽃을 든 자"인 파드마파니(蓮花手菩薩)로 알려져 있다.

7

나라(奈良) 시대

(700~800)

●   새로운 시대가 열렸다. 아시아 사상 전체가, 불교를 낳은 인도의 추상적이고 보편적인 것의 요원한 환몽을 넘어 물밀듯 들이닥쳐서는 우주 그 자체 속에서 최상의 자기계시를 인식하려 하고 있었다. 이러한 충동은 이어지는 시대에 세속화될 수밖에 없었는데, 그때 저열하고 경화(硬化)된 상징주의로 나아가려는 경향이 아름다움에 대한 직접적 지각을 대신하게 되었다. 그러나 당분간은 정신이 물질과 합일되는 길을 추구하고 있었고, 그 최초의 포옹에서 오는 환희가 칼리다사의, 이태백의, 히토마루(人麻呂)[1]의 노래들을 통해서 우자인[2]에서 장안 및 나라에 걸쳐 울리고 있었다.

---

1) 카키노모토노 히토마루(柿本人麻呂, 660~720)다. 아스카 시대의 가인(歌人)으로, 『만요오슈우(萬葉集)』 제일의 가인으로 알려져 있다.

위대한 정치적 인물 세 명이 이 자유주의와 장려함의 시대를 열었다. 인도에서는 6세기에 비크라마디티야왕이 흉노족을 무너뜨리고, 아쇼카왕 이후로 잠들어 있던 민족의식을 북부지방에서 일깨웠다. 한 세기 뒤에는 당 왕조의 첫째 황제인 이세민(李世民)이 육조(六朝) 아래에서 3세기 동안 분열되어 있던 중국을 통일하여 칭기즈 칸의 제국 다음으로 광대한 제국을 세웠다. 그리고 태종과 동시대의 텐지(天智) 천황은 귀족들이 세습하던 권력을 타파하고 일본을 천황의 직접적인 세력 아래에 결집시켰다.

인도에서는 또 『우파니샤드』에서 시작되고 2세기 나가르주나에서 정점에 이른, 추상적이고 불변하는 것에 대한 논의가 잠잠해졌다. 그리고 그 나라에서 결코 멈추지 않고 흐르던 과학이라는 거대한 강을 흘끗 보게 되었다. 왜냐하면 인도는 상키야 철학과 원자론(原子論)을 낳았던 불교 이전 시대부터 지적 진보를 이룰 자료를 전 세계에 전하고 퍼뜨렸기 때문이다. 5세기에는 수학과 천문학이 아리야바타[3]를 통해 활짝 꽃을 피웠으며, 7세기에는 브라마굽타[4]가 고도로 발전된 대수학을 사용하고 또 천문학상 관측을 행하였다. 12세기에는 바스카라차리야와 유명한 그 딸의 활약이 찬란하게 빛났

---

2) 우자인Ujjain : 인도 중부의 마디아프라데시에 있는 도시. 힌두교의 신성한 일곱 도시 가운데 하나다.

3) 아리야바타Aryabhata(476~550?) : 인도의 천문학자이자 수학자. 1차부정방정식·삼각법 등을 연구하고 원주율을 계산했으며, 지구의 자전설을 주장했다고 한다.

4) 브라마굽타Brahmagupta(598~665) : 『우주의 창조』라는 운문 형태의 저술을 지어, 등차수열·2차방정식 등 여러 가지 기하학 정리에 대한 증명과 일식(日蝕)·월식(月蝕)·달의 위상(位相)·행성의 위치결정 등 수학과 천문학을 다루었다.

으며, 다시 내려와 19세기와 20세기에는 수학자인 람 찬드라와 물리학자인 자가디쉬 찬드라 보세[5]가 있다.

우리가 고찰하고 있는 이 시대는 아상가(無着) 및 바수반두(世親)와 함께 시작되었는데, 이 시대에는 불교의 모든 활력이 감각과 현상의 세계에 대한 이런 과학적 탐구에 바쳐졌다. 그 첫 번째 성과 가운데 하나는 유한한 혼이 성장의 52단계를 거치며 진화해서 무한(無限) 안에서 최종적인 해탈을 이루는 과정을 다루는 정교한 심리학이다. 온 우주는 원자 하나하나에서 현현하고 있다는 것, 따라서 각각의 변이는 모두 똑같이 참되다는 것, 만물의 통일성과 관련 없는 것은 없다는 것, 이런 것들이 과학에서 인도인의 마음을 해방시켜주는 신념이고, 오늘날에도 전문화라는 딱딱한 껍질로부터 마음을 해방시켜줄 강력한 힘을 지니고 있다. 그 아들들 가운데 하나는 가장 엄밀한 과학적 증명을 통해서, 유기적 세계와 무기적 세계 사이에 존재하는 것으로 가정되는 간극 위에 다리를 놓을 수 있었다. 초기의 그 활력과 열정이 넘치던 시대에는 그런 신념이 자연스런 유인(誘引)으로 작용하여 위대한 과학의 시대를 열어주었으니, 지축을 중심으로 지구가 자전한다는 것을 발견한 아리야바타와 같은 천문학자, 그에 뒤지지 않는 뛰어난 계승자 바라하미히라 등을 낳았다. 그것은 또 수쉬루타[6]를 통해서 인도 의학을 최상으로 끌어올렸

---

5) 자가디쉬 찬드라 보세Jagadish Chandra Bose(1858~1923) : 인도의 물리학자이자 식물학자, 고고학자. 방사성과 극초단파 광학 분야를 개척하였으며, 식물학 분야에 커다란 기여를 하였다.

다. 그리고 마침내 그 지식은 아라비아에 전해졌고, 나중에 유럽에서 결실을 맺었다.

또 이 시대는 시의 시대이기도 했으니, 특히 칼리다사, 바나밧타,[7] 자이나교도인 라비키르티[8] 등의 이름을 통해 두드러진다. 이 시대에는 나중에 힌두교에 푸라나[9] 전설이라는 옷을 입히게 될 풍부한 심상과 비유가 창조되었다.

불교예술은 이제 다른 것을 결코 압도하려고 하지 않는 평정 속에서 늘 정신과 물질을 융합함으로써 솟아나오는 고요함의 양상을 띠는데, 그리하여 그 범신론(汎神論)이 똑같은 표현을 이루게 만들었던 그리스인의 고전적 이상과 가까워진다. 특히 조각은 이 개념에 가장 적합한 형태인데, 엘로라 석굴에서 틴탈[제2석굴]의 석불(石佛)은 본래 그 위를 덮고 있던 회반죽이 벗겨졌음에도 스스로 장려함과 조화를 다 갖추어서 아름답기 그지없다. 그것들 속에서 우리는 당나라와 나라(奈良) 시대의 조각에 영감을 불어넣어준 원천을 발

---

6) 수쉬루타Sushruta : 기원전 6세기 즈음에 활동한 고대 인도의 외과의사. 『수쉬루타 삼히타 Sushruta Samhita』라는 의학서를 저술하였는데, 여기에는 외과에 관한 최초이자 가장 중요한 지식이 들어 있다. 8세기에 아랍어로 번역되었다.

7) 바나밧타Banabhatta : '바나Bana' 로도 불리는, 7세기에 활약한 산스크리트 산문가. 북인도의 불교도 황제인 하르샤(606~647 재위)의 시대 및 그 궁전을 묘사한 『하르샤의 위업 Harsacarita』이라는 연대기로 유명하다.

8) 라비키르티Ravikirti : 7세기 인도 찰루키야 왕조의 궁정시인. 그가 산스크리트로 쓴 풀라케시 2세(610~642 재위)의 비문이 남아 전한다.

9) 푸라나Purana : 힌두의 성전(聖典) 문학에서 대중적인 신화 · 전설 · 계보 등을 백과사전식으로 모아놓은 작품을 일컫는 말로, 형성 연대와 기원이 매우 다른 작품들을 포함하고 있다.

견할 수 있다.

당 왕조(618~907)의 중국은 앞선 육조 시대의 그 신선한 타타르족의 피로 풍부해져서 이제 황하와 양자강을 융합하는 새로운 생명을 뿜어내고 있다. 파미르 고원까지 제국의 영역이 확장됨에 따라 인도와 교통이 더욱 용이해졌고, 중국으로 유입되는 인도인뿐만 아니라 부처의 나라로 순례를 떠나는 승려도 날마다 늘어났다. 현장(玄奘)과 의정(義淨)은 기록을 남겨 유명해졌지만, 이는 두 나라 사이를 왕래한 무수한 실례 가운데 일부에 지나지 않는다. 당 태종이 정복한 티베트를 통과하는 새로운 길이 열림으로써 이전의 천산 남로와 북로 및 해로에 이어 네 번째 교통로가 생겨났다. 한때는 낙양 자체에만 승려 3천 명과 인도인 가족 1만 명이 머물렀는데, 그들은 자기 민족의 종교와 예술을 중국 땅에 깊이 각인하였다. 그들이 끼친 엄청난 영향력은 중국의 표의문자에 음가(音價)를 부여한 일, 곧 8세기에 일본의 자모(字母)를 창안해내는 결과에 이른 움직임 하나에서도 판단할 수 있다.

당시 이 대륙적인 융합에서 태어난 놀라운 열정에 대한 기억은, 낙양에서 만난 여행자 셋에 대한 재미있는 설화가 되어 오늘날까지 일본에 전해지고 있다. 한 명은 인도에서 왔고, 또 한 명은 일본에서 왔으며, 다른 한 명은 중화 바로 그 땅에서 왔다. "그런데 우리가 여기서 만난 것은 마치 부채를 만드는 것과 같소. 중국의 나는 부채의 종이, 인도에서 온 그대는 부챗살, 우리 일본인 손님은 작지만 반드시 있어야 하는 부채고리라오!"

이때는 관용의 시대였다. 관용은 인도의 정신이 스며드는 곳이라면 어디에서든 기대할 수 있는 것이었다. 당시 중국에서는 유가도, 도가도, 불가도 모두 똑같이 존경받았고, 장안의 비문이 증명하는 것처럼 경교(景敎)의 교부도 자신의 신앙을 펼 수 있었으며, 배화교(拜火敎) 교도 또한 제국의 주요 도시에서 불을 숭배해도 된다는 허가를 받았다. 중국의 장식적 예술에는 비잔틴과 페르시아가 끼친 영향의 흔적이 남아 있다. 인도에서 야소바르단 및 칸나우지[10)의 시라디티야[11)로 하여금 브라만교도와 자이나교도, 불교도를 평등하게 존경하도록 만든 것도 똑같은 기운에서 나온 일이었다. 그리하여 중국 사상의 세 가지 흐름[유·불·되은 나란히 흘렀고, 두자미(杜子美),[12) 이태백, 왕마힐(王摩詰)[13)은 각자가 이들 서로 경쟁하는 사상의 시적 이상을 대표하는 인물이면서도 그와 관계없이 당 왕조의 웅대한 조화를 표현하였다. 그리고 이렇게 융화하는 관념은 위징(魏徵)[14)의 스승이며 태종의 최고 조언자였던 문중자(文中子)[15)를

---

10) 칸나우지Kanauj : 인도 북부 우타르프라데시 주(州) 갠지즈 강 연안에 있는 도시. 7세기 초엽에 하르샤 제국의 왕이 도읍한 이후 북인도 정치의 중심지가 되었으며, 이슬람 정권이 델리에 확립되기까지 약 600년간 번성하였다. 현장(玄裝)은 이 곳을 '곡녀성(曲女城)'으로 한역(漢譯)하였다.

11) 시라디티야Siladitya(606~647 재위) : '하르샤Harsha'로 널리 알려져 있으며, 한자어로는 '계일왕(戒日王)'이라 쓴다. 하냐크부자의 왕이다. 불교에 귀의하여 그 전도에 힘썼으며, 문예를 일으키는 데에도 뜻을 두어 스스로도 희곡 세 편을 지었다.

12) 두보(杜甫, 712~770)다. 중국에서는 그를 시성(詩聖)이라 부른다.

13) 왕유(王維, 699~759)다. 중국의 시인이자 화가로, 열렬한 불교도였다. 유마힐을 닮고자 하여 자를 '마힐'이라 하였다.

14) 위징(魏徵, 580~643) : 당나라 초기의 정치가. 당 태종의 으뜸가는 책사로, 당나라의 문물과 세력이 동북아시아에서 맹위를 떨치게 한 인물이다.

통해 일찌감치 표현되었다. 이 조화는 이어지는 송 왕조(960~1280)
의 신유학을 예시하는 것이었으니, 송대에는 유가, 도가, 불가가 함
께 어우러져 단일한 민족적 완성을 이루었다.

불교는 이 시대를 주도하던 추진력이었는데, 이는 물론 인도 제2
기[16]의[사원적인 단계의] 것이었다. 현장은 바수반두의 제자 미트라
세나[17]에게 배웠고, 인도에서 돌아온 뒤에는 위대한 번역과 주석을
통해 법상종(法相宗)으로 알려진 새로운 종파를 열었다. 물론 그 종
파의 관념은 그의 시대 이전에 이미 행해지고 있었을 것이다. 현수
(賢首, 643~712)는 8세기 초반에 중인도의 기사난다와 남인도의 보
리류지 등의 도움을 받아서 똑같은 운동을 더욱 강화하여, 마음과
사물의 완전한 융합을 목적으로 하는 화엄종(華嚴宗)을 확립하였
다. 이 시대의 지적 노력은 근대 과학의 것과 흡사한데, 예술은 주로
부처에 의거하고 부처 자체를 중심으로 하면서 광대무변한 우주의
시각화를 향해 손을 뻗치게 되었다. 그리하여 그것은 어마어마한 규
모를 갖추었고, 불상은 거대한 비로자나불(毘盧遮那佛)이 되었다.

---

15) 수대(隋代)의 사상가인 왕통(王通, 584~617)을 가리킨다. 문중자는 왕통의 시호다. 수나
라 문제(文帝)를 만나 12개조의 태평책을 올렸으나 받아들여지지 않자 고향으로 내려가
후학을 키웠다. 그는 유학에 기본 바탕을 두면서도 유·불·도 삼교의 합일을 주장하였
다. 그런데 그의 제자들 가운데 많은 이들이 당 왕조에서 고관을 지내기는 했지만, 그 자
신이 태종에게 직접 조언을 했는지는 정확하지 않다.

16) 「5 인도와 불교예술」에서 언급한 "불교도들이 활동하던 제2기"를 가리킨다.

17) 미트라세나Mitrasena : '계현(戒賢)'으로 한역되는 논사로, 현장이 인도에 갔을 때 날란
다에 머물고 있었다. 그는 다르마팔라Dharmapala(護法, 530~561)의 제자이며, 다르마
팔라는 바수반두의 사상을 이었고 유식에 통달한 인물이다. 그래서 본문에서는 미트라
세나를 바수반두의 제자라고 하였다.

비로자나불은 자비의 부처[18]인 아미타불 및 적응의 부처[19]인 석가모니 그 자체에 대한 '법의 부처'[20]다.

이 시대의 표본으로서 남아 있는 최상의 것은 앞서 언급했던 용문산의 거대한 비로자나불이다. 이 불상은 형태에서는 엘로라 석굴의 불상과 비슷하지만 크기가 60자가 넘는다. 그리고 거품을 일으키며 흐르는 급류를 발치에 두고 있는 용문산의 그 굉장한 바위 중턱 벼랑을 배경으로 탑들이 웅장하게 솟아 있다.

또 다른 비로자나 석불을 하구현(夏口縣) 근처의 당마로(當馬盧) 아래 양자강 가에서 볼 수 있다. 그것은 그 자체로 산을 이루는데, 하나의 암석에 조각한 것이다. 소나무 한 그루가 외견상 아무런 부조화 없이 불두(佛頭)의 나선형 선 가운데 하나를 대신하는 듯한 꼴을 하면서 자라고 있다는 사실에서 그 크기를 상상해볼 수 있다. 이런 불상은 연화대(蓮花臺) 위에 앉아 있는 것이 일반적인 형태인데, 붉은 사암(砂巖)을 깎아 만든 것이어서 이목구비 대부분은 마멸되어버렸다. 게다가 아래에 양자강이 내달리고 있기 때문에 그 원형을 연구하는 것은 곤란한 일이었음에 틀림없다.

일본에서는 소가씨를 제압한 텐지 천황이 천황의 친정(親政)을 강화하면서 645년에 새로운 체제[21]를 시작하였다. 이 체제는 천황

---

18) 보신(報身)을 가리킨다. 한량없는 노력과 정진의 결과 깨달음에 이른 부처의 몸이다.

19) 응신(應身)을 가리킨다. 응신은 부처가 중생을 구제하기 위해서 역사적으로 나타낸 몸이다.

20) 법신(法身)을 가리킨다. 법신은 절대적 지혜의 지고한 상태, 곧 진리 그 자체를 가리키는 것으로, 빛깔이나 형상이 없다.

의 재상이었던 카마타리(鎌足)의 후손 후지와라씨(藤原氏)가 그 귀
족적 권력으로 천황의 위세를 덮어버릴 때까지 지속되었다. 지방 행
정은 이전의 세습 영주 대신에 임명된 지방관이 담당하였고,[22] 당
왕조의 것을 본뜬 법전을 편찬하였으며, 법무는 특별히 임명된 일단
의 재판관이 집행하였다. 각 지방도 새로운 활력과 함께 개발되었
다. 도로가 건설되었고, 수송수단은 더욱 건전한 토대 위에서 통제
되었으며, 역마 제도가 확립되어 역마가 길을 내달렸다. 국내 행정
에서 그런 전면적인 개혁은 외교적 패권을 희생하면서[23] 실행한 것
이었다. 일본은 차츰차츰 번성하였고, 710년에는 야마토(大和)의 너
른 평야에 새로운 도성을 세울 필요를 느꼈다. 오늘날의 나라시(奈
良市)가 그것이다. 이 도시는 위대한 불교의 중심지가 되었고, 그곳
승려 계급의 위세는 나중에 황가와 귀족들을 위협할 정도가 되었다.

일본의 승려 도오쇼오(道昭)는 장안에서 현장의 내제자(內弟子)
가 되었으며, 677년에 다시 일본으로 돌아왔다. 이 도오쇼오와 8세
기 중엽의 교오키(行基)를 통해서 법상종과 화엄종을 도입하고 이
러한 관념을 혼합할 수 있었는데, 그리하여 북방불교에서 일어나고

---

21) 흔히 '타이카 개신(大化改新)'이라 일컬어지는데, 텐지 천황이 나카토미 카마타리(中臣
　　鎌足) 등의 힘을 빌어서 소가씨를 제압한 뒤에 실시한 일련의 정치 개혁이다.

22) 코쿠시(國司) 등을 둔 일을 가리킨다.

23) 신라가 당나라와 손을 잡고 백제를 침공하여 마침내 백제가 멸망한 사건을 두고 말한 듯
　　하다. 중세부터 일본은 백제를 일본의 번국(藩國)이라고 여겼는데, 여기서 외교적 패권
　　이라 말한 것도 이 때문이다. 그러나 이는 일종의 역사 왜곡이다. 중세 이후로 일본 지식
　　인들은 삼국과 일본의 외교적인 관계에 대해 왜곡된 해석을 적지 않게 했다. 오카쿠라 텐
　　신 또한 그런 역사인식에서 크게 벗어나지 못하고 있다.

있던 전반적으로 새로운 형태의 전개에 참여할 수 있었다.

따라서 나라 시대의 예술이 당 왕조 초기의 것을 반영하고 있으며, 심지어는 인도에 있는 그 원형과도 직접적인 연관을 갖는다는 사실을 이해하기는 쉽다. 왜냐하면 이때 많은 인도인 예술가들이 일본 해안으로 건너왔다고 기록되어 있기 때문이다. 이 시대에 율종(律宗)을 열었던, 위대한 중국인 승려 감진(鑑眞)[24]에 뒤이어 왔던 군법력(軍法力)은 실론 출신 조각가로 추정할 수 있는데, 그의 작품은 아나라자푸라[25]의 것과 유사하여 당시 인도 전역에서 지배적이었던 완전한 굽타 양식을 보여준다. 그러나 동일한 주제에 대한 일본인의 표현에서, 원형인 인도의 추상적 아름다움에 당의 굳셈을 더했을 뿐만 아니라 나라의 예술을 제2기 아시아 사상의 최고의 형식적 표현이 되게 만든 섬세함과 완성도를 발견할 수 있다고 말한다면, 이는 단순한 민족적 자부심만은 아닐 것이다.

이렇게 시작된 나라 시대는 그 조각의 풍부함에서 두드러진다. 야쿠시지(藥師寺)의 청동 아미타불을 시작으로, 30년 후에는 같은 절의 약사삼존(藥師三尊)이 뒤따른다. 약사삼존은 의심할 바 없이 이러한 예술 가운데 현존하는 가장 세련된 표본이다. 이와 관련해서

---

24) 감진(鑑眞, 688~763) : 당나라 승려로, 일본 유학승들의 요청으로 일본으로 건너가서 계율을 전하였다. 처음에 바다를 건너려다가 다섯 번이나 실패를 거듭하면서 실명하였다. 그러나 뜻을 굽히지 않았고, 마침내 여섯 번째에 성공하였다. 일본 불교는 그를 통해 온전하게 계율을 갖추게 되었다. 또 중국의 건축과 조소, 미술, 의약 등도 일본에 전하였다.

25) 아나라자푸라Anarajapura : '아누라다푸라Anuradhapura' 라고도 하는데, 실론의 옛 수도다.

야쿠시지(藥師寺)의 약사삼존상(8세기 초). 금당에 안치되어 있는 본존이다.
야쿠시지는 나라현 나라시에 있는 법상종의 총본산이다.

언급해야 할 것은 토오인도오(東院堂)[26]의 관음상과 카이만지(蟹滿寺)[27]의 석가상이다.

그런데 커다란 청동상의 시대는, 세계에서 가장 큰 청동상인 나라(奈良)의 거대한 비로자나 불상에서 그 절정에 이르렀다. 이 불상은 두 번이나 화재를 입는 바람에 오늘날에는 보기에 그다지 좋지 못한 상태에 있다. 첫 번째 화재는 1180년 타이라(平家) 시대에 일어났는데, 이때는 머리와 손이 파괴되었다. 카마쿠라 시대에 유능한 조각가 카이케이(快慶)가 첫 번째 수리를 하였는데, 남아 있는 도안으로 판단하건대 원형의 비율을 잘 보존한 것으로 보인다. 두 번째 화재는 16세기의 내란[28] 때 일어났다. 현재의 머리와 손은 200년 전 토쿠가와 시대에 복원한 것으로, 당시는 조각이 가장 퇴조했던 때인지라 그것을 복원한 예술가는 원래 작품이 이루어졌던 시대의 양식과 비율에 대한 개념이 전혀 없었다. 그러나 이러한 사실을 마음에 두고서 불상을 본다면, 그것을 덮고 있는 현재의 건물이 참관자의 시야에 비좁은 공간만을 허용하고 있음에도 불구하고 이 기념비적인 작품의 위대한 아름다움과 그 착상의 대담성을 충분히 엿볼 수 있다. 본래의 건물은 현재의 것보다 마흔다섯 자나 더 크고, 여든 자나

---

26) 토오인도오(東院堂) : 야쿠시지 내에 있다. 요오로오(養老, 717~724) 연간에 키비내친왕(吉備內親王)이 겐메이(元明) 천황의 명복을 빌기 위해 건립하였다.

27) 카이만지(蟹滿寺) : 쿄오토부(京都府) 키즈가와시(木津川市) 야마시로쵸오(山城町)에 있는 진언종(眞言宗) 사원.

28) 센코쿠 시대(戰國時代)를 가리킨다. 일본 무로마치 시대(室町時代, 1338~1573) 말기에 중앙정부의 권위가 서지 않아 군웅이 할거하며 서로 다투던 시대다.

더 길었다.

이 불상을 처음으로 생각해낸 이는 쇼오무(聖武) 천황과 그의 위대한 황후 코오묘오(光明)로, 교오키(行基)가 조언을 해주었다. 이 위대한 승려는 "나라에 거대한 비로자나 불상을 세우겠다"고 선언한 조칙을 받들고서 일본 방방곡곡을 여행하였다. 조칙에는, "백성 한 사람 한 사람이 한 줌의 흙과 한 움큼의 풀을 이 거대한 형상에 더할 수 있는 권리를 누리도록 하는 것이 짐의 바람이다!"라는 말이 덧붙어 있다. 이 불상으로 불교세계의 중심이 되려고 했다는 사실을 기억해야 한다. 갖가지 불교세계가 연화대의 꽃잎에 매우 정교하게 새겨져 있는 것을 지금도 볼 수 있다.

자신을 공공연하게 "삼보(三寶, 불·법·승)의 노예"라고 일컬었던 천황은 저 불상을 건립하는 데 궁정의 모든 이들과 함께 도움을 주었다. 고위 귀부인들은 불상의 원형을 빚는 데 쓰일 진흙을 비단 소맷자락으로 옮겨 날랐다. 도금을 위해서 금 1만 냥 이상을 들인 본존을 중앙에 안치하는 대불개안(大佛開眼) 의식이 가장 인상적이었을 것이다. 훌륭한 휘장과 드리워진 천은 말할 것도 없고 3백 개의 황금 소불상이 매달려 있는 후광이 에워싸고 있었는데, 그 단편이 지금도 남아 과거의 호화찬란함을 증언해주고 있다.

보리(菩提)라고 하는 바라문 승려가 일본에 왔는데, 죽어가던 교오키는 그가 거룩한 땅에서 왔고 자신보다 더 존숭할 만한 사람이라고 하면서 기쁘게 맞아들였다. 그리하여 그 바라문 승려는 개안법회에서 도사(導師) 일을 맡았다. 교오키는 그 이튿날 죽었으니, 결국 자신의 필생의 사업이 완성되는 것을 보기 위해서 버텼던 것이다.

이 시대는 불교가 굉장히 흥성했던 시대였다. 서로 화려함을 다투던 나라(奈良)의 칠대사(七大寺)[29] 가운데서 사이다이지(西大寺)는 입에 방울을 문 금색 봉황으로 에워싼 정교한 건축으로 유명하다. 사람들은 그것이 불가사의한 솜씨에 의한 것이라고 여겨서 용왕의 궁전에 둘 만하다고 생각하였다. 전국 각 지방에 승려의 사원 하나와 비구니 사찰 하나씩을 지으라는 명이 내렸는데,[30] 그 자취는 큐우슈우(九州)의 맨 끝에서 무츠(陸奧)의 북쪽에 이르기까지 남아 있어 지금도 볼 수 있다.

코오묘오 황후는 쇼오무 천황이 세상을 떠난 뒤에 그 유업을 확장하는 데 있어 아주 유익한 역할을 하였는데, 이에는 이어서 황위에 오른 그녀의 딸 코오켄(孝謙) 천황의 도움도 있었다. 이 위대한 황후이자 국모의 고귀한 마음은 그녀가 남긴 가장 소박한 시들 가운데 하나에서도 느낄 수 있다. 부처에게 꽃을 바치면서, "꺾으면 내 손에 닿아 더럽혀질까봐, 나는 들판에 선 채 삼세[31]의 부처님께 바람에 날리는 꽃을 바치옵니다"라고 말하였다. 또 어느 때에는 열렬한 신심이 솟구쳐 올라서, "부처의 모습을 빚어내는 연장 소리가 천상

---

29) 난토칠대사(南都七大寺)라고도 불리는 일곱 사찰. 토오다이지(東大寺)·코오후쿠지(興福寺)·야쿠시지(藥師寺)·간고오지(元興寺)·다이안지(大安寺)·사이다이지·호오류우지(法隆寺)·토오쇼오다이지(唐招提寺) 등이다.

30) 741년에 쇼오무 천황이 발원하여 전국 각 지방에 승사(僧寺)와 니사(尼寺) 등 관사(官寺)를 설치하게 하였는데, 이를 코쿠분지(國分寺)라 한다.

31) 삼세(三世): 과거·현재·미래를 뜻하는 말.

에 울려 퍼지기를! 대지를 산산이 부수기를! 어버이들을 위해서, 중생을 위해서!"라고 노래하기도 하였다. 이런 마음은 히토마루(人麻呂) 및 나라 시대의 만요오(萬葉) 가인(歌人)들의 노래에서 나온 웅대한 정신과 똑같다.

코오켄 천황도 그 남성적인 웅대한 마음을 가지고 불교예술이 한층 더 진보하도록 도왔다. 사이다이지의 사천왕상을 주조할 때였다. 무언가 일이 잘못되어 작업이 제대로 되지 못하자, 용해된 구리를 쏟아 붓는 일을 천황이 직접 지휘하여 주조를 완성시켰다고 전한다.

산가츠도오(三月堂)[32]의 거대한 관음상의 경우에 그 머리에서 호박(琥珀), 진주, 그 밖에 갖가지 보석으로 장식된 은색 아미타상을 볼 수 있는데, 이 또한 이 시대의 작품 가운데 하나로 거론하여야 한다.

나라의 회화예술—8세기 초의 작품이라고 결론 내릴 수 있는 호오류우지(法隆寺)의 벽화에서 볼 수 있는 것 같은—은 최고의 가치를 지니는 것으로, 일본의 천재가 아잔타 석굴의 벽화에서 볼 수 있는 뛰어난 솜씨에까지도 무언가를 더할 수 있다는 것을 보여준다. 나라의 황실 수장품 가운데, 비파(琵琶, 분명히 인도어 '비나 vina'에서 온 말)로 불리는 악기의 가죽띠에 그려진 풍경화는 그 정신에서나 수법에서 불교 양식과는 사뭇 다르고, 당 왕조 때의 노장파 회

---

32) 산가츠도오(三月堂) : 나라현(奈良縣) 나라시(奈良市)의 토오다이지(東大寺) 경내 동쪽에 있는 홋케도오(法華堂)를 가리킨다. 불공견색관음보살(不空羂索觀音菩薩)을 본존으로 모시고 있다.

화가 주는 미묘한 느낌을 엿보게 한다.

황실의 보고인 쇼오소오인(正倉院)[33]은 또 쇼오무 천황과 코오묘오 황후의 개인 소유물을 포함하고 있는데, 이 또한 주목할 만하다. 그 물품들은 그들이 세상을 떠난 후에 그 딸이 비로자나불에 바친 것으로, 전혀 손대지 않은 채로 오늘날까지 전해지고 있다. 그들의 의복, 신발, 악기, 거울, 검, 융단, 깔개, 병풍, 그들이 사용했던 종이와 붓, 그들을 위한 제사에 사용했던 의식용(儀式用) 가면, 깃발, 그 밖의 종교적 복식 등이 포함되어 있어 그 호사스러움과 화려함 속에서도 약 1200년 전의 실제 생활을 우리에게 전해주고 있다. 유리 술잔, 인도 또는 페르시아에 기원하는 것으로 여겨지는 법랑칠보(琺瑯七寶)의 거울, 그 밖에 당나라 최상의 기술을 보여주는 수많은 표본들도 있으니, 그 수집은 마치 [쇼오소오인을] 화산재로 파국을 맞지 않은 폼페이나 헤르쿨라네움[34]의 축도처럼 만들어준다. 한 치세(治世)에 특정 계층의 관객에게만 공개를 허용한다는 엄격한 규칙에 의해서 이 보물들은 모두 마치 어제의 것인 듯 잘 보존되고 있다.

---

33) 쇼오소오인(正倉院) : 토오다이지 대불전(大佛殿) 북서쪽에 있는 창고. 쇼오무 천황과 코오묘오 황후 때의 물품부터 시작해 텐표오(天平, 729~767) 시대를 중심으로 한 미술공예품을 많이 수장하고 있다.
34) 폼페이와 헤르쿨라네움은 79년에 베수비오 산의 대분화로 말미암아 함께 묻혀버린 도시다.

8

헤이안(平安) 시대

(800~900)

● 　　　　마음과 사물의 합일이라는 이념은 일본의 사상에서는 더욱더 강력해져서 두 개념의 완전한 융합에 이르게 되어 있었다. 그런데 이러한 융합이 오히려 물질적인 것에 중심을 두고 있어서 상징이 현실화로 여겨진다는 것, 범속한 행위가 마치 지극한 복인 것처럼 간주된다는 것, 또 이 세상 자체가 이상적인 세계인 것처럼 여겨지고 있다는 사실은 주목할 만한 일이다. 결국 마야(환몽)란 없는 셈이다. 물질적이고 구체적인 것을 빛나는 신성(神性)으로 느끼는 이 방식이 인도에서는 한편으로는 탄트리즘과 남근숭배로 이끌고, 다른 한편으로는 우리가 잊어서는 안 되는, 가정(家庭)과 경험에 대한 생동하는 시를 형성하고 있다고 할 수 있다.

그러한 개념에서 보자면, 산야신의 떠도는 삶은 일종의 격리다.

그래서 일본의 진언종(眞言宗) 승려가 "일상생활은 가짜가 아니라 참된 삶이다"라는 생각을 자신의 예배 속에서 표현하려고 시도했을 때, 당장 끌어온 것은 '가장(家長)'이라는 상징적인 표시였다.

정신과 형태의 이런 융합에서는 민중의 미신도 진정한 학문과 똑같은 존엄과 엄숙함으로 끌어올려진다. 최고의 지성으로부터 주의를 끌지 못하는 활동이란 없다. 이런 식으로 해서 정교한 사상과 특수한 감성은 민중화한다. 민중은 막대한 잠재 에너지를 갈무리하고, 후대에 일어날 역동적인 능력의 폭발을 완전하게 준비한다.

일본사에서 헤이안 시대로 알려져 있는—794년에 나라에서 헤이안 또는 쿄오토로 수도를 옮겼던 일에서 일컬어진—시대에는 밀교 또는 신비적 교의라 불리는 새로운 불교운동의 파도가 일었다. 그 종파의 철학적 기초는 두 가지 극단, 곧 금욕적 고행과 육체적 환희에 대한 숭배를 포함한다고 할 수 있다.

이 운동은 우선 중국에서는 남인도에서 온 금강지(金剛智)와 그의 조카인 불공금강(不空金剛)[1]으로 대표된다. 741년에 불공금강은 관련된 관념을 구하기 위해서 인도로 돌아갔다. 이는 불교가 더 거대한 힌두교의 흐름에 섞여 들어가는 합류점으로 여겨질 수 있는데, 그리하여 이 시대에 인도의 영향은 종교에서처럼 예술에서도 압도적이었다.

인도 자체에서는 이 종파의 기원이 분명하지 않다. 아주 이른 시

---

1) 산스크리트로는 금강지는 '바즈라보디Vajrabodhi'이고, 불공금강은 '아모가바즈라 Amoghavajra'다.

기에도 존재했음을 보여주는 뚜렷한 흔적들이 있기는 하지만, 그 체
계화는 브라만의 교의와 불교의 교의를 결합해야 한다는 요구가 일
어난 7세기나 8세기에 완성된 것으로 보인다. 이때는 『라마야나』가
생활의 과도한 사원화에 대한 항의로서 그 최종적인 형태를 받아들
인 시기였다. 일본에서는 이 새로운 철학적 관점이, 마음과 사물의
합일 및 지고한 정신을 구체적인 형태 속에서 실현하도록 가르치는
법상종과 화엄종을 진일보시켰다. 왜냐하면 이 두 종파의 사상가들
은 그 이념을 실천 속에서 입증하려는 노력에 있어 선조들보다 훨씬
앞서 있었고, 또 석가모니 부처조차 고작 하나의 현현에 지나지 않
게 하는 지고한 신격 곧 비로자나불과 직접적인 교감으로부터 자신
들이 태어났다고 주장하였기 때문이다. 그들은 모든 종교, 모든 가
르침에서 진리를 찾는 것을 목적으로 하였는데, 그것들 각각에는 지
고한 경지에 이르는 제각각의 방법이 있기 때문이다.

명상에서 마음과 몸과 말의 합일[2]은 가장 본질적인 것으로, 비록
이 셋 가운데 어느 하나만 홀로 최대한의 가능성에 이르더라도 궁극
의 결과를 낳는다. 그리하여 그들은 마음과 몸 사이 경계에 가로 놓
여 있는 것으로 여겨지는 '말' 곧 거룩한 주문을 소리 내는 것을 그
결과에 이르는 가장 중요한 길로 삼는데, 이로 말미암아 이 종파를

---

2) 불가에서 말하는 삼밀(三密)을 가리키는데, 삼밀은 수행자의 몸과 마음과 입이 부처의 몸
과 마음과 입에 상응하여 융합하는 것 또는 손으로 인상(印相)을 맺고 입으로는 진언을 외
고 마음으로는 본존을 생각하는 것을 이른다. 본문에서는 삼업 가운데 입을 '말 또는 언
어'라고 했는데, 그 의미는 다르지 않다.

때때로 "참된 말"을 뜻하는 진언종(眞言宗)이라 부른다.

이제 예술도 자연도 새로운 빛 속에서 조망되게 되었다. 왜냐하면 모든 대상은 똑같이 몰개성적 보편성인 비로자나불을 내포하고 있고, 그것을 궁극에까지 깨닫는 것이 신자(信者)가 추구하는 바이기 때문이다. 이 초월적인 단일성의 견지에서 본다면, 죄업도 자기희생과 똑같이 거룩한 것이고, 최하의 마구니도 자연스럽게 최고의 신과 똑같이 만신전의 중심이 된다. 가장 하찮은 것도 보호받고 보존되어야 하는데, 이는 어떠한 생명이든 신격의 현현으로 보는 것이 목적이기 때문이다. 그리고 신화는 희미한 빛을 내는 무지개로 다루어지고, 그 가운데 한 점은 어느 때라도 중심이 되어서 다른 모든 것을 상대적으로 하위에 두고 종속시킬 수 있다.

이러한 관념은 '똑같은 것으로 봄(同視, Samadarsana)'을 향한 인도인의 고귀한 열망에서 생길 수 있는 것들 가운데 하나다. 그와 동시에 기묘하게도, 불교에 내재한 심오한 지적 분석에도 불구하고, 이 시대의 과학적인 관념들은 마술로서 또는 초자연적인 것에 대한 연구로서 표현되고 있다. 그것은 아마도 만유를 다섯 원소—흙, 바람, 불, 물, 마음으로 이해되는 기운으로, 이 가운데 마지막이 없으면 다른 네 가지는 존재할 수 없으며, 이 안으로 모든 것이 똑같이 녹아들어간다—로 나눈 철학이, 지적 훈련을 받지 않은 대중이 이해하기에는 너무도 미묘했기 때문이다. 이런 종파의 사상에서는 삶 속의 모든 행위에, 바라하미히라가 자신의 저서 『브리하트 삼히타』[3]에서 규정하고 있는 인도의 건축과 같은, 그리고 『마나사라』[4]의 조각과 같은 의례를 부가하고 있다. 예를 들어 사원을 세울 때, 아차리야[5] 곧 스승은 땅에 우주적 도상(圖像)을 그린다. 거기에서는 모든 돌이 제각각 자기 자리를 갖고 있으며, 그 윤곽 안에 있는 티끌조차 자신의 수행에 있어 불완전함이나 결함을 나타낸다. 건축과 조각 그리고 사원 전체의 구성 모두 우주에 대한 이런 관념을 표현하기 위해 만들어진다.

불교가 그 자체의 교의와는 맞지 않은 무수한 신과 여신을 받아들인 것은 바로 이런 영향 때문이었다. 그러나 그 신들은 새로운 가르침에 의해서 지고무상한 근원적 신성의 현현으로서 존재하게 되었다. 이제 우리는 조직화된 만신전을 보게 되는데, 그것은 비로자나의 관념을 떼를 지어 에워싸고 있으며 크게 네 부분으로 나누어진다. 제1은 부동(不動),• 제2는 보생(寶生), 제3은 아미타(阿彌陀), 제4는 석가(釋迦)인데, 그 각각은 제1이 힘 곧 지식을, 제2가 부(富) 곧 창조적 기운을, 제3이 자비 곧 인간에게 드리우는 신적인 지혜를, 제4가 일 또는 카르마(業)를 표상한다. 지상의 실제적 삶에서 앞의 세 가지가 실현된 것이 곧 석가모니다.

이런 것들은 상징의 추상적인 의미다. 구체적인 면을 살펴보면, 부동[6]은 흔들리지 않는 존재이며 삼마디•의 신으로, 시바 신의 무

---

3) 브리하트 삼히타Vrihat Samhita : 천문학에서 건축, 보석, 의례 등 인간의 다양한 관심사를 주제로 삼아 서술한 일종의 백과사전이다.
4) 마나사라Manasara : 중세 인도의 건축에 관한 책.
5) 아차리야Acharya : '아사리(阿闍梨)'로 한역되는데, 제자를 가르쳐 바르게 이끌 수 있는 모범이 되는 승려다.

서운 형상, 화염 속에서 솟아오르며 영원불변의 감청색을 띤 웅대한 환상을 나타낸다. 그는 당시 인도의 관념에 대응하여, 번뜩이는 제3의 눈, 세 갈래진 칼, 뱀으로 되어 있는 견삭(羂索)을 지니고 있다. 사나운 신(루드라?)[7] 또는 마케이수라(마하–이슈바라)[8]와 같은 또 다른 모습으로, 해골로 만든 화관을 쓰고 뱀으로 된 팔찌를 두르고 명상의 호피(虎皮)를 입고 있다.

부동과 짝이 되는 여신은 강궁(强弓)을 들고 사자관(獅子冠)을 쓴 무시무시한 사랑의 신으로 나타나는데, 바로 애염명왕(愛染明王)이다. 그 사랑은 아주 강렬한 형태의 사랑이고, 그 청정한 불은 죽음이다. 그는 지고한 경지에 이르기 위해서 가장 사랑하는 이를 죽인다. 비로자나는 여의보주(如意寶珠)의 상징에 의해서 부동명왕 및 애염명왕과 더불어 삼위일체를 이룬다. 여의보주의 신비한 형태는 그 자체 삼각형을 이루려고 애쓰는 원의 형태다. 이는 말하자면, 삶은 결코 그 자체로 완결되지 못하며, 더욱 지고한 깨달음의 단계를 향한 버둥질 속에서 완성을 깨뜨리며 영원히 나아가는 것이기 때문이다.

---

6) 부동(不動) : 흔히 부동존(不動尊) 또는 부동명왕(不動明王)이라 일컫는다.

7) 루드라Rudra : 이는 시바 신의 이름 가운데 하나로, "포악하다"는 뜻이다. 대체로 시바 신은 루드라에서 발전한 것으로 여겨지는데, 둘 다 난폭하고 예측불가능하며 파괴적인 속성을 지니고 있다. 베다에서 루드라는 죽음과 질병의 화살을 쏘는 궁신(弓神)으로 알려져 있다.

8) 마하-이슈바라Maha-Iswara : 마하는 "크다"를, 이슈바라는 "주(主)"를 뜻한다. 말하자면 "큰 주님"으로 풀이된다. 이슈바라는 힌두교에서 절대적이며 초월적인 지고의 실재인 브라흐만과는 구별되는, 인격적이고 내재적인 신을 가리킨다. 여러 교파의 신들은 이 이슈바라가 특정한 형태로 현현한 것이다.

인도인의 관념은 또 칼리Kali[9]에 대해서 천상의 위대한 어머니이자 여왕으로 묘사하고 있다. 이 여신에게는 날마다 석류 열매를 공물로 바치는데, 기묘한 해석에 따르면 고대의 희생제의에서 피를 바치던 것이 불교의 영향 아래에서 이러한 형태로 바뀌었다고 한다. 비파를 들고 파도를 가라앉히는 사라스바티 또는 변재천녀(辯才天女), 선원들이 거룩하게 여기고 숭배하는 독수리 머리의 간다르바[10] 또는 금비라(金比羅), 행운과 사랑을 주는 락슈미 또는 길상천(吉祥天), 승리의 기치를 하사하는 최고사령관(카르티케야) 또는 대원수명왕(大元帥明王), 길의 개척자로 코끼리 머리를 한 가네슈[11] 또는 성천(聖天)은 모든 마을에서 제의를 행할 때 가장 먼저 예배를 올리는 신으로, 그의 무시무시한 힘은 십일면관음보살의 훈계로써 억제할 수 있다고 한다. 이러한 신들은 모두 힌두교의 신들이 직접 수용되었음을 의미한다.

신에 대한 이런 새로운 개념은 그 표현되는 형태에 있어서 이제는 현실적이고 구체적이며 또 실제적이어서 초기 불교도들이 가졌던

---

9) 칼리Kali : "검정"을 뜻하는 말로, 탐욕스럽고 파괴적인 여신이다. 어울리지 않는 것들을 결합하기 좋아하는 인도인의 심정이 잘 담겨 있는데, 평소에는 차분하고 평화로운 모습으로 묘사되는 데비Devi(최고의 여신)의 난폭하고 무서운 측면이 바로 칼리다. 인도의 회화나 조각을 보면, 축 늘어져서 누워 있는 남편 시바 신의 몸 위에서 춤을 추고 있는 모습으로 곧잘 묘사되고 있다.

10) 간다르바Gandharva : '건달바(乾達婆)'로 한역되는데, 제석천(帝釋天)을 모시면서 음악을 담당하는 천신(天神)이다.

11) 가네슈Ganesh : 시바 신의 아들로, 지혜와 학문의 신이다. 예배를 할 때나 새로운 일을 시작할 때 제일 먼저 찾는 신이며, 그의 형상은 사원이나 주택 입구에서 종종 볼 수 있다.

쌀쌀한 태도와는 달라졌다.

이 시대의 예술작품은 다른 어떤 시대에도 알려지지 않은, 신에 대한 강렬한 열정과 친근감으로 차 있다. 중국에 밀교의 교의가 도입된 것은 금강지(金剛智)에서부터인데, 그는 719년에 중국 땅에 이르렀고, 유가(瑜伽)에 관한 경전을 한역하였다. 그를 이은 이는 불공금강(不空金剛)으로, 746년에 인도에서 돌아올 때 한층 더 많은 [밀교 교의에 관한] 지식을 가지고 왔다. 그것이 일본에 들어온 것은 거의 비슷한 시기로, 불공금강의 제자 혜과(惠果)로부터 가르침을 받은 쿠우카이(空海)[12)]에 의해서였다. 이 승려들은 주술적인 힘을 지닌 것처럼 여겨졌고, 대단한 존경을 받았다. 일본불교사에서 가장 위대한 인물 가운데 한 사람이 쿠우카이다. 사람들은 그가 833년에 요가 수행자로서 삼매에 들었던 코오야산(高野山)[13)] 정상에서 지금도 명상에 잠긴 상태로 앉아 있다고 상상한다. 쿠우카이의 작품은 많은데, 그가 그린 〈진언종의 일곱 조사〉는 지금도 쿄오토의 토오지(東寺)[14)]에서 다른 보물들과 함께 전해 내려오고 있다. 그 작품은

---

12) 쿠우카이(空海, 774~835) : 헤이안(平安) 전기의 진언종(眞言宗) 개조다. 어려서 『대학(大學)』 등 경전과 사서(史書), 문장 등을 배웠으나 뒤늦게 불교에 눈을 떴다. 804년에 견당사(遣唐使)와 함께 당나라에 들어가서 혜과(惠果)에게서 밀교를 배웠다. 822년에 토오다이지(東大寺) 남원(南院)에서 관정(灌頂) 도량을 설립하였다. 832년부터 코오야산(高野山)에 은거하면서 진언종의 기반을 완성하였다. 한시(漢詩)와 서도(書道)에도 탁월하였다.

13) 코오야산(高野山) : 와카야마현(和歌山縣) 이토군(伊都郡) 코오야쵸오(高野町)에 있는 산의 총칭. 쿠우카이가 수행 도량을 연 이래로 히에이잔(比叡山)과 나란히 일본 불교의 성지가 되었다.

14) 토오지(東寺) : 헤이안 천도와 함께 조영되기 시작하였는데, 완성되기 전인 823년에 쿠우카이에게 주어져서 진언종의 근본 도량이 되었다.

토오지(東寺)의 금당. 쿄오토시 미나미구(南區)에 있는 토오지는 쿠우카이(空海)에게 하사되어
진언 밀교의 근본도량이 되었다. 1994년에 세계유산으로 등록되었다.

스님의 웅걸차고 장대한 마음을 깊이 생각하게 한다. 쿠우카이의 직계 제자인 지츠에(實慧), 지카쿠(慈覺), 치쇼오(智證) 등은 모두 중국에서 그 교의를 연구하고 와서 이 운동을 더욱더 추진해나갔다. 나라 시대 초기의 교의와 사원들은 주로 이 새로운 운동의 영향에 압도되었는데, 그것은 이 종파의 포괄적인 관점이 그 이전의 교의들과 아무런 갈등도 일으키지 않았기 때문이다.

이 시대 조각 작품 가운데 최상의 표본은 쿠우카이의 지시하에 조각된 위대한 치료자 곧 약사여래의 상이다. 이 상은 쿄오토 근처의 진고지(神護寺)에 현존하고 있다. 또 하나는 오오미(近江)의 도오간지(渡岸寺)[15]에 있는 십일면관음상으로, 쿠우카이의 호적수인 사이쵸오(最澄)[16]의 작품으로 알려져 있다.[17] 또 칸신지(觀心寺)[18]의 여의륜관음(如意輪觀音)이나 나라 홋케지(法華寺)[19]의 우아한 관음상도 들 수 있다.

회화에 있어서는 현재 나라의 사이다이지(西大寺)에 보존되고 있

---

15) 도오간지(渡岸寺) : 코오겐지(向源寺)에 속한 절이다. 코오겐지는 시가현(滋賀縣) 나가하마시(長浜市)에 있다.

16) 사이쵸오(最澄, 767~822) : 헤이안(平安) 시대의 승려로, 일본 천태종의 개조다. 토오다이지(東大寺)에서 수계하였고, 히에이잔(比叡山)에서 수행하였다. 804년에 당나라에 건너가 천태종과 밀교 관련 전적을 구해 왔다. 시호는 덴교오대사(傳敎大師)다.

17) 도오간지의 십일면관음상은 사이쵸오가 아니라 타이쵸오(泰澄, 682~767)의 작품이다. 타이쵸오는 슈겐도(修驗道)의 승려다. 736년에 도성에 전염병이 돌자, 쇼오무 천황이 그에게 재앙을 없애기 위해 기도하라고 명하였다. 이에 타이쵸오는 십일면관음상을 새기고 기도하여 재앙을 없앴다고 한다.

18) 칸신지(觀心寺) : 오오사카부 카와치(河內) 나가노시(長野市)에 있다.

19) 홋케지(法華寺) : 741년에 지방마다 코쿠분지(國分寺)를 건립하라는 조칙이 내렸을 때 건립되었다.

는 쿠우카이의 〈십이천(十二天)*의 상〉이, 같은 지방의 센쥬인(千壽院)의 양계만다라와 함께 그 시대의 웅건한 필치를 보여주는 최고의 작품들이다.

따라서 헤이안 시대의 예술은 구체적이기 때문에, 굳세고 활력 있는 작품과 동의어다. 그것은 확신이 넘치는 기백으로 가득하다. 그러나 웅대한 이상주의의 자발성과 초연함을 결여하고 있어 자유로움은 없다. 동시에 그것은 불교적 개념의 적용에 있어 불가결한 한 단계를 대표한다. 이 점에 이르기까지 그 개념들은 신자(信者) 자신과는 동떨어져 있는 무언가로 간주되고 다루어져왔다. 그런데 이제 헤이안 시대의 의식에 약간 범속하게 활기를 부여함으로써 이런 동떨어진 느낌은 사라졌고, 따라서 이어지는 시대에는 그런 것이 민족적 생활 속에서 정서로서 흡수되고 재표현된 것을 보여주었다.

1. **부동**(不動) : 흔들리지 않는 존재. 시바Siva의 인도식 이름 가운데 하나인 아찰라Achala 곧 "움직이지 않는 것"과 비슷하다.

2. **삼마디**Samadhi : 집중을 통한 깨달음. 일본에서는 세 단계로 구분하고 있는데, 명상을 통해 일어나는 초의식의 황홀경에서 시작하여, 이 세상의 일과 양립하면서도 절대자와 완전한 합일을 이루는, 말하자면 불성과 똑같은 경지에서 절정에 이른다. 이 마지막 단계는 인도에서는 지반-묵티Jivan-Mukti(유위해탈)로 알려져 있다.

3. **십이천**(十二天) : 십이천은 다음과 같다. 범천(梵天), 이것은 흰 새인 백조를 거느린다. 화천(火天, Agni). 이사나Ishanna. 제석(帝釋, Indra). 풍천(風天). 비사문(毘沙門), 그 배우자가 행운의 여신인 길상천이다. 염마(閻魔), 물소를 타고 있으며 꼭대기에 두 개의 머리를 올려놓은 '위대한 죽음의 지팡이'를 쥐고 있다. 태양신인 일천(日天). 달의 신인 월천(月天). 거북을 탄 물의 신 수천(水天). 그리고 성천(聖天, Ganesh).

　승려가 득도(得度)할 때, 아사리(阿闍梨)는 비로자나를 나타낸다. 득도할 자는 잠재적인 비로자나다. 십이천을 그린 그림들은 득도자를 수호하는 자로서 법당 둘레에 걸려 있다. 뒤쪽에는 산수를 묘사한 휘장이 드리워져 있고, 그 뒤에서 비밀한 경전을 읊는 소리가 귀에 들려온다.

9

후지와라(藤原) 시대

(900~1200)

●   후지와라 시대는 898년 다이고(醍醐) 천황의 즉위와 함께 후지와라씨의 권세가 무르익게 되었을 때부터 시작된다. 이 시대에는 일본의 예술과 문화에서 새로운 발전이 시작되는데, 그것은 앞선 시대에 지배적이었던 대륙적 관념과 대비하여 민족적 관념이라고 일컬을 수 있다. 중국의 사상과 인도의 지혜에 있어 최상이었던 것은 모두 오랜 기간에 걸쳐 일본으로 전해졌는데, 이 시대에 이르자 그동안 흡수했던 문화의 갇힌 에너지는 이 민족이 생활과 이상 양쪽에 걸쳐서 민족 특유의 형태를 발전시키도록 촉진시켰다.

왜냐하면 일본의 민족정신은 헤이안 시대에 인도의 이상을 완전히 파악하고 있었다고 할 수 있기 때문이다. 그리고 이제 그 정신적 습성에 따라서 이 정신은 그것[인도의 이상]을 분리시키고 그것을 독자적으로 실현하는 것을 유일한 목적으로 삼게 된다. 이 점에 있어서 일본인은 훨씬 더 인도인과 친연성을 갖고 있었으며, 중국인보다는 유리한 입장에 서 있었다. 말하자면 중국인은 유교에 표현되어 있는 그 강력한 상식에 의해 억눌려 있어서, 어떤 단일한 동기를 최대한 강렬한 데까지 이끌고 가서 균형을 잃을 정도로 발전시킬 수가 없었다.

당 왕조 말기 즈음에 두 나라 사이의 외교적 교섭을 방해한 중국 내의 혼란과, 일본이 자국의 힘에 두기 시작한 의식적 자존은 당시의 정치가들―그 가운데는 문학과 학문을 수호하는 천신(天神)으로 깊이 숭앙받는 미치자네(道眞)[1]도 있다―로 하여금 장안(長安)•으로 더 이상 사신을 파견하지 않도록 결정하여 중국의 문물제도를 더는 빌리지 않게 만들었다.[2] 이렇게 새로운 시대가 시작되었고, 일본은 국내의 정치적·종교적인 일들을 관리하기 위해서 순수하게 야마토(大和)의 이상의 부활에 토대를 둔 독자적인 제도를 마련하는 데 노력을 기울였다.

이런 새로운 전개는 문학에서 여성에 의해 일본어로 쓰인 주요

---

1) 스가와라노 미치자네(菅原道眞, 845~903)다. 헤이안 시대의 귀족으로, 학자이며 문인, 정치가였다. 참소를 입고 좌천된 뒤에 세상을 떠났는데, 그가 죽은 뒤에 천재지변이 많이 일어났다. 그리하여 천신으로 숭앙되었고, 현재는 학문의 신으로 추앙받고 있다.
2) 당시 일본에서 견당사를 보내고 또 돌아오게 할 때 이용한 선박은 자국의 선박이 아닌 신라의 것이었다. 일본의 조선술이나 항해술이 매우 낙후되어 있었기 때문이다. 그런데 당 왕조와 통일신라가 모두 정치적·사회적 혼란에 빠지면서 신라의 선박을 이용하기 어려워졌다. 이러한 상황으로 일본은 대륙과 교류를 하지 못하게 되었고, 따라서 자연스럽게 독자적인 노선을 걷게 되었던 것이다.

책들이 출현한 데서 그 특징이 두드러진다. 당시까지 자국어는 학자들의 고전적 중국[한문] 문체와 대비되어 사내답지 못한 것으로 간주되었고, 그래서 여성만이 쓸 수 있는 도구로 남아 있었기 때문이다. 그렇게 여성 문학의 위대한 시대가 열렸다. 이 시기의 작가로는, 『겐지모노가타리(源氏物語)』라는 장대한 연애 문학의 작가 무라사키 시키부(紫式部), 그 풍자적인 필치가 스퀴데리 부인[3]이 『대제(大帝, Grand Monarque)』에서 궁정의 추문을 재치 있게 비웃은 것보다 700년이나 앞선 세이 쇼오나곤(淸少納言), 인생에 대한 평온하고 순수한 사고로 유명한 아카조메(赤染), 저 세련되고 관능적인 시대의 애정과 슬픔을 그 삶으로 예증해 보인 위대한 애수의 시인 코마치(小町) 등을 들 수 있다. 남성들은 이 여성들의 문체를 모방했으니, 결국 이 시대는 두드러지게 여성의 시대였던 것이다.

자신들의 섬에 갇힌 채 달콤한 몽상을 어지럽힐 국사(國事)의 문제도 없이 지내던 궁중의 귀족들은 자신들이 심각하게 몰두할 일을 예술과 시가 속에서 찾아냈다. 사소한 나랏일은 하급 관리에게 맡겼다. 당시의 지나친 세련미에 있어서는 유익한 일이 미천하고 불순한 것으로 보였고, 그래서 금전을 취급하거나 무기를 다루는 일은 오로지 비천한 계층에 알맞은 직무였다.

법의 집행조차 하급 신분에 넘겨졌다. 지방관들은 거의 수도 쿄오

---

3) 스퀴데리 부인Madame Scudery(1607~1701) : 프랑스의 소설가. 극작가 조르주 드 스퀴데리의 누이동생으로, 대부분 익명이나 오빠의 이름으로 소설을 발표하였다.

토에서 생활하였고, 지방의 업무는 대리인이나 심복을 남겨서 책임지게 하였다. 심지어는 결코 도성을 떠난 적이 없다는 것을 의기양양하게 자랑하는 자도 있었다고 한다.

불교는 이 민족이 보여주는 갖가지 변동 속에서도 여전히 지배적인 요소였으나, 영원한 여성성이라는 후광은 후지와라 시대의 정토(淨土) 사상에서 역사상 다른 어떤 때보다도 더 불교에 근접하였다. 앞선 시대에 승려들이 가르친 교의의 그 엄격하고 남성적인 수행―개인적인 노력과 극기만으로 구제를 찾았던 수행―은 그 자신의 반동을 초래하였고, 이러한 반항에서 일어난 운동은 '추상적이고 절대적인 것'에 대한 명상만으로 원만구족의 경지에 이를 수 있다고 여겼던 아스카 시대 곧 나라 이전의 시대에 유행하였던 천태불교의 사유방식이 소생하는 것과 동시에 일어났다. 따라서 극기를 통해서 삼마디에 이르려는 끔찍한 고투로 말미암아 절망하고 지쳐버린 종교적 자각은 갑자기 지고한 사랑의 광기 어린 사상에 매달렸다. 자기를 한량없는 자비의 바다에 용해시켜 합일하려는 염불이, 인간의 특권은 스스로 깨닫는 데에 있다고 하는 거만한 주장을 대신하였다. 인도에서도 똑같이 상카라차리야•를 라마누자•와 차이타니야•가 계승했고, 박티(헌신)•의 시대가 즈냐나(지혜)•의 시대를 이었다.

종교적인 감격의 물결이 후지와라 시대의 일본을 휩쓸고 지나가자, 광적인 사랑에 도취한 남녀들이 도시와 마을을 버리고 떼를 지어 쿠우야(空也)나 잇펜(一遍)을 좇아서 가는 곳마다 춤추고 아미타불의 명호를 소리쳐 불렀다. 가면극이 유행하였는데, 그것은 이 세상을 떠나는 영혼을 맞아들여서 천상으로 데려가기 위해 천상에서 천인들이 연화대를 가지고 내려오는 광경을 연출한 것이다. 부녀자들은 연꽃 줄기에서 뽑아낸 실로 대자대비한 부처의 자태를 짜거나 수를 놓는 데 일생을 보내곤 하였다. 새로운 운동은 이와 같았다. 그런데 중국에서도 당 왕조 초기에 이와 매우 유사한 운동이 있었지만, 이것은 아주 완전히 그리고 독특하게 일본적인 것이었다. 이는 결코 사라지지 않았으니, 오늘날에도 국민의 3분의 2가 이 정토종에 속해 있다. 한마디로 인도의 바이슈나바파[4]에 상응하는 종파다.

이 교의를 형식화한 겐신(源信)과 이를 정점으로 끌어올린 겐쿠우(源空)는 모두, 인간의 본성은 약해서 아무리 노력하더라도 이번 생에서 완전한 자기 정복과 직접적인 불성의 획득은 이룰 수 없다고 주장하였다. 인간이 구제될 수 있는 유일한 길은 아미타불과 그의 발현인 관음의 자비에 의한 것이라고 하였다. 그들은 이전 종파들과 충돌하는 일을 스스로 피하였고, 각자 자기 방식대로 해서 독자적인 결과에 이르도록 맡겨두었다. 그렇지만 성도(聖道)라는 성자의 길을 통해서 발전하는 일은 천성이 굳세고 드문 개성을 지닌 사람만이 할 수 있으며, 반면에 일반 대중은 광대무변한 빛인 아미타불로 상징되는 거의 모성적인 신격을 향해 한 번의 염불, 단 한 번의 염불을 하는 것으로도 충분히 정토(淨土)라 불리는 아미타불의 청정한 땅

---

4) 바이슈나바파Vaishnavism : 힌두교의 일파로, 비슈누 신을 숭배한다. 그 신앙과 실천은 박티와 박티 요가의 개념에 바탕을 두고 있다.

으로 자신의 영혼을 들여놓을 수 있다고 주장한다. 정토에서는 사람들이 현세의 이런 비참한 고통과 죄악에서 해방되어 부처의 경지로 들어갈 수 있다고 한다.

이런 염불을 그들은 "이행도(易行道, 쉽게 가는 길)"5)라 불렀는데, 그들이 만든 형상 곧 여성성의 정신으로 온화해진 불상[아미타불과 관음]은 하나의 새로운 양식을 낳았다. 그것은 엄숙한 모습을 한 불상들 및 앞 시대에 세속적인 열정과 감정의 파괴자로 알려져 있던, 시바 신 같은 부동명왕처럼 신의 분노를 사납게 표현한 것들과는 아주 달랐다. 겐쿠우의 제자인 신란(親鸞)은 혼간지파(本願寺派)를 창시하였는데, 이 종파는 지금 이 나라에서 가장 세력이 있으며 또 이런 관념을 가진 신봉자들이 따르고 있다.

미묘한 선과 세련된 색채를 보여주는 일본 회화는 이제 10세기 이후로는 금을 주로 사용하는 것을 특색으로 하기 시작한다. 그것은 중세 유럽의 예술가들이 배경을 금색으로 한 것과 다르지 않은데, 이는 아미타불의 나라에는 금색의 빛이 스며들어야 한다는 논법에 의해서 설명된다.

화제(畵題)는 아미타불의 왕국이나 관음의 이상적인 자비, 또는 세지보살의 이상적인 권력 및 천상의 음악을 연주하면서 영혼을 극락정토로 호위해 가는 이십오보살6) 등이다. 이런 관념을 겐신 자신

---

5) 이와 달리, 자력에 의한 수행을 통해서 깨달음의 경지에 이르는 방법을 '난행도(難行道)'라 한다. 이행도와 난행도는 용수의 유명한 『십주비바사론(十住毗婆沙論)』의 「이행품(易行品)」에서 설한 것이다.

이 직접 그린 웅장한 그림 〈아미타불과 이십오보살의 내영(來迎)〉
보다 더 잘 묘사한 그림은 없다. 이 그림은 지금도 코오야산에 보존
되어 있다.

이 시대의 조각은 11세기 죠오쵸오(定朝)[7]에 의해 절정에 이르렀
다. 죠오쵸오의 아미타상은 우지(宇治)의 호오오오도오(鳳凰堂)[8]에
서 지금도 그 찬란한 자태를 보여주고 있는데, 이는 후지와라씨의
대신들이 새로운 정토 신앙에 바친 무수히 많은 사원 가운데 하나
다. 이 조각가의 부동존상은 거의 아미타불이라고 말해도 좋을 만큼
우미(優美)하다. 사실 이것은 시바 신의 맹렬한 자태조차 변화시킬
수 있을 정도로 강렬한 여성적 감화력을 의미한다.

그러나 아, 이토록 세속적인 세상에서 그러한 꿈의 왕국은 오래
존속할 수 없었다. 폭풍은 이미 그 지방에 파란을 불러일으키고 있
었으니, 도성 쿄오토에서 군림하던 그 꽃들의 축제는 사방에서 부는

---

6) 이십오보살(二十五菩薩) : 염불을 하여 극락왕생을 바라는 사람을 지켜주는 스물다섯 보
살. 관세음, 대세지, 약왕, 약상(藥上), 보현, 법자재왕(法自在王), 사자후, 다라니, 허공장,
덕장(德藏), 보장(寶藏), 금장(金藏), 금강장(金剛藏), 산해혜(山海慧), 광명왕(光明王), 화
엄왕(華嚴王), 중보왕(衆寶王), 월광왕(月光王), 일조왕(日照王), 삼매왕(三昧王), 정자재
왕(定自在王), 대자재왕(大自在王), 백상왕(白象王), 대위덕왕(大威德王), 무변신(無邊身)
등이다.

7) 죠오쵸오(定朝, ?~1057) : 헤이안 시대 후기에 활약한 불사(佛師)로, 요세기즈쿠리(寄木
造, 나무토막을 짜 맞추어서 불상을 만드는 방법) 기법의 완성자로 알려져 있다. 불사로서
는 처음으로 법교(法橋)에 올랐다.

8) 뵤오도오인(平等院)의 호오오오도오(鳳凰堂)인데, 1053년에 완성되었다. 세 칸짜리 아미
타당(阿彌陀堂)으로 익랑(翼廊)과 미랑(尾廊)이 붙어 있는 독특한 형태를 취하고 있다. 내
벽의 내영도(來迎圖), 운중공양보살상(雲中供養菩薩像), 본존아미타여래상(本尊阿彌陀如
來像)은 모두 정토 계통의 예술 가운데 수작으로 꼽힌다.

정토식 정원과 호오오오도오(鳳凰堂). 쿄오토부(京都府) 우지시(宇治市)에 있는
후지와라씨(藤原氏)의 사원 뵤오도오인(平等院)에 있다.

호오오오도오의 목조아미타여래상. 일본식 조각 양식의 완성자인 죠오쵸오(定朝)의 작품이다.

바람에 산산이 흩어졌다. 각 지방의 혼란은 행정의 실권을 쥐고 있던 지방관의 권력을 증대시켜주었고, 결국에는 그들을 다음 시대의 다이묘오(大名)와 영주(領主)로 만들었다. 북쪽 지방의 반란[9]은 무가(武家)인 미나모토씨(源氏) 일족에게 기회를 제공하였고, 15년간의 길고 긴 전쟁을 통해서 하코네(箱根) 동쪽 미개한 백성의 마음을 사로잡았다. 그리고 후기 로마인이 유랑하는 고트족을 무서워했던 것과 똑같이 궁정 사람들은 이 미개한 백성들을 무서워했다. 내해(內海)에서 활동하던 해적을 진압함으로써 타이라씨(平氏)의 권력도 우세해졌는데, 그리하여 11세기 말경에는 서로 경쟁하던 미나모토씨와 타이라씨 두 가문이 제국의 군사력을 나누어 가졌다. 궁정 귀족들―극단적인 나약함에 젖어서, 진정한 남자는 남성과 여성의 결합이어야 한다고 항변하던 자들―은 얼굴 화장이나 의복에서 여성과 흡사해질 때까지 계속해서 모방하였고, 그런 부질없는 짓을 하느라 자신들을 위협할 위험이 코앞에까지 와 있는 줄을 알아챌 수가 없었다.

12세기 중반에 황위를 갈망하는 두 후보자 사이에서 일어난 내란[10]은 후지와라 궁정의 무력함을 완전히 폭로하였다. 군대의 최고사령관이 말에 오를 수조차 없었고, 황궁 근위대 대장은 당시 유

---

9) 1051년에 아베씨(安倍氏)와 쿄오토에서 파견된 무츠국(陸奧國)의 수령 후지와라노 나리토오(藤原登任) 사이에서 벌어진 전쟁이 발단이 되어 이후 12년간 계속되었던 '젠쿠넨노에키(前九年の役)'를 가리킨다.

10) 두 차례의 내란이 있었는데, '호오겐(保元)의 난'(1156)과 '헤이지(平治)의 난'(1159)이 그것이다. 호오겐의 난에서는 스토쿠(崇德) 상황과 고시라카와(後白河) 천황이, 헤이지의

행하던 무거운 갑옷을 입고 있는 바람에 몸을 움직이지 못하였다. 이런 진퇴양난의 궁지에서도 궁정 귀족들은 무가인 미나모토씨와 타이라씨를 황족의 후예임에도 불구하고 경멸하면서 거의 하급 계층처럼 다루었는데, 결국에는 두 씨족을 끌어들여 황위를 다투는 후보자 둘을 돕게 하지 않을 수 없었다.

타이라씨의 무력이 지지한 천황 후보자 가문이 우세를 점하였고, 거의 반세기 동안 우세를 유지하였다. 그런 뒤에는 그들도 후지와라씨의 습관이나 이상에 굴복하여 자신들의 무용(武勇)을 완전히 상실하기에 이르렀다. 그때 미나모토씨의 자손은 그들이 만만한 먹이임을 알았다. 그래서 스마(須磨) 및 시오야(鹽屋)•의 서사시적 전투에서 그들의 권력과 위신을 무너뜨렸다.

난에서는 고시라카와 상황과 니죠오(二條) 천황이 각기 두 후보자가 된다. 이 후보자들의 싸움에 미나모토씨와 타이라씨의 군사들이 깊이 개입하면서 이른바 '무사의 세상'이 도래하게 되었다.

1. **장안**(長安) : 준왕령(準王領)인 섬서(陝西) 땅에 있는, 현재의 서안(西安)
   이다. 최근에 북경(北京)이 연합국에 의해 점령되는 바람에 황태후가 여
   기로 피난하였다.[11] 장안은 낙양(洛陽)과 함께 한과 당 왕조의 주요 수
   도를 이루었다. 여기서 그리고 다른 경우에도 중국명은 일본식 독음으
   로 처리하였다.[12]

2. **상카라차리야**Sankaracharya : 근대 힌두교의 가장 위대한 성자이면서 주석
   가. 8세기에 살았으며, 근대 힌두교의 아버지다. 32세에 죽었다.

3. **라마누자**Ramanuja : 박티 형태의 성자이자 철학자. 12세기 남인도에서 살
   았다. 베단타 철학에서 두 번째로 위대한 학파의 창시자다.

4. **차이타니아**Chaitanya : 벵갈에서 "누데아Nuddea의 예언자"로 알려져 있
   는, 13세기의 무아경의 성자.[13]

5. **박티**Bhakti : 몰아(沒我)에 이르게 하는, 신에 대한 사랑 그리고 사랑의 헌

---

11) 1900년, 의화단(義和團) 운동(또는 의화단의 난)으로 공포와 불안을 느낀 영국, 미국, 러
    시아, 일본 등 8개국 연합군이 북경을 점령하고 자금성으로 진격하자 서태후가 북경을
    탈출하여 서안으로 달아난 일을 가리킨다.
12) 이 책에서는 번역하면서 중국의 고유명사뿐만 아니라 불교 용어 등도 한국식으로 독음
    하였다.

신. 유럽에서는 성 테레사와 근대 프로테스탄트 종파의 몇몇 사람을 실
례로 꼽을 수 있다.

6. **즈냐나** Jnana : 만물의 초월적인 하나가 자명해지는, 지성의 지고한 빛.

7. **스마**(須磨)**및 시오야**(鹽屋) : 일본 코오베(神戶) 근처에 있다.

---

13) 차이타니아는 1485년에 태어나 1533년에 죽었으니, 13세기의 성자가 아니다.

10

카마쿠라(鎌倉) 시대

(1200~1400)

●   1186년, 미나모토노 요리토모(源賴朝)가 카마쿠라
(鎌倉)에 쇼오군의 막부,• 곧 천황을 대리하는 무가(武家)의 정부를
두면서 일본인의 생활에서 새로운 단계가 시작되었고, 그 주요 특징
은 오늘날 메이지유신(明治維新)까지 지속되었다.

이 카마쿠라 시대는 한편으로는 후지와라 시대, 다른 한편으로는
아시카가(足利) 및 토쿠가와(德川) 시대 사이를 이어주는 연결 고리
로서 중요하다. 이 시대는 봉건적 권리에 대한 관념과 개인의식이
그 형태에서 충분한 발전을 이룬 것을 특징으로 한다. 모든 과도기
가 그러하듯이 이 시대도, 완전한 자기 발현을 위해서는 후대를 기
다려야만 하는 그런 발전을 내포하고 있다는, 말하자면 용해되고 있
는 상태에 있다는 사실에서 매우 흥미롭다. 여기서 우리는 쇠퇴해가

는 귀족 지배의 파편 사이에서 자신을 표현하려고 버둥질하는 개인주의의 관념을 발견하게 되는데, 이는 유럽에서 기사도 시대에 나타난 개인주의 정신과 유사한 영웅 숭배 또는 영웅적 로맨스 시대를 여는 것이었다. 다만 이 시대의 여성 숭배는 동양적인 예절 관념에 의해서 제한되었고, 종교는—정토종의 자유와 안이함 때문에—서양의 양심을 쇠로 만든 족쇄로 묶어둔 저 위압적인 교황제의 엄격한 금욕주의를 결여하고 있었다. 카마쿠라의 고귀하고 권세 있는 미나모토씨 일문이 앞장서서 전국을 봉건적 영지로 나눈 일은 각 지방에서 그 지방의 영주와 무사들 사이에 어떤 중심적인 인물이 출현하게 만들었는데, 그 인물은 사내다움을 최고로 갖춘 한 전형으로서 그 지방을 대표하였다. 소박한 용기와 단순한 생각을 지닌, 이른바 "동쪽의 미개인(東夷)"이 하코네(箱根) 너머에 살고 있던 사람들 사이로 유입된 일은, 후지와라씨의 과도하게 세련된 형식주의가 남긴 유약한 복잡성을 여지없이 깨부수었다. 각 지방의 무사들은 무용(武勇)에서뿐만 아니라 극기·예절·자비 등 진정한 용기의 표지로서 남성적인 힘 위에 있다고 여겨지는 덕목에서도 남을 이기려고 맹렬한 노력을 기울였다.

"사물의 슬픔[1]을 아는 것"이 그 시대의 모토였고, 그리하여 "남을 위해서 괴로워하는 것"을 존재 이유로 삼는 사무라이의 위대한

---

1) 이는 일본의 미의식을 대표하는 '모노노아와레(物の哀れ)'를 가리킨다. 보고 듣고 만지는 사물에 의해 촉발되는 정서와 애수, 일상과 유리된 사물 및 사상과 접했을 때 마음 깊은 곳에서 흘러나오는, 적막하고 쓸쓸하면서 어딘지 모르게 슬픈 감정 등을 말한다. 에도 시대

이상을 낳았다. 실제로 카마쿠라 시대 동안에 이 무사 계급의 예법은, 인도에서 부인들의 삶이 비구니의 삶을 암시하는 것처럼, 의심의 여지없이 수행승의 개념을 암시하고 있다. 사무라이 또는 무관(武官)들은 각자의 가문에서 섬기는 주군 곧 다이묘오(大名) 주위에 모여 가신(家臣)으로서 그 일족이 번갈아 따르는데, 그들 가운데에는 갑옷 위에 승복을 걸친 자도 있고 심지어는 많은 이들이 삭발을 하기도 하였다. 전쟁의 기술에서 종교와 어울리지 않는 것은 전혀 없었고, 세상을 버린 귀족은 새로운 교단의 승병(僧兵)이 되었다. 인도의 구루 곧 영적인 삶을 주는 스승에 대한 관념이 여기에서는 사무라이의 주군에 투사되어 있으며, 주군이 어떤 사람이든 간에 그 "기치(旗幟)의 우두머리"에 대해 끓어오르는 충성의 열정은 무사의 생애에 주요한 동기가 되었다. 다른 나라에서 여인이 남편을 위해 죽거나 신자가 자기 신을 위해 죽는 것처럼, 이 나라의 남자들은 주군의 죽음에 대한 복수를 위해 기꺼이 자기 목숨을 바친다.

이런 수도자적 정신의 불이 일본의 기사도에서 그 낭만적 요소를 빼앗는 데 큰 영향을 끼쳤다고 할 수 있다. 여성을 이상화하는 것은 초기 일본인의 삶에 내재해 있던 일종의 본능적인 기조였던 것 같다. 우리는 태양의 여신의 종족이 아니었던가? 종교적 감성의 영역에서 탐험을 행하였던 후지와라 시대 이후가 되어서야 우리들 사이

의 대표적인 국학자인 모토오리 노리나가(本居宣長, 1730~1801)가 『겐지모노가타리』를 언급하면서 처음으로 주창하였다. 따라서 일본 헤이안 시대의 문학을 이해하는 데 있어서도 매우 주요한 미적 개념이다.

에서 여성에 대한 남성의 헌신이 진정한 동양적 형태를, 신전이 비밀스럽기 때문에 더욱 강력한 숭배의 형태를, 그 원천이 숨겨져 있기 때문에 더 강한 영감을 주는 형태를 취하게 되었다. 종교적이라 할 만한 신중함이 카마쿠라 시인들의 입을 막았지만, 그 때문에 일본 여인이 매력적으로 꾸며지지 않았다고 생각할 필요는 없다. 왜냐하면 동양의 격리된 규방(閨房)은 휘장에 가려진 성자의 세계이기 때문이다. 중세 유럽의 음유시인들이 이런 신비한 힘의 비밀을 알게 된 것은 십자군 원정을 통해서였으리라. 그들의 가장 구속적인 전통은 "나의 여인!" 이라는 이름에 따르는 그 모호함이었다는 것이 생각날 것이다. 어쨌든 사랑의 시인으로서 단테Dante는 동양적인 여성 베아트리체를 노래한, 전적으로 동양의 시인이다.

그래서 이 시대는 연애에 관한 한 침묵의 시대였지만, 서사적 영웅주의의 시대이기도 하였다. 서사적 영웅주의 한가운데서는 미나모토 가문의 요시츠네(義經, 1159~1189)가 그 낭만적인 모습을 불쑥 드러내고 있다. 요시츠네의 삶은 원탁의 기사들 이야기를 떠오르게 하고, 펜드라곤[2]의 기사 이야기처럼 시적 안개 속으로 사라지면서 후대의 상상력이 그를 몽골의 칭기즈 칸과 동일시할 만한 그럴 듯한 근거를 제공해주었다. 칭기즈 칸의 경이로운 일생은 요시츠네가 에조(蝦夷)에서 사라지고 약15년이 지난 뒤에 시작되었다. 요시츠네의 이름도 겡기케이[3]로 발음되고, 거대한 몽골 정복자의

---

2) 펜드라곤Pendragon : 고대 영국의 왕이나 수령을 일컫는 말.

장수 가운데 몇몇 이름은 요시츠네의 가신(家臣)들과 비슷하다. 또 쇼오군의 섭정인 토키요리(時賴)[4]도 있다. 토키요리는 하룬 알 라시드[5]와 같이 일개 승려로서 홀로 전국을 편력하며 국정을 살폈다. 이런 일화들은 모험담이라는 문학을 낳았는데, 어떤 영웅적 인물을 중심에 두면서도 가혹할 정도로 조야한 소박함을 지니고 있다. 이는 앞선 후지와라 시대의 글쓰기가 보여주는 우아한 유약함과는 대조된다.

불교는 이 새로운 시대의 필요에 맞추기 위해서 단순해져야 했다. 이제 정토사상은 인과응보라는 다소 거친 표현을 통해서 대중의 마음에 호소하고 있었다. 연옥과 지옥의 공포에 대한 그림이 처음으로 나타났는데, 이는 새로운 제도 아래에서 이전보다 훨씬 더 우세해진 신흥 민중을 위압하기 위해서였다. 동시에 사무라이, 곧 무사 계급은 "구제는 자제와 의지의 힘 속에서 구할 수 있다"는 선종(禪宗)—

---

3) 요시츠네의 이름을 한자로 쓰면 '원의경(源義經)'인데, 이를 음독(音讀)하면 '겡기케이'로 읽힌다.

4) 호오죠오 토키요리(北條時賴, 1227~1263)를 가리킨다. 카마쿠라 중기의 막부 집권자로, 1246년에 형인 츠네토키(經時, 1224~1246)로부터 권력을 이양받았다. 1256년에 물러나서 출가하여 사이묘오지(最明寺)의 수행자가 되었지만, 실권을 계속 장악하고 있었다. 여러 지방을 돌면서 약자를 구제하였다는 전설이 있다.

5) 하룬 알 라시드(Harun Al-Raschid; 763-809) : 압바스 왕조의 다섯 번째이며 가장 유명한 칼리프다. 786년부터 809년까지 재위하였는데, 그는 『천일야화(千一夜話)』의 등장인물로도 널리 알려져 있다. 처음에 형인 하디가 칼리프가 되면서 냉대를 받고 역경에 처하였으나, 형의 갑작스런 죽음으로 칼리프의 지위에 올랐다. 그는 대외적으로는 무력을 통한 대 비잔틴 정책을 폈고, 대내적으로는 압바스 왕조에 대한 불만으로 일어난 여러 반란들을 진압하였다. 그러면서도 궁정에 학자와 문인들을 모아 놓고 학술을 보호하고 장려하여 이슬람 문화의 꽃을 피우기도 하였다.

지고쿠조오시(地獄草紙). 지옥을 묘사한 두루마리 그림

송 왕조 아래에서, 남방 중국의 정신에 의해서 완전해진 종파—의 가르침을 받아들여 그 이상으로 삼았다. 따라서 이 시대의 예술은 나라 시대의 이상화된 완전성과 후지와라 시대의 세련된 섬세함을 결여하고 있지만, 선(線)으로 돌아가려는 기백과 그 묘사의 남성적인 힘으로 특징된다.

인물 조상(彫像)은 영웅적 시대의 산물로서는 매우 의의가 있지만, 그것이 이제는 조각에서도 제1의 자리를 주장하고 있다. 그러한 작품들로는 나라의 코오후쿠지(興福寺)에 있는 화엄종 승려들의 상이나 그 밖의 몇몇을 거론할 수 있다. 부처나 제천(諸天)조차도 나라의 난다이몬(南大門)의 거대한 인왕상(仁王像)[6]에서 볼 수 있는 것처럼 개성을 뽐내고 있다. 카마쿠라의 멋진 청동 대불(大佛)도 나라 시대와 후지와라 시대의 더 추상적인 청동상에서는 결여된 인간적 부드러움을 잃지 않고 있다.

회화는 초상화 외에도 영웅 전설의 삽화에 자신의 힘을 빌려주었다. 그것은 대체로 두루마리 형태로 되어 있고, 그림 사이사이에 군데군데 글이 있다. 어떠한 화제(畫題)도 당시의 화가가 그릴 수 없을 만큼 너무 고상하거나 너무 비속한 것은 아니었다. 귀족적 특성을 부각시키는 형식주의적 규범은 새롭게 태어난 개인의식의 열정 속에서 버림받았다. 그러나 그들이 가장 좋아하며 그린 것은 동(動)의 정신이었다. 이를 가장 잘 보여주는 것은 토쿠가와공(德川公)이 소

---

6) 토오다이지(東大寺)에 있는 난다이몬 안의 좌우에 있는 금강역사상(金剛力士像)을 가리킨다. 이 시기 유명한 조각가 운케이(雲慶)와 가이케이(快慶)가 합작했다고 알려져 있다.

유한, 반다이나곤(伴大納言)[7]의 두루마리 그림[8]에 묘사된 그 놀라운 거리풍경, 또는 제실(帝室)과 이와사키(岩崎) 남작 및 보스턴미술관이 소장하고 있는 『헤이지모노가타리(平治物語)』[9]의 세 번의 전투 장면을 그린 두루마리 그림이다.[10] 이것들은 케이온(慶恩)의 작품으로 잘못 알려져 있는데, 그런 화가가 실존했다고 할 만한 근거조차 없다.

지고쿠조오시(地獄草紙)[11] 두루마리나 키타노텐진엔기(北野天神緣起)[12] 두루마리에서 보이는, 지옥의 공포에 대한 극채색의 연속적인 묘사—당시의 호전적인 정신이 파괴와 숭고한 전율이 흐르는 무시무시한 광경 속에서 환호하는 것처럼 보이는 묘사—는 단테가 형상화한 「지옥편」을 떠오르게 한다.

---

7) 헤이안 초기의 귀족인 토모노 요시오(伴善男, 809-868)를 가리킨다. 다이나곤은 관직명인데, 천황의 근시(近侍)로서 정치에 깊이 관여할 수 있었다.

8) 12세기의 작품으로 알려져 있는 〈반다이나곤 에마키(伴大納言繪卷)〉를 가리킨다. 866년의 복잡한 정치적 음모사건을 배경으로 한 작품인데, 반다이나곤이 오오텐몬(應天門, 헤이안쿄오로 연결된 주요 대문 가운데 하나)을 방화했다는 혐의를 받고 유배당하였다.

9) 헤이지모노가타리(平治物語) : 헤이지(平治)의 난(1159)을 제재로 한 이야기. 작자는 누구인지 알려져 있지 않으나, 대체로 카마쿠라 전기의 작품으로 여겨진다.

10) 〈헤이지모노가타리 에마키(平治物語繪卷)〉를 가리킨다. 보스턴미술관에 소장되어 있는 것은 본래 어네스트 훼놀로사의 소장품이었다.

11) 지고쿠조오시(地獄草紙) : 12세기 후반에 제작된 그림. 불교 경전을 바탕으로 지옥에 떨어진 인간의 고뇌를 묘사하였다.

12) 스가와라노 미치자네(菅原道眞)가 죽은 뒤, 갖가지 천재지변이 거듭 일어났다. 그러다가 930년에 조회 중인 청량전(淸涼殿)에 벼락이 떨어지자, 미치자네의 원령(怨靈)을 '뇌신(雷神)'과 결부시키게 되었다. 그래서 카라이천신(火雷天神)을 제사지내던 쿄오토의 키타노(北野)에 키타노텐만구우(北野天滿宮)를 지어서 미치자네의 원령을 달랬다. 이때부터 미치자네를 '키타노텐진'이라 부르기도 하는데, 이러한 자초지종을 묘사한 것이 '키타노텐진엔기'다.

1. **쇼오군의 막부**Shogunate : 쇼오군(將軍)은 오랑캐와 싸우는 군대의 총사령관을 의미하는 세이이타이쇼오군(征夷大將軍)을 줄인 말이다. 이 칭호는 타이라씨(平氏)를 멸망시킨 미나모토씨(源氏)의 요리토모(賴朝, 1147~1199)에게 처음 주어졌다. 그때 이후로 일본에서 오래도록 이어진 무인(武人)의 섭정(攝政)을 쇼오군이라 불렀고, 그들 가운데서 미나모토씨는 카마쿠라에서, 아시카가씨(足利氏)는 쿄오토에서, 토쿠가와씨(德川氏)는 에도(江戶, 토오쿄오)에서 통치하였다.

11

아시카가(足利) 시대

(1400~1600)

● 　　　　아시카가 시대[1]는 쇼오군의 직책을 계승한 미나모토씨의 일파에서 그 이름이 유래한다. 이 시대는, 카마쿠라 시대의 영웅 숭배로부터 자연스럽게 나오는 결과지만, 근대 예술의 참된 음조(音調) 곧 문학적 의미에서 낭만주의를 울려준다.

물질에 대한 정신의 정복은 늘 세상의 힘들이 얻으려 애쓰던 목적이었고, 그래서 문화의 각 단계는 동양에서나 서양에서나 비슷하게 승리의 태도를 강화하는 것으로 특징지어진다. 유럽의 학자들이 예술에서 이루어진 발달을 구별하기 위해서 즐겨 사용하는 세 가지 용

---

1) 흔히 '무로마치(室町) 시대' 라 한다. 아시카가(足利) 쇼오군들이 통치하던 시기여서 '아시카가 시대' 라 부른 것이다.

어는 비록 정확성에서는 좀 떨어지지만, 그럼에도 피할 수 없는 진리를 담고 있다. 생명과 진보의 기본적 법칙은 전체로서 예술의 역사뿐만 아니라 예술가 개개인이나 학파의 출현과 성장의 기초가 되기도 하기 때문이다.

동양도 '상징적' 또는 좀 더 적절하게는 아마도 '형식주의적'이라고 부를 수 있는 그런 시기에 대한 자체의 형태를 갖고 있다. 이 시기는 물질 또는 물질적 형태의 법칙이 예술에서 정신적인 것을 압도한 때다. 이집트인이나 앗시리아인은 거대한 암석으로 장대함을 표현하려고 애썼는데, 이는 인도의 장인이 무수한 반복을 통해서 자신의 창작품 안에 무한(無限)을 담아내려고 한 것과 똑같다. 마찬가지로 주와 한 왕조 때의 중국인의 마음은 그들의 장성(長城)에서 또 청동에서 끄집어낸 복잡하고 미묘한 선들에서 숭고미라는 결과를 추구하였다. 그런데 그 탄생에서 나라(奈良) 시대 초기까지인 일본 예술의 제1기는 불교가 처음 북방에서 발전했을 때의 가장 순수한 이상에 물들어 있었는데, 형태와 형식주의적 아름다움을 그 예술적 탁월성의 토대로 삼음으로써 여전히 이들 무리 속에 빠져 있다.

그 다음에는 이른바 '고전적' 시대가 오는데, 이때는 정신과 물질의 합일 같은 것을 추구하였다. 이러한 충동에 대해서 그리스의 범신론적 철학은 모든 단계에서 헌신하였으니, 피디아스[2] 및 프락시

---

2) 피디아스Phidias : 기원전 5세기에 활동한 그리스 조각가. 그의 감독하에 당대의 조각가들과 석공들이 15년에 걸쳐 만든 것이 파르테논 신전이다.

텔레스[3]의 불후의 석조(石彫)를 가진 파르테논 신전은 그것의 가장 순수한 표현이다. 이 단계는 동양에서도 명백히 나타나는데, 북방불교의 제2기 유파가 그것이다.

여기에는 하나의 객관적 이상주의가 있는데, 굽타 왕조의 인도 영향을 받아서 당 왕조 및 나라 시대에 정점에 이르지만 이윽고 경화(硬化)되어서 밀교적 만신전의 구체적 우주론으로 변할 운명이었다. 이 시대 일본의 작품과 그리스-로마의 작품 사이에서 볼 수 있는 친연성은 그 정신적 환경이 서양의 고전 시대 민족들의 그것과 근본적으로 유사한 데서 기인한다.

그러나 근대의 생활과 사색의 근저에 있는 열화 같은 개인주의는 고전주의의 껍질을 깨고 뛰어올라서 일거에 정신의 자유로 타오를 때를 그저 기다리고 있었던 것뿐이다. 정신은 반드시 물질을 정복해야 하고, 비록 서양과 동양의 마음이 상이한 특성을 지녀서 상이한 표현으로 나아갈지라도 전 세계의 근대 사상은 필연적으로 낭만주의를 향해 내달리고 있다. 라틴 및 튜톤 민족은 그들의 유전적 본능과 정치적 입지에서 낭만주의적 이상을 객관적으로 구해나갔다. 반면에 신유학자(新儒學者)들로 대표되는 후대 중국의 정신, 그리고 아시카가 시대 이후의 일본 정신은 말하자면 인도인의 영적인 정수에 젖어들고 또 유교사상의 조화 지향적인 공동사회주의에 물들어

---

3) 프락시텔레스Praxiteles : 기원전 4세기에 활동한, 아티카 출신의 가장 독창적인 그리스 조각가. 선배들의 초연하고 장엄한 양식을 부드러운 우아함과 감각적인 매력을 지닌 양식으로 변형함으로써 이후 그리스 조각에 큰 영향을 끼쳤다고 한다.

서 주관적이고 이상적인 입장에서 문제에 접근하였다.

　중국의 신유학은 나중에 송 왕조(960~1280) 아래에서 무르익었는데, 그것은 도교와 불교, 유교 등의 사상을 융합시킨 것이다. 그러나 당 말기의 도교 철학자로 이 모든 사상 체계를 동시에 따르면서 우주를 보여줄 수 있는 단일한 도표를 작성한 진박(陳搏, 871~989)[4]에게서 드러나듯이 신유학은 주로 도교적 정신을 통해서 활동하고 있다. 우주의 두 가지 원리인 음(陰)과 양(陽)에 대한 새로운 해석, 곧 단독으로 활동하는 음에 최초로 강조를 둔 해석을 이제 만나게 된다. 이것은 인도의 삭티• 개념에 대응하는 것으로, 신유학 사상가들은 이를 발전시켜 이(理)와 기(氣) 곧 어디에나 존재하는 법과 활동하는 정신이라는 이론으로 만들었다. 그리하여 상카라차리야 이래로 아시아의 모든 철학은 우주의 원동력에 눈을 돌렸다.

　도교 정신의 또 하나의 경향은 인간세상에서 자연으로 탈출하는 것이다. 이는 우리가 서로 상반되는 것 안에서 표현을 구한다는 사실에서 나온 결과다. 자연에 대한 이런 타고난 사랑은 아시카가 시대의 예술에 제한을 가하였다. 당시의 예술은 지나치게 산수나 화조에만 몰입하였다. 중국의 신유학은 모든 것을 정당화하는 유교정신과 이에 더하여 개인주의의 새로운 정신으로 이루어지는데, 이것은 한층 더 깊어진 근대적 의의를 지닌 주대(周代)의 정치를 부활하는

---

4) 진박(陳搏, 871~989) : '진단(陳搏)'이라고도 한다. 중국 오대와 북송 초기의 저명한 도사로, 영향력 있는 사상가였다. 체계적인 내단 수련술을 건립하여 송·원 도교 내단파의 형성을 위한 기초를 마련하였다.

데서 그 정점에 이른다.

이 운동에 이어서 저 제국 안에 거대 정당[5]이 일어난 것은 이 시대에 개인주의가 실재했음을 증명해주는 것이지만, 그 때문에 중국은 다음의 타타르 침략을 막지 못할 정도로 약화되었고, 결국에는 몽골의 원(元, 1280~1368) 왕조가 들어섰다.

아시카가 대가들의 시대 이후에 일본 예술은 토요토미와 토쿠가와 시대에 약간 퇴보를 보여주기는 했지만, 동양적 낭만주의의 이상―말하자면, 예술에서 최고의 노력을 기울이는 정신의 표현―을 꾸준히 지켜가고 있었다. 이 정신성은 초기 기독교 교부들의 금욕적 순수주의는 아니며 의사(擬似) 르네상스의 우의적 이상화도 아니었다. 그것은 매너리즘도 아니고 자기 억제도 아니었다. 정신성은 사물의 정수 또는 생명, 만물의 혼이 특성화된 것, 안에서 타오르는 불로 이해되었다.

아름다움은 우주를 가득 채우고 있는 생동하는 원리였다. 별들의 빛 속에서, 꽃들의 환한 색에서, 흘러가는 구름의 몸짓 속에서, 흐르는 물의 움직임 속에서 번쩍이고 있다. 위대한 우주의 정기는 사람과 자연에 똑같이 스며들어 있고, 우주의 생명을 관조하면 우리 앞에 펼쳐진다. 존재라는 경이로운 현상 속에서 예술적 정신은 그 자체를 비추어낼 거울을 발견할 수 있다. 따라서 아시카가 시대의 예술은 앞선 두 단계에서 생산된 것과는 전혀 다른 양상을 띤다. 그것

은 한대의 청동 또는 육조의 거울이 보여주는 형식주의적 아름다움
처럼 충만하지도 조화롭지도 않다. 또 그것은 나라(奈良)의 산가츠
도오(三月堂) 상들이 보여주는 고요한 비애감이나 감정적 평정으로
도, 코오야산에 있는 겐신(源信)의 보살들이 보여주는 완벽한 미관
(美觀)과 세련된 관념성으로도 채워져 있지 않다. 그럼에도 그것은
이들 초기의 창작품에서는 볼 수 없는 직접성과 통일성을 각인시켜
준다. 그것은 마음에 말을 거는 마음이고, 굳세게 자기를 부정하는
마음이며, 참으로 순일(純一)하여 흔들리지 않는 마음이다.

후지와라 시대 이전에 일본 예술이 발달하여 정점에 이르렀던
'정신과 물질의 일치'는 언제나 평안을 의미한다. 그것은 상상력의
구심적인 노력이다. 그러나 잠재해 있던 에너지는 새롭게 분출한다.
생명은 원심적 충동이 되어 다시 자기를 내세운다. 기이하고 새로운
양식이 창조된다. 개성은 그 다양성과 힘 속에서 풍부해진다. 최초
의 표현은 늘 유럽의 연애 이야기나 연애시 및 후지와라 시대의 종
교적 발달에서 보는 것과 같은 감격이나 인도 사상의 박티(헌신) 속
에서 이루어진다. 나중에 우리는 여기 아시카가 시대에서처럼 만물
의 총합이 곧 인도에서 즈냐나(지혜) 또는 "통찰"이라 부르는, 우리
자신의 의지에 따른 행동임을 깨닫는 더 높은 단계에 있게 된다.

아시카가 시대의 이상은 불교의 선종에 그 기운을 두는데, 선종
은 카마쿠라 시대 동안에 우세해졌다. 선(禪)은 "궁극의 평정 속에
든 명상"을 의미하는 디야나Dhyana(禪定)에서 온 말로, 520년에
승려로서 중국에 온 보리달마(菩提達磨)를 통해서 그 나라에 처음

전해졌다. 그러나 중국 땅에 이식되어 길러지기 전에 우선 노장사상의 관념을 흡수해야 했고, 당 말기가 되어서야 그러한 형태로 출현할 수 있었다. 마조(馬祖)와 임제(臨濟)의 교의는 이 종파의 초기 주창자들과는 명확하게 구별된다. 따라서 선사상은 일종의 발전이 이루어진 것이었고, 카마쿠라 및 아시카가 시대의 승려들에 의해서 전해 내려온 계통은 이 종파의 초기 선사들이 가르친 형식을 그대로 고수했던 북종선(北宗禪)과는 아주 다른 남종선(南宗禪)이었다. 왜냐하면 이때에는 이 사상이 개인주의의 일파가 되어 있었기 때문이다. 이 사상의 영감을 받아서 카마쿠라 시대의 전투적 영웅들은 기독교 교회의 영적 영웅들처럼 되었다. 알렉산더가 이그나티우스 로욜라[6]로 변모한 셈이다. 정복이라는 관념은 인간 자신의 밖에서 이루어지는 것에서 안에서 이루어지는 것으로 옮아감으로써 완전히 동양화되었다. 칼을 쓰는 것이 아니라 칼―언제나 북극성을 가리키면서 순수하고 고요하며 흔들리지 않는 칼―이 되는 것은 아시카가 무사의 이상이었다. 모든 것을 마음 안에서 구했으니, 이는 모든 형태의 지식을 속박으로 만드는 족쇄로부터 사상을 해방시키는 수단이었다. 선사상은 형식과 의례를 무시한다는 점에서 보면 우상파괴적이었다. 깨달음을 얻은 선승이 불 속에 불상을 던졌던 것이

---

6) 이그나티우스 로욜라Ignatius Loyola(1491~1556) : 스페인의 성직자. 본래 군인이었으나, 1534년에 사비에르 등과 예수회를 창립하고 프로테스탄트의 발흥에 대항하여 교회 내의 숙정과 교황권의 회복에 노력하여 교황의 인가를 받았다. 1622년에 '성자'의 반열에 올랐다.

다.[7] 언어도 사유에 방해가 되는 것으로 간주되었고, 그래서 선의 교의는 조각난 문장과 강력한 은유 속에서 표출되었다. 이는 중국 문인들이 고심을 거듭해서 표현한 언어를 머리끝에서부터 경멸하는 것이었다.

이들 사상가들에게는 인간의 본성 그 자체가 불성이었으니, 특수한 것 안에 현현한 보편이 무지와 이른바 알음알이라는 오랜 밤을 지나면서 잃어버렸던 저 본래의 광휘를 다시 채우는 곳은 이 불성에서였다. 참된 깨달음은 잘못된 범주의 족쇄로부터 사상을 자유롭게 함으로써 얻어야 하는 것이었다.

그리하여 그들의 수련은 진정한 자유의 본질인 저 극기의 방법들에 중심이 놓여 있다. 미혹에 빠진 사람의 마음은 [부속된] 속성을 본체라고 오해하기 때문에 어둠 속에서 더듬거리고 있다. 종교적 가르침도 가상(假象)을 내세워 실체라고 하는 한은 잘못 이끌고 있는 것이다. 이런 사상을 곧잘 물에 비친 달의 그림자를 잡으려고 애쓰는 원숭이에 비유하여 설명한다. 은은한 영상을 잡아채려고 해봐야 거울 같은 수면에 물결만 일으킬 뿐이고, 결국은 망상의 달뿐만 아니라 자기 자신까지 망가뜨린다. 이른바 8만 4천의 지식 문이라는 정교한 수트라는• 원숭이와 같은 학자들의 무의미한 지껄임과 같은 것이었다. 자유는 한 번 얻기만 하면 모든 사람을 온 우주의 갖가지

---

7) 단하천연(丹霞天然, 739~824)의 일화를 가리킨다. 어느 추운 겨울날, 단하는 불을 쬐려고 나무로 만든 불상을 부수었다. 놀란 주지가 "어찌 부처님을 모독하시오?"라고 말하자, 단하는 "불상을 태워서 사리를 얻으려고 그러오"라고 태연하게 대답하였다 한다.

아름다움 속에서 환희하고 찬미하게 만든다. 그때 사람은 자연과 하나가 되어, 자연이 고동치면 동시에 자기 안에서 그 고동이 뛰고 있는 것을 느낀다. 자연이 숨을 쉬면 자신도 위대한 우주의 정기와 일체가 되어서 그 호흡을 느낀다. 생명은 소우주적이면서 동시에 대우주적이다. 삶과 죽음도 마찬가지로, 하나인 보편적 존재가 다르게 나타난 양상일 뿐이다.

그들은 또 선을 수행하는 학인의 진보를, 잃어버린 소를 찾는 목동으로써 묘사하기를 좋아한다.[8] 사람은 무지 때문에 그 본래의 마음을 잃어버렸다. 그러나 목동처럼 마음을 찾으려고 떨쳐 일어나서 거의 분간할 수 없는 발자국 위를 터벅터벅 걸어가다 보면, 마침내 처음에는 꼬리를 발견하게 되고 그 다음에는 자신이 찾던 몸통을 발견하게 된다. 그 다음에는 길들이려는 버둥질—세속적인 감각과 본래 내면에 있던 빛 사이에서 벌어지는 사나운 전투 또는 끔찍한 전쟁—이 이어진다. 목동이 승리를 하고, 그러면 이제 유순해진 짐승의 등에 걸터앉아서 피리로 소박한 선율을 연주하면서 여유롭게 자기 길을 간다. 그 다음에는 자신도 짐승도 모두 잊는다. 그에게 한낮은 초록빛 버드나무와 짙붉은 꽃으로 치장한 달콤함이다. 그러나 이것들은 다시 사라진다. 그러면 그는 청징한 달빛 아래를 기뻐하며 이리저리 거니는데, 거기에서는 그가 있으면서 동시에 있지 않다. 그리하여 선의 사유에서는 내적 자아를 이기는 것이, 마음을 단련하

---

8) 십우도(十牛圖)를 가리킨다.

는 대신에 몸을 괴롭히는 중세 수행자의 고행보다 더 진실한 것이
다. 몸은 수정으로 된 그릇이고, 이것을 통해서 위대한 존재의 무지
개가 비친다. 마음은 바닥까지 맑고 투명한 거대 호수와 같아서 저
위를 떠가는 구름을 비추고, 때로 거품을 일게 하는 사나운 바람이
불면 물결을 일으키지만 곧바로 본래의 고요함으로 가라앉으며 그
청정함이나 본성을 결코 잃지 않는다. 세상은 존재의 비애감으로 가
득하지만, 그런 비애감은 단지 우연에 지나지 않는다. 사람은 혼례
식에 가는 것처럼 평정과 침착함을 가지고 싸워야 한다. 이런 가르
침에 영향을 받은 생활과 예술은 일본인의 습관에 갖가지 변화를 가
져왔고, 그 습관은 이제 제2의 본성이 되었다. 우리의 예법은 부채
를 건네는 법을 배우는 데서 시작하여, 자살하는 의식에서 끝난다.
다도(茶道)야말로 선사상을 표현하는 것이 되었다.[9]

아시카가 시대의 귀족은 그들 나름의 고상한 취미를 가졌으니, 후
지와라 시대의 조상들처럼 호사의 개념에서 세련의 개념으로 나아
갔다. 그들은 모옥(茅屋)에서 사는 것을 좋아했는데, 그것은 외견상
으로는 비천한 백성의 집처럼 간소하지만 그 구조는 소오죠(相如)
또는 소오아미(相阿彌)[10] 같은 최고의 천재가 설계한 것이다. 그 기

---

9) 다도에 대해서는 오카쿠라가 『차의 책 *The Book of Tea*』(정천구 옮김, 산지니, 2009)에서
　　자세하게 서술하고 있다.

10) 소오아미(相阿彌, ?~1525) : 무로마치(室町) 시대의 아시카가 쇼오군가의 도오보오(同
　　朋). 도오보오는 쇼오군이나 다이묘오의 측근에서 예능이나 다도에 관한 일에 종사했던
　　사람을 가리킨다. 소오아미는 렌가(連歌)에도 뛰어났는데, 화가로서는 남송(南宋)의 선
　　승(禪僧)인 목계(牧谿)의 산수화를 기초로 독자적인 화풍을 열기도 하였다. 저서에 『쿤다
　　이칸소오쵸오키(君台觀左右帳記)』가 있다.

둥은 아득히 먼 인도의 섬에서 가져온, 가장 값비싼 향나무로 만들었다. 쇠로 만든 찻주전자조차 셋슈우(雪舟)[11]가 디자인한 것으로, 경탄할 만한 공예품이었다. 그들의 말에 따르면 아름다움 또는 만물의 생명은 밖으로 표현될 때보다는 안으로 감추어질 때 늘 더 깊어지는데, 이는 우주의 생명이 늘 우발적인 외관 아래에서 맥박 치고 있는 것과 똑같다. 드러내는 것이 아니라 넌지시 비추는 것이 무한의 비밀이다. 완전이란 모든 원숙함과 같아서 성장에 한계가 있기 때문에 감명을 주지 못한다.

따라서 예를 들면 벼룻집을 장식하는 것이 그들의 즐거움인데, 밖에는 소박하게 칠을 하고 보이지 않는 안쪽에는 값비싼 금세공을 하는 것이다. 다실(茶室)도 거기에 통일성과 집중을 부여하기 위해서 달랑 그림 하나 또는 소박한 꽃병으로 장식하였고, 다이묘오(大名)가 수집한 재보는 모두 보고(寶庫)에 갈무리하고 있다가 어떤 심미적 충동을 만족시키기 위해서 하나씩 차례로 꺼내었다. 심지어 오늘날에도 사람들은 속옷을 가장 비싼 것으로 입는데, 그것은 사무라이가 별것 아닌 칼집 안에 놀라운 도신(刀身)을 간직해둔 것을 자랑하는 것과 같다. 인생을 이끄는 벼리로서 '변화의 법칙' 은 아름다움을 지배하는 법칙이기도 하다. 웅건함과 생동감은 영속적인 인상을 주기 위해서는 필요한 것이었다. 그러나 어떤 관념의 완성 자체를 상

---

11) 셋슈우(雪舟, 1420~1506) : 무로마치 시대에 활동한 화승(畵僧). 중국에서 전래된 수묵화의 기법을 자기 것으로 삼고 산수화를 대성하였다. 〈사계산수도(四季山水圖)〉, 〈파묵산수도(破墨山水圖)〉 등 무수한 걸작을 남겼다.

셋슈우(雪舟)의 자화상

상력이 스스로 말하도록 남겨두는 것은 모든 형태의 예술적 표현에서는 불가결한 일이었다. 왜냐하면 그렇게 해서 관객은 예술가와 하나가 되기 때문이다. 위대한 걸작의 여백은 때때로 그려진 부분보다 더 풍부한 의미로 채워져 있다.

송대는 예술 및 예술비평의 위대한 시대였다. 그 시대 화가들, 특히 12세기에 그 자신이 위대한 예술가이면서 후원자였던 휘종(徽宗) 때부터 화가들은, 소품에서 광대한 관념을 표현한 마원(馬遠)[12]이나 하규(夏珪),[13] 목계(牧谿)[14]나 양계(梁楷)[15] 등에게서 볼 수 있는 것처럼 이런 정신이 담긴 어떤 감식안을 이미 보여주었다. 그러나 그 강렬함과 순수성에 선 사상을 흡수하기 위해서는 유교적 형식주의로부터 해방된 일본정신의 인도적(印度的) 경향을 대표하는 아시카가 시대의 예술가들을 필요로 했다. 이 예술가들은 모두 선승이었거나 또는 승려처럼 살았던 속인이었다. 이러한 영향 아래에 있었던 예술 형식의 자연스런 경향은 순수하고 엄숙하며 간소함으로 차 있었다.

---

12) 마원(馬遠) : 남송 때의 화원(畵院) 화가. 자는 흠산(欽山). 하규(夏珪)와 함께 남송 후반기의 원체(院體) 산수화를 대표한다.

13) 하규(夏珪) : 남송 후반기의 화가. 주요 경물을 대각선의 아래 절반에 근접시켜서 묘사하는 변각(邊角) 구도법의 산수화 형식을 확립하였다.

14) 목계(牧谿) : 송말원초(宋末元初)의 선승이자 화가. 그의 예술적 특색은, 첫째는 농후한 공기의 표현에 있고, 둘째는 유연한 선에 의한 대상의 적확한 파악이다. 〈관음원학도(觀音猿鶴圖)〉가 대표작이다.

15) 양해(梁楷) : 남송 때의 화가. 인물, 산수, 귀신 등을 교묘하게 묘사하였고, 정묘한 화풍을 보여주었다.

굳세고 고상한 선묘와 색채 그리고 후지와라와 카마쿠라 시대의 섬세한 곡선들은 이제 버림받았으며, 간소한 묵화(墨畵)와 대담한 선이 되었다. 그것은 우아한 예복을 벗어던지고 대신, 크고 빳빳한 바지를 입은 것과 똑같았다. 왜냐하면 이 새로운 사상은 예술에서 이질적인 요소를 제거하고 될 수 있는 대로 간소하게 직접적으로 표현해야 했기 때문이다. 카마쿠라 시대 말기에 시작된 일종의 혁신인 묵화는 이제 그 중요성에서 색채를 앞질렀다.

그 자체가 하나의 우주인 회화는 모든 존재를 지배하는 법칙을 따라야 한다. 구도는 세계의 창조와 같아서, 생명을 부여하는 구성 법칙을 그 자체에 지니고 있다. 따라서 셋슈우나 셋손(雪村)[16] 등의 위대한 작품은 자연에 대한 묘사가 아니라 자연에 대한 수필이다. 그들에게는 높은 것도 없고 낮은 것도 없으며, 고귀한 것도 없고 세련된 것도 없다. 이제는 관음이나 석가모니를 그린 그림도 그 주제에서는 한 송이 꽃이나 한 줄기 대나무를 그린 그림보다 더 중요하지 않게 되었다. 한 획 한 획의 붓질에는 바로 삶과 죽음의 순간이 담겨있다. 모든 것이 어우러져 생명 안의 생명인 하나의 관념을 해석하는 데 힘을 보탠다.

이 시대에 가장 탁월한 예술가 둘은 의심의 여지없이 위의 두 거장이다. 비록 산수와 농담 있는 먹의 필치로 유명한 슈우분(周文)[17]

---

16) 셋손(雪村) : 무로마치(室町) 시대의 화승(畵僧). 셋슈우(雪舟)에게 사숙하여 그림 공부를 하였고, 동적이고 개성 있는 작품을 많이 남겼다. 대표작으로 〈송응도(松鷹圖)〉, 〈풍도도(風濤圖)〉, 〈여동빈도(呂洞賓圖)〉, 〈자화상(自畵像)〉 등이 있다.

셋손(雪村)의 〈풍도도(風濤圖)〉. 일본의 중요문화재로, 노무라(野村)미술관에 소장되어 있다.

이 그들을 위해 길을 닦아놓기는 했지만 말이다.

또 한 명의 거장으로 쟈소쿠(蛇足)[18]가 있는데, 그의 웅혼한 필력과 섬세한 구도는 나란히 할 자가 거의 없다.

셋슈우가 [회화사에서] 그 지위를 얻게 된 것은 전형적인 선의 정신인 직접성과 극기에 말미암는다. 그의 회화 작품들을 마주해보면, 다른 어떤 예술가도 주지 못했던 안정감과 고요함을 배우게 된다.

반면에 셋손에게는 선의 정신에서 본질적 특색을 이루는 또 다른 특성인 자유, 한가, 쾌활함 등이 있다. 그에게는 경험 전체가 하나의 놀이에 지나지 않는 것처럼 보이며, 그의 강건한 혼은 자연의 씩씩함이 넘쳐나는 모든 것에서 기쁨을 느낄 수 있었던 것 같다.

또 다른 주역들이 이들의 뒤를 이었다. 노오아미(能阿彌),[19] 게이아미(藝阿彌), 소오아미(相阿彌), 소오탄(宗丹),[20] 케이쇼키(啓書記),[21] 마사노부(正信),[22] 모토노부(元信), 그리고 그 밖의 명장들의

---

17) 슈우분(周文) : 15세기 초에 활동한 일본의 승려이자 화가로, 일본의 수묵화 발전에 결정적인 역할을 했다. 그는 중국의 화법을 따르는 초기 수묵화가들과, 철저한 일본식 화법으로 소재를 다루는 그의 제자들로 이루어진 후기 수묵화가들 사이의 과도기적 단계를 대표하는 인물이다.

18) 소가 쟈소쿠(曾我蛇足)다. 무로마치 시대 말기의 화가. 다이토쿠지(大德寺) 신쥬안(眞珠庵)의 〈사계산수도〉, 〈사계화조도(四季花鳥圖)〉, 〈발묵산수도(潑墨山水圖)〉 등을 그린 것으로 알려져 있다.

19) 노오아미(能阿彌, 1397~1471) : 무로마치 시대의 수묵화가, 다인(茶人), 감정가, 표구사. 아시카가 쇼오군가의 도오보오로서, 막부에 있어서 서화 등의 감정과 관리를 맡았다. 아들이 게이아미(藝阿彌)고, 손자가 소오아미다.

20) 소오탄(宗丹) : 무로마치 중기의 화승(畵僧)으로, '소오탄(宗湛)'으로도 쓴다. 슈우분에게 배웠으며, 화조와 산수에 뛰어난 것으로 알려져 있다.

이름이 기라성같이 이 시대를 채우고 있는데, 다른 어떤 시대도 이에 견줄 수는 없다. 이는 아시카가 쇼오군들이 예술의 대단한 후원자들이었고, 또 그 시대의 생활이 문화적 교양과 세련을 이끌었기 때문이다.

아시카가 시대에 대한 고찰을 하면서 당시 음악의 발달에 대해서 전혀 언급하지 않고 지나칠 수는 없다. 왜냐하면 예술충동의 정신을 그만큼 잘 보여주는 것이 없고, 또 우리[일본]의 민족음악이 성숙한 형태로 나타난 것은 이 아시카가 시대 동안이기 때문이다.

이 시대 이전에는 민중의 소박한 옛 민요를 제외하면 육조 후기의 부가쿠(舞樂) 음악이 있었을 뿐이다. 그리고 이 부가쿠는 인도 및 중국에서 유래한 것이면서도 여전히 그리스 음악과도 매우 가까웠다. 당연한 얘기지만, 서로 비슷한 것은 초기 아시아의 노래와 선율이라는 공통 줄기에서 파생되어 나온 것들이기 때문일 것이다. 이 부가쿠는 결코 망각 너머로 사라지지 않았다. 지금도 일본에서는 이를 세습하는 특정 계층의 사람들이 보존해 온 덕분에 옛 의상을 입은 채 옛 발장단에 맞추어 연주되는 것을 들을 수 있다. 이제 그것은 약

---

21) 케이쇼키(啓書記) : 무로마치 시대 중기의 화승(畵僧)인 '쇼오케이(祥啓)'의 별칭. 켄쵸오지(建長寺)의 서기를 맡았기 때문에 그렇게 일컬어진다. 게이아미의 수묵화를 배웠고, 산수화에 뛰어났다.
22) 카노오 마사노부(狩野正信)다. 무로마치 중기의 화가로, 카노오파의 시조. 막부와의 관계 속에서 활약한 어용화가로 여겨진다. 특히 선림(禪林)과 관계가 깊은 수묵화를 잘 그렸고, 야마토에(大和繪)에도 통효하는 등 그 아들 모토노부(元信)에 의해서 달성되는 근대 회화의 기초를 구축하였다.

간 기계적이고 무표정한 것이 되어버렸지만, 아폴로에게 바치는 찬가는 여전히 부가쿠의 악사들이 그 본래의 형식으로 연주할 수 있을 것이다.

무사의 시대가 요구하는 것에 걸맞게 카마쿠라 시대는 서정시인들을 낳았으니, 그들은 찬란한 영웅들의 영예를 서사시적 민요로 노래하였다. 후지와라 시대의 가면극에서도 단순한 반주를 곁들인 읊조림으로 지옥을 표현한 데서 후대의 연극적 발달을 발견할 수 있다. 이 두 가지 요소는 차츰차츰 혼용되었고 또 역사적 정신이 스며들게 되었으며, 그리하여 아시카가 시대 초기에 이르러서는 노오가쿠(能樂)를 탄생시켰다. 이 노오가쿠는 투쟁과 사건이라는 위대한 민족적 주제에 이바지한 뒤로 언제나 일본의 음악과 연극에서 가장 강력한 요소의 하나로 남을 것 같다.

노오가쿠가 연행되는 무대는 딱딱하고 칠하지 않은 나무로 이루어지는데, 그 배경에는 조금은 상투적이지만 소나무 한 그루가 그려져 있다. 그리하여 장중한 단조로움을 암시한다. 주역은 세 사람이며, 무대 한쪽에는 소규모의 합창단과 오케스트라가 앉아 있다. 주된 연주자—이야기꾼이라고 부르는 것이 더 나을지도 모를 사람—는 가면을 쓰고 있는데, 그 가면은 전체적인 이상화를 돕는다. 시는 역사적인 주제를 다루며, 늘 불교사상을 통해서 그것을 해석하고 있다. 탁월한지 아닌지에 대한 기준은 그 끝없는 암시성에 있고, 가장 비난받을 한 가지는 자연주의다.

이런 조건 아래에서는 관객도 약간 익살스런 막간극에 의해서만

이완될 뿐, 주문에 걸린 듯이 온종일을 앉아 있게 된다. 노오가쿠를 구성하는 짤막한 서사시적 극은 반쯤은 불명료한 소리로 채워져 있다. 소나무 가지 사이로 쐬아 하고 부는 바람소리, 물방울이 떨어지는 소리, 멀리서 울려오는 종소리, 숨넘어갈 듯 흐느껴 우는 소리, 싸움에서 병장기가 부딪쳐 울리는 소리, 나무 들보에 새로 짠 피륙을 때리는 직공(織工)의 메아리 소리, 귀뚜라미 울음소리, 그리고 밤과 자연의 온갖 다양한 소리들이 있는데, 거기에서는 가락의 높낮이보다 쉼이 더 깊은 의미를 지닌다. 영원한 침묵의 선율에서 울리는 그런 애매모호한 발성은 모르는 이에게는 기묘하거나 야만적으로 느껴질 수 있다. 그러나 그것들이 위대한 예술의 우듬지를 이룬다는 데 대해서는 의심할 것이 거의 없다. 우리로 하여금 한 순간도 잊지 못하게 하는 것은, 노오가쿠가 마음에서 마음으로 직접 호소한다는 것, 말로 표현할 수 없는 사상을 배우의 배후로부터 청자가 내면에 품고 있는 저 들리지 않고 들을 수 없는 지성으로 옮아가게 하는 양식이라는 것이다.

주해[23]

1. **삭티**Sakti : 힘 또는 권력, 우주적 에너지를 뜻하는 산스크리트. 이것은 두르가Durga, 칼리Kali 등과 같은 여성적인 것으로 상징화된다. 모든 여성은 이것의 현현으로 여겨진다.

2. **수트라**Sutra : 산스크리트인 수트라는 "실"을 의미하며, 격언이나 부분적으로 격언을 담고 있는 고대의 텍스트 가운데 어떤 것에 적용되는 용어다. 그 간결함으로 말미암아 필연적으로 모호할 수밖에 없다. 그것들은 '기억하기' 라는 오래된 체계에 속하며, 실제로 이것은 어떤 논의의 근거 전체를 덮어버리는 일련의 암시이다. 그 안에 담겨 있는 각각의 문장은 일정한 단계의 기억을 되살리도록 되어 있다. 이 말에 대응되는 중국어는 "날실"을 뜻하는 경(經)으로, "짜여진 것"을 의미한다.

---

23) 원문에서는 '삭티' 와 '수트라' 에 대한 주해가 앞장 '카마쿠라 시대' 의 주해에 들어가 있는데, 번역하면서 바로잡았다.

12

토요토미(豊臣) 및
초기 토쿠가와(德川) 시대

(1600~1700)

● 아시카가씨(足利氏)의 지배는 쇼오군가의 섭정으로서 가장 권세가 있었던 야마나(山名)와 호소카와(細川) 두 가문의 쟁투로 말미암아 약화되더니, 대두하는 봉건영주들의 세력 앞에서 천천히 붕괴하였다. 국내는 이웃해 있는 다이묘오 사이의 끊이지 않는 충돌로 계속해서 전쟁 상태에 있었다. 그러한 다이묘오 가운데서는 때때로 거대한 포부를 지닌 자가 나와서 천황이 머물고 있던 도성의 지배권을 획득하여 제국을 통일시키려는 뜻을 세우기도 하였다. 이 시대 전체의 역사는 간단히 말하면 수많은 경쟁자들이 쿄오토에 이르려고 하는 시도의 이야기다.

오다 노부나가(織田信長)는 토요토미 히데요시(豊臣秀吉), 토쿠가와 이에야스(德川家康) 등과 함께 3대 세력을 형성하여 차례로 그 시대의 대표적인 대권력을 이루었다가 결국에는 그 사업을 완수하였다. 중부 일본에서 지리적 이점을 통해 대립과 항쟁의 한가운데로 끼어들어서 일본 영주들의 절반 이상을 지배하는 군사적 독재자가 되어 스스로 아시카가 쇼오군을 대신하였던 이가 바로 노부나가다. 노부나가가 가장 신임하던 막료로서 그의 권력을 잇고 대적하던 영주들을 완전히 복종시킨 이가 히데요시였는데, 히데요시는 죽을 때가 되자 용의주도한 정치가 이에야스에게 나라를 맡겨 엄격한 체제 아래에서 통일을 공고히 하도록 하였다.

따라서 이 시대의 중심인물은 히데요시다. 그는 가장 비천한 신분에서 몸을 일으켜 1586년에 국가의 최고위직에 올랐다. 그리고 히데요시의 거대한 야심에는 일본이 너무도 좁아서 중국 정복을 시도하기에 이르렀는데, 그것은 참담한 조선의 황폐화, 그리고 1598년 그의 죽음과 함께 조선 반도에서 일본군이 굴욕적으로 회군하는 일을 초래하였다.

그런 뛰어난 지도자와 똑같이 이 시대의 새로운 귀족들은 자신들의 칼을 가지고 그들만의 벌족을 일으켰다. 어떤 자는 육지의 산적에서 그런 신분에 올랐고, 또 어떤 자는 중국 해안의 백성들에게 공포를 불러 일으켰던 해적의 우두머리에서 그런 신분에 올랐다. 따라서 그들의 무교양으로는 아시카가 시대의 장엄하고 엄격한 세련미를 도무지 이해할 수가 없었기 때문에 자연스럽게 거기에 전혀 취미가 없었다. 그들은 히데요시에게 자극을 받아서 종종 챠노유우(茶湯)[1]의 미묘한 즐거움에 빠졌는데, 이조차도 그들에게는 진정으

로 세련된 품위이기보다는 부를 과시하는 즐거움의 의미일 따름이
었다.

그리하여 이 시대의 예술은 그 내면적인 의미보다는 화려함과 색
채의 풍부함으로 말미암아 더욱 주목을 받는다. 퇴폐적인 정교함으
로 가득한 명대(明代)의 양식으로 장식한 궁전은 대륙에서 전쟁을
벌이는 동안에 조선 및 중국과 교통하면서 영향을 받은 것임을 시사
해준다.

새로운 다이묘오들에게는 새로운 저택이 필요했는데, 그 크기와
장려함은 한층 더 소박한 아시카가 쇼오군들의 집을 무색하게 만들
었다. 이때는 석성(石城)의 시대로, 그 설계는 포르투갈 기술자들의
영향을 받았다. 그 가운데 제일은 히데요시 자신이 설계한 오오사카
성(大阪城)이다. 전국의 다이묘오들이 조력하여 축조한 것으로, 그
결과 이에야스 같은 군사적 천재에게조차 이 성은 난공불락이었다.

쿄오토 근처에 있는 모모야마성(桃山城)[2] 또한 이런 건축물로는
일대 걸작으로, 그 장려함과 화려함은 전 국민의 찬탄을 자아내고
있다. 여기에서는 예술적 장식을 위해서 온갖 재부(財富)를 최대한
도로 쏟아 부었고, 그래서 1596년의 잊지 못할 대지진과 그 뒤의 파

---

1) 챠노유우(茶湯)라는 말이 쓰이기 시작한 것은 15세기 중반 즈음이고, 16세기에 들어서 널
  리 쓰였다. 이 챠노유우는 아직 완전히 차가 일본풍의 것이 되지 않았을 때의 명칭이다.
  이윽고 에도(江戸) 시대에 챠노유우의 정신과 그 도통(道統)이 널리 강조되면서 다도(茶
  道)라는 용어가 챠노유우를 대신하게 되었다. 다도란 결국 "챠노유우의 도"라는 뜻으로
  이해될 수 있다.
2) 역사적으로는 '후시미성(伏見城)'으로 잘 알려져 있다.

오오사카성(大阪城). 오오사카시 츄우오오구(中央區)에 있다.

괴적인 병화(兵火)에서도 살아남을 수 있었으니, 닛코오(日光)[3]의
찬란함도 그 앞에서는 빛을 잃었을 것이다. 왜냐하면 닛코오란 오늘
날 예술가들이 모모야마 양식이라 부르는 것의 단순한 모방에 지나
지 않기 때문이다. 모모야마성은 모든 봉건영주나 다이묘오들이 모
방한 베르사이유 궁전으로, 모든 지방의 성은 그 자체가 축소된 모
모야마성이었다.

놀라운 금박(金箔)의 쓰임새가 발견되어 이때부터는 벽이나 병풍
의 장식으로 대단히 널리 쓰이게 되었다. 모모야마의 궁전 및 성곽
에 속하는 유명한 '백쌍(百雙)' 병풍 가운데 몇몇은 히데요시 행렬
이 지나가는 동안 몇 십 리에 걸친 길가 풍경을 장식한 병풍 가운데
몇몇과 함께 여전히 보존되고 있다. 거대한 소나무들이 폭 40~50
자 정도의 규모로 그려져서 알현실 벽을 덮고 있다. 성마른 다이묘
오들은 피로에 지친 예술가들에게 마치 비가 퍼붓듯이 일제히 명을
내렸으며, 어떤 때에는 하루 만에 장식을 가미하면서 저택을 완성하
라고 재촉하였다. 카노오 에이토쿠(狩野永德)[4]는 후원자들의 호세
스러운 소란 가운데서도 한 무리의 제자를 거느리고 광대한 삼림,
화려한 깃털을 뽐내는 새, 용기와 충성을 상징하는 사자와 범을 계

---

3) 닛코오시(日光市)의 토오쇼오구우(東照宮)를 가리킨다. 토쿠가와 이에야스를 신격화한
   토오쇼오대권현(東照大權現)을 모시고 있는 신사(神社)다.
4) 카노오 에이토쿠(狩野永德, 1543~1590) : 일본 모모야마 시대의 화가. 오다 노부나가와
   토요토미 히데요시 밑에서 벼슬하였고, 쥬라쿠다이(聚樂第)·오오사카성 등에 그림을 그
   렸다. 그 시대의 영웅 정신을 반영하며, 과감한 구도와 농후한 색채로써 그 시대의 금벽장
   벽화(金壁障壁畫)의 양식을 확립했다.

속해서 그려 나갔다.

1615년에 오오사카성을 두 번째로 습격한 뒤에 권력을 쥔 토쿠가 와 이에야스는 전국의 행정조직을 통일하고, 놀라운 정치적 수완으로 간소함과 결속력을 지닌 새로운 체제를 거기에 더하였다. 예술과 관습에서도 그는 아시카가 시대의 이상으로 되돌아가려 애썼다. 그의 궁정 화가들—탄유우(探幽)[5]와 그 형제들인 나오노부(尙信), 야스노부(安信), 그리고 조카인 츠네노부(常信) 등—은 셋슈우의 순수성을 모방하는 것을 자신들의 목적으로 삼았으나, 당연하게도 그 깊은 참뜻은 건드리지 못하였다. 이 시대는 잠에서 막 깨어난 민족의 왕성한 기운으로 충만했으며, 새로이 예술 세계에 자유롭게 출입할 수 있게 된 민중의 순진한 기쁨을 이제 처음으로 드러내 보였다. 이 점에서 일본사회는 유럽에서 19세기가 되어서야 가장 두드러지게 되는 특징들을 2백 년이나 앞서 보여주었다. 그 시대의 관습과 애호는 간소함이 아니라 과시를 향하였고, 토쿠가와 막부의 성립에서 한 세기가 지난 뒤인 겐로쿠(元祿) 시대에서조차도 그러했다.

토쿠가와 시대 초기 건축은 앞서 말했던 것처럼 주로 토요토미 시대의 특징을 답습하였는데, 그러한 사실은 닛코오나 시바(芝)[6]의

---

5) 카노오 탄유우(狩野探幽, 1602~1674)다. 어려서부터 뛰어난 재주를 발휘하였다. 나고야성, 에도성 등의 벽화를 제작하는 등 막부의 주요 그림들을 그렸다. 여백을 살리는 소쇄(瀟洒)함으로 단정한 새로운 양식은 에도 카노오 양식으로 일컬어졌고, 이후 카노오파의 규범으로 이어졌다.
6) 시바다이진구우(芝大神宮)를 가리킨다. 토오쿄오도(東京都)의 미나토구(港區)에 있는 신사다.

영묘(靈廟), 니죠오성(二條城)[7]의 궁전 장식, 니시혼간지(西本願寺)[8] 등에서 그 실례를 찾아볼 수 있다.

새로운 귀족의 발흥에 의해서 일어난 사회적 차별의 타파는 당시까지 알려지지 않았던 민주주의의 정신을 예술에 스며들게 하였다.

여기서 우키요에(浮世繪) 곧 민중적인 유파가 시작된다. 다만 당시의 우키요에는 그 개념에서, 강한 신분차별이 평민적 발상에 제한을 강요한 토쿠가와 시대 후기의 풍속화 유파들과는 매우 달랐다. 이 분방한 환락의 시대에는 쾌락이 반세기에 걸친 유혈로부터 벗어난 민족에게는 아직도 달콤한 유혹이었고, 민중이 자신들의 정력을 어린애 같은 익살이나 몽상적인 화상(畵像)에 쏟아낼 때마다 다이묘오들도 민중과 함께 얽매임이 없는 발랄한 즐거움에 빠졌다.

에이토쿠의 유능한 계승자이자 양자인 산라쿠(山樂),[9] 탄유우의 위대한 스승인 코오이(興以),[10] 이른바 우키요에의 아버지라 불리는 이와사 카츠시게(岩佐勝重),[11] 당시의 생활에 대한 찬사로 유명

---

7) 니죠오성(二條城) : 1603년 토쿠가와 이에야스(德川家康)가 권력 수립의 과정에서 창건한 것이다.

8) 니시혼간지(西本願寺) : 쿄오토시 시모교오구(下京區)에 있는 정토진종(淨土眞宗) 혼간지파의 본산.

9) 카노오 산라쿠(狩野山樂, 1559~1635)다. 에이토쿠의 양식을 계승한 대화(大畵) 양식에 빠져서 웅대한 구도를 갖춘 작품을 많이 남겼다. 이는 에이토쿠의 회화에 비해서 장식성이 풍부하고 누긋한 구성을 취하고 있다.

10) 카노오 코오이(狩野興以, ?~1636)다. 본래 성은 마츠야(松屋)다. 카노오 미츠노부(狩野光信) 문하에서 가장 뛰어난 화가였다. 탄유우와 나오노부, 야스노부 3형제를 지도하고 육성하면서 '카노오' 성씨를 허락받았다고 한다. 수묵화의 고전적인 화법을 터득한 견실한 표현이 그의 작풍이다.

한 잇쵸오(一蝶)[12] 등은 모두 최상위 계층에 속하는 예술가들이었다. 그럼에도 생활의 비근한 정경을 즐겨 묘사하였고, 토쿠가와 시대 후기의 상위 계층 예술가들이 그랬던 것과 같은 자기를 비하하는 감정은 전혀 갖지 않았다. 그래서 이 환락과 쾌락의 시대는 정신적이지는 않지만 위대한 장식적 예술의 창조로 나아가게 되었다. 깊은 의미를 갖고 우뚝 서 있는 유일한 유파는 소오타츠(宗達)[13]와 코오린(光琳)[14]의 유파다. 그 유파의 개척자인 코오에츠(光悅)[15]와 코오호(光甫)[16]는 쇠퇴해서 거의 사라진 토사파(土佐派)의 기법을 배우고, 그 안에 아시카가 시대 거장들의 대담한 착상을 불어넣었다. 시대의 본능에 충실하게 그들은 풍부한 색채 속에서 자신을 표현하였다. 그들은 이전의 채색파가 했던 것처럼 색을 선으로서보다는 전체적으로 다루었고, 소박한 담채로 가장 폭넓은 효과를 이끌어내었다. 소오타츠는 아시카가 시대의 정신을 그 순수한 형태로 가장 잘 드러

---

12) 하나부사 잇쵸오(英一蝶, 1652~1724)다. 쿄오토에서 태어났으며 본성은 후지와라씨(藤原氏)다. 주로 겐로쿠 시대에 에도를 중심으로 활약한 화가다.

13) 타와라야 소오타츠(俵屋宗達)다. 17세기 초에 활동한 화가. 기성 유파의 형식을 받아들이지 않은 소오타츠는 새로운 장식적 양식을 확립하여, 그의 예술에 경도되어 이 양식을 대성한 코오린과 더불어 소오타츠코오린파로 불린다.

14) 오카타 코오린(尾形光琳, 1658~1716)이다. 30세가 지난 뒤에야 본격적인 화가 수업을 받은 그는 소오타츠의 회화에 경도되어 그 장식화 양식을 새롭게 전개하였다.

15) 혼아미 코오에츠(本阿彌光悅, 1558~1637)다. 에도 시대의 도검 감정가, 서도가, 도예가, 예술가로, 서도에서 코오에츠류(光悅流)의 개조로 일컬어진다. 코오린파의 창시자로서, 후대의 일본문화에 큰 영향을 끼쳤다.

16) 혼아미 코오호(本阿彌光甫, 1601~1682)다. 코오에츠의 손자로서, 도검 감정에 뛰어났다. 또 차와 향, 서화, 조각 등도 잘하였는데, 특히 도예에 뛰어났다.

내 보여주었고, 반면 코오린은 원숙함으로 말미암아 형식주의와 겉
치레에 떨어졌다.

코오린의 전기를 보면, 그가 그림을 그릴 때면 언제나 화려하게
수놓인 방석에 앉아서 "나는 창조하고 있는 동안에는 다이묘오처럼
느껴야만 한다!"고 말하는 애처로운 이야기가 나온다. 이는 신분차
별의 기운이 당시에도 예술가의 마음에 스며들기 시작하고 있었음
을 보여주는 것이다.

이 유파는 근대 프랑스의 인상파를 2백 년이나 앞서 예시하였지
만, 불행하게도 그 성대한 미래가 막 열릴 즈음에 토쿠가와 체제의
얼음 같은 인습주의에 압도되어서 꺾여버렸다.

13

후기 토쿠가와 시대

(1700~1850)

●   토쿠가와씨(德川氏)는 통일의 강화와 체제의 통제에 열심이었으므로 예술과 생활에서 일어나는 섬광 같은 활기를 짓눌러버렸다. 후기에 하층 계급에까지 이르렀고 또 조금이나마 이러한 결점을 보완했던 것은 바로 그들의 교육시설뿐이다.

그들의 최전성기에 사회전체—예술도 피할 수 없었다—는 하나의 틀 속으로 내던져졌다. 일본을 외국과의 모든 교섭으로부터 차단시키고 다이묘오에서 최하층에 이르기까지 모든 일상을 규제한 정신이 예술적 창조성까지 제한하고 속박하였다.

카노오파(狩野派)의 의숙(義塾)•—이에야스의 규율적인 본능으로 가득했던 곳—가운데 네 곳은 쇼오군의 직접적인 비호 아래 있었고 열여섯 곳은 토쿠가와 막부 아래에 있었는데, 그것들은 정규 봉건적 배령(拜領)의 제도 위에서 구성되었다. 각각의 의숙에는 세습되는 숙장(塾長)이 있어서 그 직책을 따랐다. 숙장이 서툰 화가이든 아니든 전국 각지에서 모여든 숙생(塾生)들은 그 아래에 있었으며, 숙생들은 차례로 지방의 각 다이묘오에게 소속되어 어용 화가가 되었다. 에도(江戸, 토오쿄오)에서 수업을 마친 뒤에는 자기 지방으로 돌아가 수업 중에 배웠던 방법과 본을 따라서 작업을 하는 것이 이들 숙생의 의무였다. 다이묘오의 가신이 아니었던 숙생은 어떤 의미에서는 카노오 영주의 세습 봉토와 같았다. 각자는 탄유우(探幽)와 츠네노부(常信)가 정한 교육 과정을 따라야 했고, 각자는 특정한 화제를 특정한 방식으로만 그리거나 칠해야 했다. 이 규정에서 벗어난다는 것은 파문을 의미했고, 그렇게 되면 예술가에서 평범한 직인으로 지위가 떨어졌다. 왜냐하면 그런 경우에는 큰 칼과 작은 칼을 찰 수 있는 영예가 허락되지 않았기 때문이다. 그러한 사정은 독창성과 탁월성에는 유해할 수밖에 없었다.

카노오가 이외에 토사가(土佐家)는 자신의 훨씬 젊은 유파인 스미요시가(住吉家)와 더불어 토쿠가와 통치 초기에 세습적 명예를 얻으면서 재건되었지만, 아시카가 시대 동안에 자신의 오랜 유파를 영웅적으로 고수해왔던 미츠노부(光信)[1] 시대 이래로 토사파의 영감과 전통은 아주 사라져버렸다. 따라서 이와 같은 민족적 흐름에

---

1) 토사 미츠노부(土佐光信, 1434~1525)다. 무로마치 시대(室町時代) 중기부터 센코쿠 시대(戰國時代)에 걸쳐 활동한 화가로, 토사파 중흥의 개조로 불린다.

맞서서 서 있다가 미츠노부는 약점을 드러내었는데, 그것은 사실이다. 그렇지만 다른 화가들이 모두 먹으로 그리고 있을 때, 그는 여전히 색채에서 화려한 전통을 유지하고 있었다는 사실을 잊어서는 안 된다. 그런데 새로운 토사파는 조상들의 매너리즘만 모방했다. 그들이 여기에 주입한 활력이 있다면 그것은 미츠오키(光起)[2]나 구케이(具慶)[3]의 그림이 보여주는 것처럼 카노오가의 작품이 반영된 것에 지나지 않는다.

탐욕스런 당시의 귀족들은 이 모든 것을 당연한 것으로 여겼으니, 그들의 생활도 똑같은 토대 위에서 통제되었기 때문이다. 아들은 동시대의 카노오파나 토사파에 그림을 주문하면서 그 부친이 앞선 시대에 의숙의 화가에게 주문했던 것과 똑같이 했다. 그러는 사이에 서민의 생활은 완전히 별개의 것이 되었다. 그들의 생활 영역은 한결같이 판에 박은 듯했지만, 그들의 애호와 열망은 아주 달라졌다. 궁중 고관들 및 귀족 사회와는 소통이 단절되었던 그들은 세속적인 쾌락 속에서, 극장에서, 또는 요시와라(吉原)[4]의 음탕한 생활 속에서 자유를 구하였다. 그리고 그들의 문학이 사무라이의 글쓰기와는

---

2) 토사 미츠오키(土佐光起, 1617~1691)다. 에도 시대에 토사파를 대표하는 화가. 카노오파와 중국의 송·원대 회화를 배워, 종래의 온아한 야마토에(大和繪)에 극명한 사생묘법(寫生描法)을 받아들인, 에도 시대의 토사파 양식을 확립하였다.
3) 스미요시 구케이(住吉具慶, 1631~1705)다. 에도 시대를 대표하는 야마토에 계열의 화가. 야마토에를 바탕으로 하면서도 채색과 선려(鮮麗)함을 더하여 한층 장식적으로 만들었다.
4) 요시와라(吉原) : 에도 시대에 에도 교외에 지어진, 관에서 허가한 유녀(遊女)들이 모여 있던 유곽. 유곽에서는 신분의 차별이 없었고, 오히려 무사가 비웃음을 받는 경우가 많았다고 한다.

다른 세계를 형성한 것처럼 그들의 예술은 음탕한 생활에 대한 묘사 그리고 극장 유명 배우들의 초상화에서 자기를 표현하였다.

그들의 유일한 표현인 우키요에(浮世繪)는 색채나 묘화(描畫)에서 상당한 기술에 이르렀으나, 일본 예술의 기초인 이상성(理想性)이 결여되었다. 우타마로(歌麿),[5] 슌만(俊滿),[6] 키요노부(淸信), 하루노부(春信),[7] 키요나가(淸長),[8] 토요쿠니(豊國),[9] 호쿠사이(北齋)[10] 등의 저 매력적인 채색 목판화는 활력과 융통성으로 가득하지만, 나라 시대 이후로 계속 진화해온 일본 예술의 발전에서 보면 주류에서 벗어난 것이다. 약롱(藥籠),• 네츠케(根付),• 칼의 날밑 및 이 시대에 애호하던 칠기류 등은 노리개였고, 참된 예술로서 존재하게 만드는 민족적 열성의 구현 같은 것은 결코 아니었다. 위대한 예술이란 우리가 그 앞에서 죽고 싶어 하는 그런 것이다. 그러나 토

---

5) 키타가와 우타마로(喜多川歌麿, 1753~1806)다. 에도 후기의 우키요에 화가로, 남성 신체의 일부분을 강조하여 묘사한 것으로 유명하다.

6) 쿠보 슌만(窪俊滿, 1757~1820)이다. 에도 시대의 우키요에 화가로, 쿄오카(狂歌)를 배워 문학에도 밝았고 침금(沈金, 칠기에 조각하여 금가루를 박은 것) 조각이나 조가비 세공에도 뛰어났던 다재다능한 인물이었다.

7) 스즈키 하루노부(鈴木春信, 1725~1770)다. 호리호리하고 가련하며 섬세한 표정을 짓는 여성상으로 알려진 미인화의 우키요에 화가. 우키요에 판화에 있어 목판화 기법의 대성자로 알려져 있다.

8) 토리이 키요나가(鳥居淸長, 1752~1815)다. 건강한 생명력이 넘치는 미인화를 그렸는데, 에도의 실제 풍경을 배경으로 한 미인군상(美人群像)을 절묘하게 표현한 수작을 많이 남겼다.

9) 우타가와 토요쿠니(歌川豊國, 1769~1825)다. 에도 후기의 우키요에 화가로, 20대 후반부터 독특한 신선함을 보여주면서 토요쿠니화를 확립하였다.

10) 카츠시카 호쿠사이(葛飾北齋, 1760~1849)다. 에도 시대에 활약한 우키요에 화가로, 〈후가쿠삼십육경(富嶽三十六景)〉과 〈호쿠사이만화(北齋漫畫)〉가 대표작이며, 세계적으로 유명하다.

호쿠사이(北齋)의 「후가쿠삼십육경(富嶽三十六景)」 가운데 〈카나가와충랑리(神奈川冲浪裏)〉.
「후가쿠삼십육경」은 호쿠사이의 대표적인 풍경화·우키요에다.

쿠가와 시대 후기의 예술은 오로지 공상의 기쁨 속에서 살도록 허락할 뿐이다. 서양에서 일본 예술이 진지하게 고찰되지 않는 것은 다이묘오들의 수집품이나 사원의 보물 속에 감추어져 있는 걸작의 장엄함 대신에 이 시기 작품의 앙증맞은 고움이 먼저 주목을 끌고 있기 때문이다.

에도(토오쿄오)의 쵸오닌(町人) 예술은 쇼오군가의 무서운 그림자 아래에서 그 표현이 좁은 범위에 한정되어 있었다. 별개이며 한층 더 높은 형태의 민주적 예술이 진화한 것은 쿄오토의 좀 더 자유로운 분위기 덕분이었다. 쿄오토는 황거(皇居)가 남아 있던 곳이어서 상대적으로 토쿠가와의 규율로부터 자유로웠다. 쇼오군들이 에도나 다른 지역에서처럼 감히 여기에서도 공공연하게 자기를 내세울 수는 없었기 때문이었다. 그런 까닭에 학자들과 자유사상가들이 피난처를 찾아서 몰려든 곳이 바로 여기이며, 이렇게 해서 한 세기 반 뒤에는 메이지유신의 지레를 움직이는 지레받침이 되었다. 카노오파의 멍에를 경멸한 예술가들이 대담하게 제멋대로 전통으로부터 일탈할 수 있었던 것도 여기에서고, 부유한 중간계층이 자신들의 독창성에 제멋대로 경탄할 수 있었던 것도 여기에서다. 여기에는 민중의 시에 삽화를 넣음으로써 새로운 양식을 정식화하려 애쓴 부손(蕪村)도 있다. 코오린(光琳)의 양식을 부활하려고 했던 와타나베 시코오(渡邊始興)[11]도 있고, 윌리엄 블레이크[12] 같은 본능으로 아시카가 시대의 쟈소쿠(蛇足)에 토대를 둔 분방한 형상화에 한껏 젖은 쇼오하쿠(蕭白)[13]도 있다. 마지막으로는 있을 수 없는 새를 그리고 싶어 했던 광인(狂人) 쟈쿠츄우(若冲)[14]도 있다.

그런데 쿄오토는 두 가지 면에서 실제적인 영향을 받았다. 첫째는 명대(明代, 1368~1644) 후기 및 청대(淸代) 초기의 양식을 도입하고 부흥한 일이었다. 이 양식은 중국에서 미술애호가들이나 탐미주의자들에 의해서 시작된 것으로, 그들은 전문가의 손에서 이루어진 회화는 가치가 없다고 여기고 위대한 학자가 장난삼아 그린 것을 거장의 작품 이상으로 높이 평가하였다. 이것도 그런대로 몽골 왕조 동안에 부과된 원(元)의 관학적인 양식인 형식주의로부터 벗어나려는 중국 정신의 거대한 힘을 증명하는 것으로 이해하여야 한다. 쿄오토 출신의 화가들은 당시 유일하게 개항했던 나가사키(長崎)로 몰려들어 중국 무역상들로부터 이 새로운 예술 양식을 배웠다. 그러나 이 양식은 일본에 이르기 전에 이미 굳어져서 매너리즘에 빠져 있었다.

---

11) 와타나베 시코오(渡邊始興, 1683~1755) : 처음에는 카노오파를 배웠고, 나중에 코오린의 영향을 받아서 그 장식화풍에도 숙달하여 이 둘을 교묘하게 분간하여 썼다. 코오린 양식의 계승자로서는 쿄오토에서 홀로 그 전통을 유지한 화가로 주목받았다.

12) 윌리엄 블레이크William Blake(1757~1827) : 영국의 화가이자 시인. 풍경화처럼 단지 자연의 외관을 복사하는 회화를 경멸하고 또 일반적으로 보는 무감동한 작품을 부정하여, 대개 이론을 벗어나서 묵상 중에 상상하는 신비의 세계를 그렸다. 특히 그는 시화집들을 간행하였는데, 삽화를 다른 회화와 나란히 견줄 만큼 그 가치를 인식하고 또 인식시켰다.

13) 소가노 쇼오하쿠(曾我蕭白, 1730~1781)다. 18세기 후반, 쿄오토에서 스스로 개성을 적극적으로 표출한 화가.

14) 이토오 쟈쿠츄우(伊藤若冲, 1716~1800)다. 일본과 중국의 회화 전통을 연찬하면서 즉물사생(即物寫生)의 중요성을 인식하여 친근한 동식물의 사생에 노력을 기울였고, 핍진하다 못해 환상적인 화조도의 세계를 열었다.

　　쿄오토의 두 번째 중요한 노력은 유럽의 사실주의 예술에 대한 최초의 연구였다. 마테오리치는 로마 가톨릭 선교사로서, 명대에 중국에 들어와서 자극을 주어 양자강 하구 여러 도시에서 사실주의라는 새로운 유파가 두드러진 구실을 하도록 하였다. 화조(花鳥)로 유명한 심남빈(沈南蘋)[15]은 이 유파의 중국인 화가인데, 3년 동안 나가사키에 머물면서 쿄오토 자연주의파(自然主義派)의 기초를 쌓았다.

　　[쿄오토에서는] 네덜란드 판화를 열심히 구해서 모사하였다. 마루야마파의 마루야마 오오쿄(圓山應擧)[16]는 그 판화들을 모사하는 데 젊음을 다 바쳤다. 그가 붓으로 판화의 선들을 모사한 일을 떠올리면, 감동적이다. 이 운동이 표면화될 수 있었던 것은 이런 화가 덕분이었다. 왜냐하면 그는 일찍이 카노오파의 훈련을 받았기 때문에 자신의 양식에 새로운 방법을 결합시킬 수 있었던 것이다. 그는 자연에 대한 열렬한 연구자로, 자연의 분위기를 상세하게 묘사하였으며, 그의 섬세함과 유연함, 비단 위에 나타나는 절묘한 색조의 바림 등은 그에게 이 시대의 대표적인 예술가로 불릴 권리를 부여하였다.

　　오오쿄의 경쟁자이며 시죠오파(四條派)의 창시자인 고슌(吳春)[17]

---

15) 심남빈(沈南蘋, 1682~?) : 중국 청대의 화가로, 본래 절강(浙江)의 화조·동물의 전문화가였다. 나가사키에 건너와 1731년부터 1733년까지 머물면서 작품을 남기고 일본 화가들을 지도하였다. 그리하여 나가사키파 화조도의 원류가 되었다.

16) 마루야마 오오쿄(圓山應擧, 1733~1795) : 근대와 현대의 쿄오토 화단까지 그 계통이 이어지는 마루야마파의 개조. 사생을 중시한, 쉽게 친숙할 수 있는 화풍이 특색이다.

17) 고슌(吳春, 1752~1811) : 알기 쉽고 분명하고 도회적인 소탈함을 사생화에 부여하여, 마루야마파와는 다른 독자적인 유파를 형성하였다.

은 비록 그에게서 보이는 명대 후기의 매너리즘이 그를 차별화하기는 하지만, 오오쿄의 발자취를 바싹 따르고 있다.

또 다른 사실주의자인 간쿠(岸駒)[18]는 키시파(岸派)의 개조인데, 심남빈과 매우 유사하다는 점에서 앞의 두 사람과 달랐다.

이 세 가지 경향의 흐름은 함께 근대 쿄오토의 사실파(事實派)를 형성하고 있다. 그들은 확실히 카노오파 사람들과는 다른 음조를 들려주는데, 이제 교묘함과 숙련된 기술을 갖추었음에도 불구하고 그들 또한 예술에서 참으로 민족적인 요소를 잡아내지 못한 것은 에도에 있던 그들의 형제가 우키요에서 하지 못했던 것과 똑같다. 그들의 작품은 유쾌하고 우아함으로 가득하지만, 셋슈우나 다른 화가들이 그러했던 것처럼 주제의 본질적 특성은 결코 파악하지 못하였다. 오오쿄가 대단한 높이까지 오른 때는 그가 무의식적으로 옛 대가들을 지배했던 방법으로 되돌아갔을 때다.

이들 세 명의 위대한 장인이 죽은 뒤에 쿄오토의 예술은, 그들을 따르는 자들이 각자 자기의 양식에서 개인적으로 뛰어난 점을 다양한 비율로 결합하려는 시도로 이루어져 있을 뿐이다. 그럼에도 메이지유신의 둘째 10년에 현대 일본미술이 소생하기까지 쿄오토 화가들은 회화예술을 이끌어나가는 창조적 정신이었다.

---

18) 간쿠(岸駒, 1749~1838) : 처음에는 심남빈풍의 화조화를 그렸지만, 나중에 마루야마파를 절충하여 독자적인 사생화의 화풍을 만들어냈다.

1. **카노오파**(狩野派)**의 의숙**(義塾) : 이 이름은 토쿠가와가(德川家)의 어용화가로 임명된 화가들의 일족의 이름에서 유래한다.

2. **약롱**(藥籠) : 칠을 한 조그만 약통으로, 허리띠에 매단다.

3. **네츠케**(根付) : 약롱이나 담배쌈지를 매달아 고정시키는 장식용 단추.

14

메이지(明治) 시대
(1850~현재)

●　　　메이지 시대는 정식으로는 1868년에 현재의 천황 [메이지 천황]이 즉위한 때에 시작되는데, 그 황공한 지도 아래 우리는 역사상 유례가 없는 새로운 시련과 맞닥뜨려야 했다.

앞서 기술했던 것처럼 이 민족의 종교적·예술적 생활을 특징짓는 저 끊임없는 색채—한때는 이상주의적인 나라(奈良)의 호박색 박명(薄明)이 되어 어렴풋하게 빛났고, 한때는 후지와라의 짙붉은 가을을 띠고 타올랐으며, 다시 또 카마쿠라의 초록빛 파도에 잠겼다가 아시카가의 은백색 달빛이 되어 가물거렸던 그 색채—놀이가 이제 여기에서는 비에 씻긴 여름의 신록과 같이 우리에게 그 모든 화려함을 되돌려주고 있다. 그렇지만 이 새로운 시대는 이미 34년이 흘러가버렸고, 그동안의 변천은 매순간 무언가 새롭고 더 거대한 계

메이지 천황(明治天皇). 1873년 10월, 우치다 쿠이치(內田九一, 1844~1875)가 촬영한 초상 사진. 카나가와현(神奈川縣) 현립역사박물관 소장.

획을 가져다주면서 우리를 모순의 미로로 에워싸고 있다. 이 미로 속에서는 시대의 근저에 놓인 관념을 추출하고 통일시키는 일이 지극히 어려워진다.

그리고 사실 동시대의 예술에 대해 말하는 비평가는 늘 자신의 그림자만 밟을 위험이 있으니, 그것은 일몰의 비낀 햇살이 등 뒤에서 지면에 드리우는 그 [그림자의] 거대한 또는 괴이할 수도 있는 모습을 보며 경탄하면서 거기에서만 배회할 위험이다. 오늘날 일본인의 마음을 사로잡고 있는 두 가지 강력한 힘의 사슬이 있다. 이 둘은 용처럼 서로 휘감고 있는데, 서로 생명의 보주(寶珠)를 독점하려고 싸우다가 때때로 둘 다 광란의 대해에 빠져버린다. 하나는 구체적이고 특수한 것을 통해서 흐르는 보편적인 것의 웅장한 전망(展望)으로 가득한 아시아적 이상이고, 다른 하나는 조직화된 문화를 가지고 분화된 지식을 전부 정렬하고 무장시켜 경쟁력이라는 날카로운 날을 세운 유럽의 과학이다.

두 가지 경쟁적인 운동은 한 세기 반 전에 거의 동시에 분기하였다. 이는 중국 및 인도 문화의 다양한 물결이—아무리 풍부한 색채와 힘을 가져다주었다 하더라도—모호하게 만든 저 통일성에 대한 감각을 일본에 다시 상기시키려는 시도 속에서 처음 시작되었다.

일본의 국민생활은 황위를 중심으로 하고 있는데, 아득한 옛날부터 연면히 이어지는 황통(皇統)의 광휘가 초월적인 순수 속에서 이 황위를 덮고 있다. 그러나 우리의 기묘한 고립과 장기간에 걸친 대외교섭의 결여는 자기인식의 기회를 모두 빼앗아 갔다. 그리고 정치에서는 우리의 신성한 유기적 통일의 전망이, 미나모토씨, 아시카가씨 그리고 토쿠가와씨가 이끄는 막부의 무단(武斷) 정치에 차례로 자리를 내준 후지와라 귀족의 정치가 이어지면서 얼마쯤은 가려져 있었다.

여러 세기에 걸친 이런 동면에서 우리를 깨우는 데 이바지한 여러 가지 원인 가운데 언급할 수 있는 것은, **첫째로 토쿠가와 시대 초기의 학문에 반영되어 있는 것과 같은 명대 학자들에 의한 유교의 부흥이다.** 중국에서 몽골 왕조를 전복시킨 명 왕조의 첫 번째 황제[1]는 불교 승려였다. 그렇지만 그는 대제국의 통일에 있어 송대 학자들의 신유학—인도의 사상에 토대를 둔 개인주의를 지녔던—을 위험 요소로 간주하였다. 그리하여 토착 [한족]의 정치적 우월성을 부흥하려는 시도에 앞서 이 신유학을 억제하고 또 몽골인이 중국에 들여온 티베트 탄트라교의 구름도 일소하려고 애썼다. 신유학은 불교적 해석이 더해진 유교이기 때문에 이 일은 황제가 순수 유교로 되돌아가려 한다는 것을 의미한다. 따라서 명대 학자들은 한대(漢代) 주석가들로 되돌아갔는데, 강희제(康熙帝)와 건륭제(乾隆帝) 아래 현재 만주 왕조 [淸]의 방대한 저작물에서 그 정점에 이른 고증학적 연구의 시대가 시작되었다.

이런 위대한 전례를 따라 일본의 학문도 자국의 고대사로 시선을

---

1) 주원장(朱元璋, 1328~1398)을 가리킨다. 고아 출신으로, 탁발승으로 돌아다니다가 홍건적에 참여하기도 했다. 군대를 모아 세력을 키워 마침내 1366년에 스스로 명왕이 되었고, 1368년에 명 왕조를 세워 황제가 되었다.

돌렸다. 한문으로 쓰인 뛰어난 역사 저술들이 나타났다. 그 가운데
는 지금으로부터 2백년 전에 미토공(水戶公)[2]의 명을 받아 편찬된
『다이니혼시(大日本史)』[3]가 있다. 이런 책들은 가령 마사시게(正
成)[4]와 같이 카마쿠라 시대 말에 영예로운 자기희생을 보여주며 죽
은 충의(忠義)의 영웅적 화신에 대한 열렬한 숭배를 표현하였고, 그
래서 독자는 일찌감치 선동을 당해 천황권의 재확립을 열망하게 되
었다.

　이 시대의 의미심장한 대화로는 다음과 같은 것이 있다. 인도와
중국 성자들에 대한 존경심으로 유명하고 뛰어난 학자[5] 한 사람이
반대론자로부터 이런 질문을 받았다. "당신은, 이런 위대한 스승들
에 대해 절대적인 경애를 보내는 당신은, 만약 부처를 대원수로 하

---

2) 미토공(水戶公) : 고산케(御三家) 가운데 하나인 미토한(水戶藩)의 2대 번주(藩主)인 토쿠
　가와 미츠쿠니(德川光國, 1628~1700)를 가리킨다. 토쿠가와 이에야스의 아들 가운데 아
　홉째가 오와리(尾張) 토쿠가와가의, 열째가 키이(紀伊) 토쿠가와가의, 열한째가 미토 토
　쿠가와가의 시조가 되면서 그 세 가문을 고산케라 불렀다. 에도의 쇼오군가에서 혈통이
　끊어지면 그들의 후손이 그 지위를 계승하였는데, 특히 미토 가문은 쇼오군의 보좌역을
　맡아 쇼오군의 후계자 인선에 큰 영향을 끼쳤다.
3) 저자는 "The History of Mighty Japan"이라는 영문 번역을 덧붙이고 있다. 이 역사서는 토
　쿠가와 미츠쿠니에 의해서 시작되어 메이지 시대에 완성되었다. 진무(神武) 천황에서 고
　코마츠(後小松) 천황까지—엄밀하게는 난보쿠쵸오(南北朝)가 통일된 1392년까지— 백대
　제왕의 치세를 다루고 있는 기전체 사서로서, 본기 73권, 열전 170권, 지와 표 154권 등 전
　체 397권이다.
4) 쿠스노키 마사시게(楠木正成, 1294~1336)다. 카마쿠라 말기의 무장(武將). 카마쿠라 막
　부의 멸망 뒤에 고다이고(後醍醐) 천황이 친정(親政)을 개시하면서 성립된 정권과 그 정책
　을 가능하게 한 주역이다.
5) 야마자키 안사이(山崎闇齋, 1619~1682)를 가리키는 듯하다. 그에게 이와 비슷한 일화가
　있었던 것으로 전한다.

고 공자를 부원수로 하는 군대가 일본에 침략해 온다면, 어떻게 하겠소?" 학자는 주저 없이 이렇게 대답했다. "석가모니의 머리를 쳐내고, 공자의 몸을 소금물에 담가 절이겠소!"

그로부터 한 세기 뒤에 산요오(山陽)•가 이 나라의 서사시적 이야기를 지었을 때, 그의 손에서 타오르고 있었던 것은 이런 횃불이었다. 지금도 그의 시구(詩句)에서 일본의 청년들은 자신의 조부들을 혁명으로 나아가게 했던 그 광적인 열성의 격렬함을 배우고 있다.

순수한 일본의 고대문학에 대한 연구는 모토오리(本居)[6]와 하루미(春海)[7] 같은 석학들의 선도로 세상에 널리 유행하였다. 문법이나 문헌학에 대한 그들의 방대한 저술은 현대의 학자들도 더할 것이 없을 정도로 뛰어나다.

이런 일은 당연하게도 신토(神道)의 부흥, 곧 불교가 전래되기 전에 일본에 존재했던 조상숭배의 순수한 형태였으나 오래도록 불교적 해석에 의해서, 특히 쿠우카이(空海)에 의해서 가려져 있던 신토의 부흥으로 이어졌다. 민족종교에서 이런 요소는 언제나 그 중심을 신의 후손으로서 천황의 인격에 두고 있다. 따라서 그 부흥은 늘 애국적 자각의 증대를 의미하지 않을 수 없다.

불교의 각 종파는 그들에게 세습적 특권을 부여했던 막부의 평화

---

6) 모토오리 노리나가(本居宣長, 1730~1801)다. 에도 시대 일본의 의사이자 국학자이자 문헌학자이다. 당시에 해독 불능에 빠졌던 『코지키(古事記)』를 독해하여 『코지키덴(古事記傳)』을 저술하였다.
7) 무라타 하루미(村田春海, 1746~1811)다. 에도 시대의 국학자이며 가인(歌人)이다.

적이고도 세속적인 태도로 말미암아 약화되어 있었으므로 이렇게 막 깨어나는 신토의 활력을 전혀 흡수할 수 없었다. 승려와 승직에 있던 자들이 즉각 절멸시키겠다는 위협을 받고 또 신토로 바꿀 것을 강요당했을 때, 통탄스럽게도 불교 사원의 보물이 파괴되거나 흩어진 것은 바로 이러한 사실에서 기인한다. 사실은 새롭게 개종한 자들이 스스로 열의를 갖고 '강제된 개종'이라는 이 화장용(火葬用) 장작더미에 파괴의 횃불을 더하였던 것이다.

민족이 다시 각성할 수밖에 없었던 두 번째 원인은 의심의 여지없이, 서양의 아시아 침략이 우리 민족의 독립을 위협한다는 그 불길한 위험이었다. 외부 세계에서 현재 일어나고 있는 일들을 지속적으로 전해주었던 네덜란드 상인들을 통해서, 우리는 유럽이 동양을 향해 뻗치고 있던 강력한 정복의 손길에 대해 알았다.

우리에게 가장 거룩한 기억으로 남아 있는 성지 인도가 그 정치적 무관심, 조직의 결여 그리고 대립하는 세력 간의 하찮은 질시로 말미암아 독립을 잃었다는 사실을 알았다. 그것은 우리로 하여금 어떠한 대가를 치르더라도 통일을 해야 한다는 필요성을 절감하게 해준 슬픈 교훈이었다. 중국에서 일어난 아편전쟁, 그리고 암흑의 배들이 바다 저쪽에서 끌고 오는 그 음흉한 마력에 동양 민족이 하나둘 차츰차츰 굴복하는 모습은 저 옛날 타타르 집단의 무서운 모습을 떠오르게 하여, 여인들로 하여금 기도하게 하고 남자들에게는 3백 년의 태평세월 동안 녹슬면서 신음하고 있던 칼날을 갈게 하였다. 코오메이(孝明, 1831~1867) 천황—현재 천황의 선친으로, 그 선견지명에 일본은 근대의 위대성 상당 부분을 빚지고 있다—이 지은 짧지만 의미심장한 시가 있다. 그것은 "그대 영혼의 힘 그 끝까지 최선을 다하라. 그런 뒤에 홀로 무릎을 꿇고 이세(伊勢)의 신풍(神風)을 빌어라. 그러면 타타르 함대를 물리치리라"는 것인데, 이 나라 국민의 사나이다운 자기 확신이 가득하다. 평정과 자애의 음악을 울리는 데 익숙한 사원의 아름다운 종들은 유서 깊은 종루에서 끌어내려져서 해안 방비를 위한 대포로 주조되었다. 여인들은 거울을 애국의 불로 펄펄 끓는 용광로에 집어넣었다. 그러나 국가의 지배적인 위치에서 벼리를 쥐고 있던 강력한 권력자들은, 이른바 서양 야만인의 호전적인 도전을 향해 아무런 준비 없이 성급하게 돌진할 경우에 이 나라가 겪게 될 위험을 잘 알고 있었다. 사무라이들의 광적인 분출에 맞서서 그것을 천천히 저지하는 일에 힘쓰는 한편, 서양과 교섭하도록 문호를 개방하려는 것이 그들의 역할이었다. 많은 사람들이 이이카몬(井伊掃部)[8]처럼, 이 민족은 무모한 자기주장을 할 준비가 되어 있지 않다고 선언하면서 자기 생명을 희생하였다. 이러한 사람들 및 미국의 무장 사절단에 대해서는 오래도록 감사하여야 한다. 미국의 국가 정책은 우리의 문호를 여는 것이었지만, 그것은 자기의 세력을 확장하려는 것이 아닌 계몽의 정신에 입각한 것이었다.

---

8) 이이 나오스케(井伊直弼, 1815~1860)다. 히코네번(彦根藩)의 13대 번주. 1858년에 칙허도 없이 일·미수호통상조약을 조인하여, 반막부(反幕府) 운동으로서의 존양(尊攘)운동에 불을 지핀 인물이다. 그에 대한 평가는 '불충한 신하'에서 '개국의 은인'에 이르기까지 진폭이 크다.

또 다른 그리고 세 번째 추진력은 남부의 다이묘오들에 의해서 주어졌다. 남부의 다이묘오들은 히데요시의 귀족이면서 이에야스의 동료였던 이들의 후손으로, 자신들을 거의 세습적인 가신의 지위로 떨어뜨린 토쿠가와 막부의 절대주의에 대해서 끊임없이 마음을 졸이고 있었다. 사츠마(薩摩)나 쵸오슈우(長州), 히젠(肥前), 토사(土佐) 등의 제후들은 늘 과거의 영화(榮華)를 생생하게 느끼고 있었고, 그래서 에도의 막부로부터 노여움을 산 자들이 도피해 오면 피난처를 제공했다. 그리하여 혁명의 새 기운이 자유롭게 호흡할 수 있었던 곳은 바로 그들의 영지 안이었고, 새로운 일본을 재건할 강력한 정치가들을 낳았던 곳도 바로 그들의 영지 안이었다. 오늘날까지 일본을 지배하고 있는 위대한 정신의 계보를 더듬어 올라가보면 틀림없이 그들의 땅에 이르게 된다. 이들 강력한 번(藩)들이 막부를 타도한 장군과 군인을 공급하였다. 비록 그 명예는 응당 공가(公家)인 미토가(水戸家) 및 막부 자체에 속한 에치젠가(越前家)[9]에 돌아가야 할 테지만 말이다. 두 가문은 협력하여 제국에 신속한 평화를 가져다주었으니, 모든 다이묘오와 사무라이를 끌어들여서는 오래도록 소유했던 봉토를 천황에게 함께 바치고 또 자신들의 특권을 포기하는 위대한 결단을 내려 국내에서 가장 비천한 백성과 똑같은 시민으로서 법 앞에서 평등한 존재가 되도록 하였다.

---

9) 에치젠의 마츠다이라가(松平家)를 가리킨다. 마츠다이라가는 토쿠가와 이에야스의 둘째 아들인 유우키 히데야스(結城秀康)를 개조로 하는 다이묘오 가문이다.

그래서 메이지유신은 거룩한 천황의 후광을 중심으로 하여 충의(忠義)라는 우리 민족종교의 위대한 재생인 애국정신의 불과 함께 타올랐다. 토쿠가와 막부의 교육제도는 모든 소년·소녀에게 똑같이 마을 학교에서 그 마을에 거주하는 훈장에게 가르침을 받도록 해서 읽기와 쓰기 지식을 보급한 것인데, 이것이 현 치세의 최초 법령 가운데 하나였던 초등의무교육령의 기초가 되었다. 그리하여 온 국민을 감격으로 떨게 한 거대하고 새로운 활력 안에서 신분의 고하 없이 모두 하나가 되었고, 군대에 징집된 가장 비천한 사람도 사무라이와 같이 죽음을 영예롭게 여겼던 것이다.

정치적 항쟁—1892년에 군주가 아낌없이 하사한 입헌정치[10]의 자연스러우면서 부자연스러운 자식들—에도 불구하고 천황의 말 한마디는 여전히 정부와 반대파를 화해시키고, 양쪽이 가장 격렬하게 의견 대립을 하는 동안에도 쌍방을 침묵시키고 황송하게 만들었다.

도덕 법전[11]은 학교에서 가르치는 일본 윤리의 받침돌인데, 이는 두루 포괄할 경의(敬意)의 말이 필요함에도 어떤 암시의 말로도 표현하지 못했을 때에 천황이 칙어로서 내린 것이었다.

한편, 네덜란드 상인들이 들어왔던 유일한 항구도시 나가사키의

---

10) 실제로는 1889년에 제국헌법이 발포되었고, 1890년에 제국회의가 열렸다.

11) 1890년 10월 30일에 발포된 「쿄오이쿠쵸쿠고(敎育勅語)」를 가리킨다. 교육의 근본방침을 명시한 것으로, 가족국가관을 세우고, 충효를 핵심으로 한 유교적 덕목을 기초로 하며, 충군애국을 구극의 국민도덕으로 삼았다.

학생들은 한 세기 이상 근대 과학의 경이로움에 대해 깜짝 놀라면서 차츰차츰 알기 시작하였다. 그들이 이 원천에서 모아들인 지리학적 지식은 인류에 대한 새로운 전망을 열어 보였다. 서양의 의학과 식물학은 처음에는 악조건 속에서 연구되었다. 유럽식 전쟁 방식은 사무라이들이 당연히 얻고 싶어 했던 것이지만, 그것은 그들을 심각한 위험 속에 빠뜨렸다. 막부에서는 그러한 시도가 모두 막부의 주권을 거스르는 방향으로 나아가는 것이라 여겼기 때문이다. 고고학자들이 로제타석[12]을 통해서 고대 문명의 수수께끼를 풀었던 것과 같이 네덜란드어 사전을 해독하는 일에 홀로 지멸있게 헌신했던, 서양 과학에 대한 이들 선구자들의 역사에 대해 읽다 보면 가슴이 찢어질 듯하다.

시마바라(島原)의 기독교도에 대한 끔찍한 학살로 끝난 17세기 제수이트파의 침해에 대한 기억은 몇 톤 이상의 선박은 건조하지 말라는 법령을 초래하였다. 또 네덜란드 사람들과 교섭을 위해 임명받은 관리가 아니면서 감히 외국인과 교통하려고 하는 자에 대해서는 사형으로 위협하였다. 이는 마치 서양 세계를 철벽 저쪽에 두고 문을 닫아건 것과 같아서, 우연히 해안에 표착한 유럽 선박을 타고 도항할 길을 구하기라도 하려면 크나큰 자기희생과 영웅심이 필

---

12) 로제타석Rosetta Stone : 1799년에 나폴레옹의 이집트 원정군이 나일 강 어귀 로제타 마을에서 발견한 비석. 기원전 196년에 고대 이집트의 왕 프톨레마이오스 5세를 위하여 세운 송덕비의 일부로서, 검은 현무암에 상형 문자·민간 문자·그리스 문자가 새겨져 있어 이집트 문자 해독의 열쇠가 되었다.

요했다.

그러나 지식에 대한 갈망은 억누를 수 없게 되었다. 두 경쟁 세력, 즉 남방의 다이묘오들과 막부가 맞서서 내전[13]을 준비한 일이 결국 프랑스 장교를 불러들이는 기회를 제공했던 것이다. 그런데 이 일은 아시아에서 영국의 세력 신장을 저지하려 했던 프랑스의 야심에서 촉발된 것이기도 하다.

미국의 페리Perry 제독이 출현하면서 결국 서양 지식의 수문이 열렸다. 그 지식은 이 나라 역사의 육표(陸標)를 거의 일소할 것 같은 기세로 갑자기 온 나라에 범람하였다. 이때 국민생활에 대해 다시 각성한 일본은 낡은 과거의 옷을 벗어버리고 새로운 의상을 몸에 걸치려는 열의를 불태웠다. 국가의 독립에 매우 위험한 동양주의(Orientalism)의 환몽으로 이 나라를 옭아매고 있던 중국 및 인도 문화의 족쇄를 끊는 일은 새로운 일본을 조직하려는 이들에게 최고의 의무처럼 보였다. 군비, 산업, 과학에서뿐만 아니라 철학과 종교에서도 그들은 서양의 새로운 이상을 추구하였는데, 아직 빛과 그림자를 분간하지 못하는 무경험자의 눈에는 그 이상이 경이로운 광채를 지닌 것처럼 빛나 보였다. 증기기관을 환영했던 것과 똑같은 열의를 가지고 기독교도 맞아들였다. 기관총을 받아들인 것과 똑같이 서양의 의상도 받아들였다. 제 고향에서는 낡아빠진 것으로 여겨지던 정치 이론과 사회 개혁을 여기에서는 맨체스터의 케케묵은 구식 상품

---

13) 막부와 쵸오슈우번 사이에 벌어졌던 전쟁으로, 1864과 1865년에 일어났다. 이 과정에서 서양식 군제 개편이 이루어지기 시작하였다.

에 달려들 때와 똑같은 새로운 기쁨을 가지고 환호하며 맞이하였다.

이와쿠라(岩倉)[14]와 오오쿠보(大久保)[15] 같은 대정치가들은 재빨리 나서서 유럽의 문물제도에 대한 이런 열광적인 애호가 이 나라의 오랜 관습을 대대적으로 파괴할 것이라며 비난하는 목소리를 냈다. 그러나 그들 역시 이 나라 국민이 새로운 경쟁에서 유능해질 수 있다면 어떠한 희생을 치르더라도 그리 대단한 게 아니라고 여겼다. 그리하여 근대 일본은 다른 어떤 것과도 비교할 수 없는 하나의 문제, 오로지 15~16세기에 이탈리아인이 지녔던 활발한 정신 활동이 직면했던 문제를 제외하고는 견줄 게 없는 문제를 풀어내면서 역사 속에서 독자적인 지위를 차지할 수 있었다. 왜냐하면 서양도 발전의 단계에서는 이중적인 과업과 씨름하지 않을 수 없었는데, 한편에는 오스만투르크의 발흥에 의해서 촉진된 그리스–로마의 문화가, 다른 한편에는 신세계의 발견, 개혁된 신앙의 탄생, 자유 관념의 대두 등에서 서양이 중세주의의 구름을 걷어내는 데 도움을 주었던 과학과 자유라는 새로운 정신이 있어서 이 두 가지를 흡수하고 동화해야 했기 때문이다. 그리고 이 이중의 동화에서 르네상스가 성립되었다.

저 위대한 르네상스 시대에 이탈리아의 군소 공화국들은 생활의

---

14) 이와쿠라 토모미(岩倉具視, 1825~1883)다. 메이지 정부의 최고지도자 가운데 한 사람. 자유민권운동이 고양되자 천황을 중심으로 메이지 국가의 기초를 공고히 하는 방침을 채용하고 추진하였다.

15) 오오쿠보 토시미치(大久保利通, 1830~1878)다. 메이지유신의 '삼걸(三傑)' 가운데 한 사람. 사츠마번의 하급 무사 출신이다. 1866년, 조정에서 사츠마번에 대해 토막(討幕)의 밀칙을 하사하게 하는 데 성공하고, 토막파의 유력자로서 왕정복고의 대호령(大號令) 발포를 실현시키면서 메이지유신의 지도자가 되었다.

새로운 해법을 찾으려고 서로 버둥질하면서 기세 좋게 표면으로 튀어 올랐다가 투쟁의 바람에 휩쓸려 가버렸다. 그 시대와 같이 이 메이지 시대도 애처로움과 우스꽝스러움을 띠기는 했지만, 독선적인 주장이 거품 일듯 들끓고, 세계에 대한 유례없는 관심이 충만했다.

개인주의의 무모한 소용돌이는 늘 자신의 폭풍 같은 의지를 법칙으로 삼으려 하였다. 그러더니 이제는 파괴의 고통 속에서 천공(天空)을 찢으려 하고, 다시 또 서양의 종교와 정치의 어떤 새로운 파편에 대해 미친 듯이 날뛰며 환영하고 있다. 만약 금강석같이 견고한 충의(忠義)로써 확고한 토대를 형성하지 않았다면, 그 소용돌이는 비등하는 혼란 속에서 이 나라를 때려 부수어 산산조각 내었을 것이다.

시초부터 중단되지 않고 이어온 [천황의] 통치권의 그늘 아래서 길들여진 이 민족의 기이한 집요함, 창시한 사람들조차 내버린 지 이미 오래된 중국이나 인도의 이상을 우리 사이에 퍼져 있는 완전한 순수성 속에 보존해오고 있는 바로 그 집요함, 후지와라 문화의 섬세함에 기뻐하면서 동시에 카마쿠라의 무사적 충정에 푹 빠지고 아시카가의 엄격한 순결을 애호하면서도 토요토미의 화려한 장관(壯觀)도 관용하는 저 집요함이, 돌연하고 불가해한 서양사상의 쇄도에도 불구하고 오늘날 일본을 본래대로 보존하고 있는 것이다. 근대국가의 생활은 강제로 일본에 새로운 색깔을 띠게 하고 있다. 그럼에도 [일본이] 변함없이 그대로 머물고 있는 것은 당연히 선조에 의해 훈육된 저 아드바이타(不二元)• 사상의 근본적인 지상명령 덕분이다. 일본으로 하여금 동시대 유럽 문명으로부터 자기가 필요로 하는 요소만을 갖가지 원천에서 뽑아오도록 만든 그 판단의 원숙함은 동양문화의 본능적인 절충주의에 힘입은 것이다. 청일전쟁은 동방의 해상에서 우리의 우위를 명확하게 하고 또 상호 우애에 있어 이전보다 더 우리를 밀접하게 만들기는 했지만, 이 전쟁은 한 세기 반 동안 자기를 발현하려고 힘썼던 새로운 국민적 활기의 자연적인 산물이었다. 이는 또 이 시대 원로 정치가들의 놀라운 통찰에 의해 여러 방면에서 예견되었던 것으로, 이제 아시아의 새로운 강국이 된 우리를 기다리고 있는 장중한 문제와 책임에 대해 우리를 각성시켜 주고 있다. 우리 자신이 과거의 이상으로 돌아가는 일뿐만 아니라, 오래된 아시아적 통일체의 잠자는 생명을 소생시키는 일도 우리의 사명이 된다. 서양 사회에서 일어나는 통탄할 문제들은 우리에게 인도의 종교와 중국의 윤리 속에서 더 고차원한 해법을 구하라고 한다. 독일의 철학이나 러시아의 정신성에서 보이는, 그리고 최근의 발전에서 보이는, 동양을 향한 유럽 자체의 쏠림은 유럽 민족들을 물질적 망각이라는 어둠 속에서 끄집어내 별들에 더 가까이 데려가 줄 인간 생활의 한층 더 미묘하고 한층 더 고상한 전망을 우리가 회복하는 데 도움을 준다.

메이지유신의 이중적 성격은, 정치적 의식과 똑같이 한층 더 고차원한 단계에 도달하려고 분투하고 있는 예술 분야에서 명백하게 드러난다. 역사적 탐구의 정신 및 고대 문학의 부흥은 예술을 토쿠가와 시대 이전의 유파들에게로 끌고 갔는데, 이는 우키요에의 대중적이고 민주적인 개념을 초월하는 것이고 또 곧바로 영웅적인 카마쿠라 시대의 토사파 수법으로 되돌아가는 것이었다. 학자들의 고고학적 탐구에 의해 그 재료가 풍부해진 역사화(歷史畵)가 유행하게 되었다. 타메야스(爲恭)[16]와 토츠겐(訥言)[17]이 카마쿠라 부흥의 선구자들이었다. 그리고 그것은 요오사이(容齋)[18]의 작품을 통해서 쿄오토의 자연주의파에 손을 댔고, 또 호쿠사이의 서민적인 화필에서 나쁜 영향을 받았다. 이와 대응되는 운동이 소설과 연극에서도 동시에 일어났다.

불교 사원의 신성(神聖)이 추락한 일, 예술을 하나의 사치 즉 지고한 애국적 희생의 순간에는 치명적일 수 있는 사치로 여겨 예술에 냉담해진 다이묘오들이 사방으로 보물을 흩어버린 일 등은 고대의 예술 가운데 지금까지 알려져 있지 않았던 쪽으로 예술가의 마음이 향하게 만들었다. 이는 그리스–로마의 걸작들이 르네상스 초기의 이탈리아인에게 계시한 것과 똑같았다. 따라서 메이지 시대 최초의 재건 운동은 미술협회의 주도로 고대 거장들을 보존하고 모방하는 일이었다. 귀족과 감식가들로 구성된 이 협회는 해마다 오래된 명작

---

16) 오카다 타메치가(岡田爲恭, 1823~1864)다. 에도 말기에 복고야마토에(復古大和繪)의 중심 화가. 카노오 에이타이(狩野永泰)의 아들로 태어났으나, 카노오의 형식화된 화풍을 떠나 쿄오토 주변의 풍부한 야마토에 유품을 통해 옛 화법을 홀로 연구하였고, 또 복고야마토에파를 배웠다.

17) 타나카 토츠겐(田中訥言, 1767~1823)이다. 헤이안과 카마쿠라 시대의 야마토에(大和繪)를 연구하여 복고야마토에파의 개조가 되었다.

18) 키쿠치 요오사이(菊池容齋, 1788~1878)다. 카노오파와 토사파를 배웠고, 무샤에(武者繪)와 역사화에 뛰어났다. 만년에 천황으로부터 일본화사(日本畵士)라는 칭호를 얻었다.

들로 전람회를 열고 또 보수주의 정신을 가지고 경쟁적으로 전람회를 개최하였지만, 이 보수주의는 당연하게도 차츰차츰 형식주의와 무의미한 반복으로 떨어졌다. 반면에 토쿠가와 시대 후기에 천천히 지반을 쌓고 있던 서양의 사실주의파 예술에 대한 연구, 곧 시바 코오칸(司馬江漢)[19]이나 아오오도오(亞歐堂)[20]의 시도에서 특히 두드러진 연구도 이제는 어떠한 구속도 받지 않고 성장할 수 있는 기회를 포착했다. 미(美)와 과학, 문화와 산업이 뒤섞인 서양의 지식에 대한 열망과 깊은 경탄은 가장 저급한 착색 석판화조차 주저 없이 위대한 예술적 이상의 표본으로 받아들이게 하였다.

우리에게 이르렀던 예술은 가장 쇠퇴기의 유럽 예술이었으니, 세기말의 탐미주의가 자신이 저질렀던 잔혹한 행위를 속죄하기 전의 것, 들라크루아Delacroix(1798~1863)가 굳어버린 관학파적 명암법의 베일을 들어올리기 전의 것, 밀레(1814~1875)와 바르비종파[21]가 빛과 색채에 대한 신탁을 받기 전의 것, 러스킨[22]이 라파엘전파

---

19) 시바 코오칸(司馬江漢, 1747~1818) : 에도 후기의 양풍(洋風) 화가. 어려서는 카노오파의 화가에게 배웠고 또 스즈키 하루노부(鈴木春信)의 문하에도 있었으나, 나중에 서양문화에 깊은 관심을 가지면서 양풍화(洋風畵, 서양 화법에 의해서 그린 일본 회화)로 전향하였다.

20) 아오오도오 덴젠(亞歐堂田善, 1748~1822)이다. 에도 후기의 양풍 화가. 처음에는 시바 코오칸의 제자가 되었으나 파문을 당하였다. 그래서 주변 난학자(蘭學者)들의 도움을 받아 동판화와 유화 기술을 습득하였다. 그의 동판화는 코오칸보다 기술에서 앞서고, 인물을 중심으로 한 풍속화적 경향이 강하다.

21) 바르비종파Barbizon : 1830년 무렵에 프랑스 파리 교외의 바르비종이란 경치 좋은 마을을 중심으로 농촌 풍경과 농민 생활 따위를 낭만적이고 서정적으로 그렸던 유파로, 밀레, 코로 등이 대표적이다.

Pre-Raphaelite[23)]의 순수한 고결함을 해명하기 전의 것이었다. 따라서 정부의 미술학교—이탈리아인 교사들이 임명되어 가르쳤던 곳—에서 시작된, 서양을 모방하려는 시도는 그 초기부터 어둠 속을 기었는데, 그럼에도 오늘날까지 진보를 방해하고 있는 매너리즘의 견고한 껍질을 처음에는 성공적으로 이용했다. 그러나 메이지의 활발한 개인주의는 사상의 다른 순환 안에서는 생명으로 충만하였다. 그 때문에 정통 보수주의 또는 급진적 서구화주의가 예술에 부과한 그 고정된 홈을 따라 움직이는 일에는 만족할 수가 없었다. 이 시대의 첫 10년이 지나고 내전의 상흔에서 어느 정도 회복되었을 때, 성실한 제작자 한 무리가 예술 표현의 제3지대를 창설하려고 노력하였다. 그것은 고대 일본예술이 지닌 여러 가능성을 더욱 고도로 실현함으로써 그리고 서양의 예술창조에서 가장 공감하는 운동에 대한 애호와 지식을 목적으로 하면서 새로운 토대 위에 민족예술을 재건하려는 것이었는데, 그 기조는 "자신에게 충실한 삶"이어야 했다. 이 운동의 결과, 토오쿄오의 우에노(上野)에 관립미술학교가 설립되었고, 1897년에 교수회가 분열된 뒤에는 토오쿄오 교외의 야나카(谷中)에 있는 일본미술원(日本美術院)이 이 운동을 대표하였다.[24)]

---

22) 존 러스킨John Ruskin(1819~1900)이다. 영국의 미술 비평가이자 사회사상가. 고딕 형식을 옹호한 〈건축의 일곱 등불〉을 발표하여 미술 평론가로서 이름을 떨쳤다. 나중에 예술이 민중의 사회적 힘의 표현이라는 예술 철학에서 눈을 돌려 당시의 기계 문명이나 공리주의 사상을 비판하였다.

23) 라파엘전파Pre-Raphaelite : 19세기 중엽 영국에서 일어난 예술 운동. 헌트(W. H. Hunt)와 로세티 등이 1848년에 그룹을 결성하여 라파엘로 이전의 르네상스 예술에서 겸허하게 배우는 사실적이고 소박한 화풍을 지향하였으나, 십 년이 못 되어 활동을 중지하였다.

일본미술원이 2년마다 여는 전람회는 이 나라의 현대 예술 활동에서 지극히 중요한 요소가 무엇인지를 드러내 보여준다.

이 유파에 따르면, 자유는 예술가의 최대 특권이지만 그것은 언제나 혁신적 자기개발이라는 의미에서 자유다. 예술은 이상적인 것도 현실적인 것도 아니다. 모방은 그것이 자연에 대한 모방이든 과거의 거장에 대한 모방이든 특히 자기에 대한 모방이든 간에 개성의 실현에 있어서는 자살행위와 같다. 개성은 인생이라는, 인간이라는, 자연이라는 웅대한 연극에서 비극이 되든지 희극이 되든지 간에 늘 하나의 독창적인 역할을 실현하는 것을 즐거워한다.

또 이 유파에게는 아시아의 오래된 예술이 어떠한 근대 예술보다도 더 타당한데, 그것은 모방의 과정이 아닌 이상주의의 과정이 예술 충동의 존재이유이기 때문이다. 이념의 흐름이야말로 현실적인 것이다. 사실이란 우연적인 사건에 지나지 않는다. 있는 그대로의 것이 아니라 넌지시 비추어진 무한(無限)이야말로 우리가 예술가에게 요구하는 것이다. 따라서 선(線)에 대한 감각, 아름다움으로서 명암, 정서의 구체화로서 색채 등이 힘으로 여겨지고, 또 아름다움의 추구, 이상적인 것의 표현은 자연주의파 사람들의 어떠한 비판에 대해서도 충분한 대답이 되는 것으로 간주된다.

장식적인 외관에 있어 자연의 단편들, 곧 우레가 잠들어 있는 먹

---

24) 관립미술학교 곧 토오쿄오미술학교의 개교에 노력을 기울였던 오카쿠라 텐신은 1890년에 교장으로 취임하였다. 그러나 1898년 3월에 교장을 사직하게 되었고, 그해 10월에 일본미술원을 개설하였다.

구름, 솔숲의 강력한 침묵, 도검(刀劍)의 흔들림 없는 평정, 어둑한 흙탕물에서 솟아난 연꽃의 영묘한 순수, 별과 같은 매화의 숨결, 처녀의 옷을 더럽힌 영웅의 핏자국, 영웅이 늙어서 흘리는 눈물, 전쟁의 공포와 비애의 교차, 또는 어떤 성대한 영화(榮華)의 스러지는 빛—이런 것들은, 보편적인 것을 배후에 숨겨두고 있는 가면에 예술적 의식이 계시의 손을 대기도 전에 빠져드는 기분이요 상징이다.

따라서 예술은 종교의 찰나적 정지가 되거나, 사랑이 무한을 추구하는 순례의 길에서 반쯤 무의식 상태로 멈추어 서서는 완성된 과거와 어스레하게 보이는 미래—꿈과 같은 암시로, 그 이상 확고한 것은 없지만 일종의 영혼의 암시이고 고귀함으로는 그 아래도 아닌—를 응시하기 위해 서성거리는 순간이 된다.

그래서 기술은 예술적 전투의 무기에 지나지 않는다. 해부학이나 원근법 같은 과학적 지식은 군대를 지탱해주는 병참부에 지나지 않는다. 일본의 예술은 이런 것들을 서양으로부터 안전하게 받아들여서 그 자신의 본성을 손상시키지 않을 수 있었다. 이상이란 것은 예술적인 마음이 움직이는 양식이고, 그 나라의 본성이 전쟁에 부과하는 전투계획이다. 그 내부와 배후에는 언제나 대원수가 있으니, 그는 흔들리지 않고 아무 말이 없으며 단지 눈썹을 찡그리는 것으로 평화나 파괴의 신호를 보낼 뿐이다.

주제의 범위와 그 표현의 방법도 예술적 자유라는 이 새로운 관념 아래에서 한층 더 넓게 자란다. 고(故) 카노오 호오가이(狩野芳崖),[25] 현존하는 당대 최고의 거장 하시모토 가호오(橋本雅邦)[26]

및 그들을 뒤따르는 수많은 천재들은 기법의 자유자재한 활용뿐만 아니라 예술의 주제에서 그들의 개념을 확장한 것으로도 유명하다. 이 두 거장은 막부 말기에 주요한 카노오파 의숙의 고명한 교수였는데, 아시카가 시대와 송대 거장들의 부활을 옛날 그대로의 순수성 속에서 꾀하였고, 아울러 토사파와 코오린(光琳)의 채색파에 대해 연구하면서도 동시에 쿄오토파(京都派)의 미묘한 자연주의도 잃지 않았다.

민족 신화나 역사적 연대기의 고대적 정신이 이들 화가들 위에 입김을 내뿜고 있는 것은 아이스킬로스[27]로부터 바그너와 북유럽의 시인들에 이르기까지 예술에 있어서 일어난 모든 위대한 부활의 시대와 똑같으며, 그들의 회화는 이런 위대한 주제에 대해서 새로운 불길과 의미를 부여하는 것이었다.

카노오 호오가이의 마지막 걸작은 보편적인 어머니인 관음(觀音)을 인간적인 모성의 자태로 묘사한 것이다. 관음은 허공에 서 있고, 삼중 후광은 금빛으로 빛나는 청정한 하늘에서는 보이지 않으며, 한

---

25) 카노오 호오가이(狩野芳崖, 1828~1888) : 1884년에 오카쿠라 텐신의 눈에 띄어 하시모토 가호오와 함께 일본화의 부흥에 노력하였고, 종래의 카노오파의 엄격한 필법에 서양화의 색채미를 도입하여 일본화의 근대화에 공헌하였다.
26) 하시모토 가호오(橋本雅邦, 1835~1908) : 카노오 호오가이와 함께 영재로 촉망받았으나, 메이지유신 때 전통예술을 돌보지 않으면서 생활고에 시달렸다. 그러나 오카쿠라 텐신의 눈에 띄어 일본화의 부흥에 노력하였다.
27) 아이스킬로스Aeschylos(기원전 525~기원전 456) : 고대 그리스의 3대 비극 시인 가운데 한 사람. 합창과 낭송만으로 이루어진 초기의 극예술을 노래와 대사 및 행위가 어우러진 형태로 끌어올렸다. 주로 운명에 저항하는 인간의 영웅적 자세를 묘사하였다.

손에는 수정 정병(淨甁)을 들고 있는데 정병에서는 창조의 물이 떨어지고 있다. 물방울은 떨어지면서 아기가 되고, 아기는 비구름 같은 배내옷에 감싸인 채 무심한 눈으로 관음을 올려다보면서 저 까마득한 아래의 검푸른 안개를 뚫고 솟아 있는 대지의 설봉(雪峰)으로 두둥실 떠와서 내려앉고 있다. 이 그림에서는 후지와라 시대의 그것과 같은 색채의 힘이 마루야마파(圓山派)의 우아함과 어우러져 신비적이고 경건한 자연을 열정적이고 사실적인 것으로 해석하는 데에 표현을 제공해주고 있다.

가호오의 〈장과로(張果老)〉[28] 그림은 셋슈우의 힘찬 풍격과 소오타츠(宗達)의 풍부한 양감(量感)을 결합시키고 있다. 그것은 진부한 도교적 관념을 화제로 삼아, 자신의 조롱박에서 막 끄집어낸 당나귀를 탐스런 미소를 띠고 바라보는 선인(仙人)을 통해 다시 표현한 것으로, 그 선인은 숙명론을 희롱하는 태도의 표상이다.

칸잔(觀山)[29]의 〈부처를 태우는 땔나무〉는 헤이안 시대의 웅대한 구도를 상기시키는데, 송대 초기에 힘차게 강조한 윤곽, 그리고 이탈리아 화가들에 필적하는 입체감의 표현 등이 풍부하다. 그것은 타

---

28) 장과(張果)는 중국의 대표적인 선인(仙人)으로, 도교의 팔선(八仙) 가운데 한 사람이다. 당 현종 때 궁정에 초대받아 갖가지 방술을 보여주었다고 한다.

29) 시모무라 칸잔(下村觀山, 1873~1930)이다. 카노오 호오가이와 하시모토 가호오의 지도를 받았고, 1889년에 토오쿄오미술학교에 입학해서는 텐신에게 훈도받았다. 탁월한 기법과 청신한 고전 해석으로 일관한 화가다.

30) 원문은 'renunciation'인데, 본래는 "포기, 단념, 자제, 금욕" 등을 뜻한다. 그러나 여기서는 "자기 자신을 기꺼이 내버린다"는 의미로 쓰였기 때문에 이를 적실하게 드러내줄 말이 없어서 '자기-버림'이라 번역하였다. 아래에서도 마찬가지다.

요코야마 타이칸의 〈부악비상(富嶽飛翔)〉. 기념우표로 발행될 정도로 유명한 그림이다.

오르는 땔나무 주위에 모여서, 언젠가는 지고한 자기-버림[30]의 빛
으로 세상을 채우도록 정해져 있었던 그 신비스러운 관 위에서 부서
지고 있는 영묘한 화염을 외경의 눈길로 바라보고 있는 아라한과 보
살들을 묘사하고 있다.

타이칸(大觀)[31]은 이 분야에 자신의 분방한 심상과 폭풍 같은 착
상을 끌어들였다. 그것은 제 영혼으로 모여드는 맹렬한 폭풍을 느끼
면서, 바람에 흔들리고 있는 수선화—침묵하는 순결의 꽃—를 헤치
고 메마른 언덕을 배회하는 〈굴원(屈原)〉에 잘 나타나 있다.

카마쿠라 시대의 서사시적 영웅들은 오늘날 인간의 본성에 대한
한층 더 깊은 통찰에 의해서 그려진다. 신화는 태양에 관한 의미 속
에서 해석되고, 중국과 일본 양국의 고대 민요는 또 우리에게 전인
미답의 영역을 열어준다.

조각과 다른 예술들도 이 길에 바싹 붙어서 따르고 있다. 코오잔
(香山)[32]의 놀라운 유약 칠은 초기 중국의 도예에서 잃어버린 비밀
을 되살린 것일 뿐만 아니라 색채에서는 새로운 코오린풍(光琳風)
의 꿈을 창출한 것이기도 하다.

------

31) 요코야마 타이칸(橫山大觀, 1868~1958)이다. 토오쿄오미술학교에서 하시모토 가호오
　　에게서 지도받고 또 텐신에게 훈도받았다. 1898년, 일본미술원의 창립에 가담하였다. 일
　　본화의 근대화를 꾀하여 대담한 몰선묘법(沒線描法)을 시도하였다가 몽롱파(朦朧派)라
　　는 악평을 얻었다.
32) 미야가와 코오잔(宮川香山, 1842~1916)이다. 메이지 시대에 일본을 대표하는 도예가.
　　고부조(高浮彫) 마쿠즈야키(眞葛燒)의 창시자다. 금으로 표면을 두껍게 입히는 사츠마야
　　키(薩摩燒)의 기법을 정밀하게 새기고 들어가서 표현하는 것으로, 사츠마야키의 기법에
　　변화를 준 새로운 기법이 곧 마쿠즈야키다.

칠기는 토쿠가와 후기의 섬세한 기교에서 해방되고, 한층 더 범위가 넓어진 색채와 재료에 푹 빠져 있으며, 자수와 장식용 직물(태피스트리), 칠보세공과 금속세공 등 자매 예술도 그들의 열린 영역 곳곳에서 새로운 생명을 호흡하고 있다. 그리하여 예술은 후원의 새로운 조건 및 기계 공업의 무시무시한 학대에도 불구하고 더 고차원의 생명에 도달하여 이 시대의 활력인 우리 국민의 열망을 표현하려고 애쓰고 있다. 그러나 남김없이 총괄하기에는 때가 아직 무르익지 않았다. 날마다 가능성과 희망의 신선한 요소를 열어 보이고, 다시 각성된 국민화의 계획 속에 한자리를 차지하기 위해 외치고 있다. 서양의 예술 활동은 말할 것도 없고 중국과 인도 또한 새로운 표현을 찾으려고 분투하면서 미래의 탐험가들이 머지않아 밟고 가게 될 웅대한 이상의 전망을 내놓고 있다.

1. **산요오**(山陽) : 『니혼가이시(日本外史)』와 『니혼세이키(日本政記)』의 저자로, 역사적 그리고 애국적 주제에 대해 노래한 시로 유명하다. 19세기 초반에 역사서술을 위한 재료를 구하려고 국내를 편력하면서 여러 해를 보냈다. 그가 구하고자 한 재료는 민족의식을 억누르려 노력했던 토쿠가와 막부에 의해서 입수하기가 매우 어려웠기 때문이다.

2. **아드바이타**Adwaita : 산스크리트 아드바이타는 둘이 아닌 상태를 의미하고, 존재하는 모든 것은 비록 외관상으로는 다양하지만 실제로는 하나라고 하는 인도의 위대한 교의에 적용되는 이름이다. 그러므로 모든 진리는 분화된 하나하나에서 반드시 발견될 수 있고, 온 우주는 세세한 모든 것에 틀림없이 수렴되어 있다. 따라서 만물은 똑같이 고귀하다.

15

전망

● 　아시아의 간소한 생활은 오늘날 증기와 전기를 생활 속에 둔 유럽과는 날카로운 대조를 이루지만, 전혀 부끄러워할 필요가 없는 것이다. 오래된 교역의 세계, 장인과 행상인의 세계, 마을의 시장과 성인 축일의 시장이 있는 세계, 작은 배들이 그 지방의 산물을 싣고서 큰 강을 따라 오르내리던 세계, 어느 저택에나 너른 뜰이 있어 거기에서 유랑하는 상인이 직물과 보석을 펼쳐놓고 아름다운 규방 여인들이 보고 살 수 있도록 한 세계, 그런 세계는 아직까지는 완전히 죽지 않았다. 그리고 그 형태가 아무리 변했다고 하더라도 대단한 손해를 보지 않고서는 아시아의 정신을 사멸시킬 수 없다. 왜냐하면 몇 시대 동안 전래되어온 가보인 공예적 그리고 장식적 예술은 그 정신에 의해서 전부 보존되어 왔고, 아시아는 그것을

잃는 순간 사물의 아름다움뿐만 아니라 그것을 만든 사람의 기쁨, 개성적인 상상력, 장기간에 걸친 노동의 인간화 등을 함께 잃지 않으면 안 되기 때문이다. 어쩌면 자신이 직접 짠 직물을 자신이 입는 것은, 자기 집에 자기가 사는 것이고, 정신을 위해 그 자신의 영역을 창조해준 것이리라.

확실히 아시아는 게걸스럽게 시간을 먹어치우는 교통기관의 지독한 환희에 대해서는 전혀 모른다. 그렇지만 아시아는 여전히 순례와 행각승이라는 더욱 깊은 여행문화를 간직하고 있다. 인도의 수행자는 마을의 아낙에게 빵을 구걸하거나 해질녘 어떤 나무 아래에 앉아서 그 동네 농부와 담배를 피우며 잡담을 나누는데, 그야말로 진정한 여행자다. 그에게 시골은 자연 그대로의 지형만으로 이루어져 있지 않다. 그것은 관습들과 연상(聯想)들의 결합, 인간적 요소와 전통의 결합으로서, 거기 사는 사람의 신상에 일어난 드라마의 기쁨과 슬픔을 한순간이라도 나누어 가진 사람의 부드러움과 우정으로 꽉 차 있다. 일본의 시골뜨기 여행자도 자신이 떠도는 길 위에서 명소를 떠날 때는 반드시 홋쿠(發句)[1] 또는 매우 짧은 시(詩)를 남기는데, 시는 가장 비천한 사람에게도 가능한 예술 형식이다.

이러한 경험 양식을 통해서 원숙하면서도 힘찬 지식으로서, 완고하면서도 온화한 어른의 조화로운 사상과 감정으로서 동양적인 개

---

1) 홋쿠(發句) : 한시나 와카(和歌)의 첫 구절. 5·7·5·7·7의 와카에서는 처음 다섯 자를 가리킨다.

성의 개념이 계발되었다. 이런 주고받기의 양식들을 통해서, 인쇄된 색인(索引)이 없이도 교양의 진정한 수단인 인간적인 교제의 동양적 관념은 유지되었다.

대조를 이루는 것들의 사슬은 무한정 길어질 수도 있다. 그러나 아시아의 영광은 이런 것들보다 더 적극적인 무엇이다. 그것은 모든 사람의 가슴에서 울리는 저 평화의 고동 속에 있다. 제왕과 촌부를 하나로 이어주는 저 조화 속에 있다. 모든 공감, 모든 예절을 그 결실로 삼는 통일성의 숭고한 직관 속에 있다. 이러했으므로 일본의 타카쿠라(高倉, 1168~1180 재위) 천황은 어느 겨울밤, 가난한 백성의 노변에 차가운 서리가 내리자 자신이 입고 있던 침의(寢衣)를 벗어주었던 것이다. 또 당 태종은 백성이 기아의 고통에 허덕이자 자신도 먹지 않고 지냈다. 우주의 마지막 티끌 하나까지 먼저 지복(至福)에 들어가지 않으면 열반에 들지 않겠다고 한 존재로 보리살타(菩提薩埵)[2]를 묘사한, 그 자기-버림의 꿈 안에 있다. 빈곤 주위에 위대함의 후광을 드리운, 인도의 왕후에게 엄격히 간소한 의복을 강제한, 거기에 앉는 제왕—세계의 위대한 세속 지배자 가운데서 오직 한 사람—은 결코 칼을 차지 않는다는 옥좌를 중국에 놓아둔, 그 자유의 숭배 안에 있다.

---

2) 보리살타(菩提薩埵) : 산스크리트 Bodhisattva를 음역한 것으로, 줄여서 보살이라 한다. 보살 가운데 지장보살은 지옥에서 고통받는 모든 중생이 구원받기 전에는 부처가 되지 않겠다고 서원하고, 법장비구는 괴로운 중생에게 깨달음을 주기 전에는 결코 부처가 되지 않겠다고 서원한다.

이런 것들이 아시아의 사상, 과학, 시가, 예술의 비밀한 힘이다. 자신의 전통으로부터 떨어져 나간 인도는 그 국민성의 정수인 종교적 생활을 불모로 만들고는, 비속한 것, 그릇된 것, 새 것을 숭배하는 자가 되려 한다. 중국은 정신문명 대신 갖가지 물질문명의 문제에 내던져져서는, 먼 옛날에는 그들 상인의 말이 곧 서양의 법적 계약서와 같도록, 또 농부라는 이름이 곧 번영과 동의어가 될 수 있도록 해준 저 고대의 위엄과 윤리의 단말마적 고통 속에서 몸부림치게 될지도 모른다. 그리고 아마(天) 종족의 조국인 일본은 정신적 거울의 순결함을 흐리게 하고 칼의 혼을 강철에서 아연으로 떨어뜨리는 데서 무심코 그 완전한 파멸을 드러낼지도 모른다. 그렇다면 오늘날 아시아의 과업은 아시아적 양식을 보호하고 복구하는 일이 된다. 그러나 이 일을 하기 위해서는 아시아 스스로가 이러한 양식에 대해 자각하고 있는지를 먼저 알아내고 발달시켜야만 한다. 과거라는 그림자는 미래의 약속이기 때문이다. 어떤 나무도 그 씨앗 속에 있는 힘보다 더 클 수는 없다. 생명은 늘 자기에게로 회귀하는 데에 있다. 얼마나 많은 복음(福音)이 이 진리를 말했던가! "너 자신을 알라!"는 델피의 신탁에 의해서 이야기된 최대의 비전(秘傳)이다. 공자의 나직한 목소리는, "모든 것은 그대 안에!"라고 말하였다. 훨씬 더 인상적인 것은 인도의 이야기로, 듣는 이에게 똑같은 가르침을 전해준다. 불교도의 이야기에 따르면, 한때 이런 일이 있었다. 위대한 스승은 당신 주위에 제자들을 모았다. 그러자 갑자기 그들 앞에―완전한 지자(知者) 금강역사(金剛力士)[3]를 제외한 모든 이들의 시력을 잃게 만들면서—가공할 자태, 대신(大神)인 시바의 자태가 찬란하게 빛을 냈다. 동료들이 눈먼 사이에 금강역사가 위대한 스승에게 몸을 돌려 말하였다. "가르쳐주십시오. 갠지스 강의 모래알만큼이나 많은 온갖 별과 신들 사이를 다 뒤졌어도 이렇게 찬연한 모습은 어디에서도 보지 못했습니다. 그는 누구입니까?" 이에 부처는 말하였다. "그는 너 자신이다!" 바로 그 순간, 금강역사는 지고한 경지에 이르렀다고 한다.

일본을 개조하고 또 동양 세계의 그 많은 것들을 쓰러뜨린 폭풍을 일본이 뚫고 나갈 수 있게 한 것은 좀 낮은 수준이지만 이런 자기인식이었다. 그리고 아시아를 다시금 일으켜 세워서 옛날처럼 확고부동하고 강력하게 만들어줄 것은 틀림없이 이와 똑같은 자각의 재생이다. 시대 바로 그것이 그 앞에 전개되는 다양한 가능성으로 말미암아 당혹해하고 있다. 일본조차도 메이지 시대의 엉키어 있는 실타래 안에서는 자신의 미래를 위한 실마리가 되어줄 저 하나의 실을 찾아낼 수 없다. 일본의 과거는 수정 묵주처럼 명징하게 면면히 이어져왔다. 야마토(大和)의 천재들에 의해서 인도의 이상과 중국의 윤리를 수용하고 정련하는 것이 민족의 운명이 되었던 아스카 시대 그 이른 시기에서, 이어지는 나라 및 헤이안 시대의 예비 단계를 거쳐, 후지와라 시대의 한없는 헌신과 카마쿠라의 영웅적 반동에서 그

---

3) 금강역사(金剛力士) : 산스크리트로는 "번갯불을 가지고 다니는 자"를 뜻한다. 대승불교에서는 장차 붓다가 될 보살 가운데 하나이며, 아촉불(阿閦佛)의 현현(現顯)이다.

광대한 힘을 드러내고 또 그토록 준엄한 열정으로 죽음을 구하였던 저 아시카가 무사의 엄숙한 열정과 숭고한 절제에서 정점에 이르기까지―이 모든 단계를 통해서 보면, 이 민족의 발전은 한 개인의 인격과 같이 명료하면서도 헷갈린다. 우리가 동양의 유풍(流風)에 따라 위대한 이상의 민주화라는 소강상태에서 활동의 주기를 끝내려 하고 있다는 것은 토요토미와 토쿠가와 시대를 통해서 보아도 분명하다. 서민과 하층계급은 겉으로는 활발하지 않고 평범해 보임에도 불구하고 사무라이의 헌신, 시인의 애수, 성자의 거룩한 자기희생 등을 자기 자신의 것으로 만들고 있었는데, 사실 그들도 자유로워지면서 국민적 유산에 참여하게 되었다.

그러나 오늘날 대규모의 서양 사상은 우리를 당혹케 한다. 우리가 말하듯이, 야마토의 거울은 흐려져 있다. 메이지유신과 함께 일본은 확실히 과거로 되돌아가서 거기에서 자기가 필요로 하는 새로운 활력을 구하고 있다. 모든 진정한 복고와 마찬가지로 그것은 무언가 다른 것을 지닌 하나의 반동이다. 아시카가 시대에 시작된 '자연에 대한 예술의 자기헌신' 은 이제 민족, 인간 그것에 대한 헌신이 되었다. 우리는 우리의 역사 속에 우리 미래의 비밀이 숨겨져 있다는 것을 본능적으로 알고 있고, 그래서 그 실마리를 찾으려고 마구잡이로 더듬고 있다. 그러나 만약 그런 생각이 진실이라면, 정말로 우리의 과거에 재생의 어떤 원천이 숨겨져 있다고 한다면, 이 순간 무언가 강력한 강화가 필요하다는 것을 인정하지 않으면 안 된다. 왜냐하면 근대적 속악(俗惡)이라는 타는 듯한 한발이 생명과 예술의 목구멍을 바싹 마르게 하고 있기 때문이다.

우리는 암흑을 가르고 나아가게 해줄 섬광 같은 칼을 기다리고 있다. 그것은 이 끔찍한 정적을 깨뜨리지 않으면 안 되고, 또 새로운 꽃들이 솟아나와 그 화사한 빛깔로 대지를 뒤덮기 전에 먼저 새로운 생기를 머금은 빗방울이 대지를 청신하게 적셔야 하기 때문이다. 그러나 그 대갈일성은 이 민족이 걸어온 천고의 길을 통해서 아시아 스스로 내질러야 한다.

안으로부터의 승리냐, 아니면 밖으로부터의 장대한 죽음이냐!

『동양의 각성』

The Awakening of the East

일러두기

1. 번역의 저본은 오카쿠라 텐신이 1902년에 영문으로 쓴 미간행 원고로서 그의 사후에 발견되어 간행된 *The Awakening of the East*(東京: 聖文閣, 1940)이다. 번역을 위해 『岡倉天心全集』 제1권(平凡社, 1980)에 실려 있는 오케타니 히데아키(桶谷秀昭)의 일본어 번역본인 『東洋の覺醒』을 참고자료로 활용하였다.

2. 원문의 이해를 돕기 위해 최소한의 설명을 곁들일 필요가 있어서 주석을 달았다.

3. 본문에서 옮긴이가 문맥의 흐름상 필요하다고 여겨서 덧붙인 말은 [ ]로 표시하였다.

『동양의 각성』(1902년)

I.

아시아의 형제자매들이여!

엄청난 고통이 우리 선조들의 땅을 뒤덮고 있다. 동양은 유약(柔弱)이라는 말과 동의어가 되었다. 토착민은 노예의 또 다른 이름이다. 우리가 온순하다고 하는 찬사는 반어적 표현이며, 서양인이 볼 때 우리의 예의바름은 소심함에서 나온 것이다. 우리는 상업의 이름으로 호전적인 무리를 환영하고 있다. 문명의 이름으로 제국주의자를 포옹하고 있다. 기독교의 이름으로 무자비함 앞에 고개 숙여 엎드리고 있다. 국제법은 흰 양피지 위에서 빛나고 있다. 그렇지만 부정(不正)의 그림자가 유색의 피부에 남김없이 어둠을 드리우고 있다.

왕권은 아직 전복되지 않고 있으나 흔들리고 있으며, 지상에는 더 이상 우리의 평온을 떠받쳐줄 평화가 없다. 기근의 그 앙상한 형상이 우리의 난로 곁에 앉아 있는데, 하늘은 이전에 우리에게 베풀어 주었던 은혜를 내려주지 않고 있다. 남자들은 수치심에 말없이 서로를 바라볼 뿐, 그 수치를 도저히 인정하지 못하고 있다. 이제 여자들은 영웅을 낳기 위해 결혼하지 않는다. 보스포루스 해협의 물은 백하[1]의 칙칙한 우울함을 비추고, 라지푸타나[2] 평원을 휩쓸고 지나가던 그 돌풍에 만주의 키 큰 풀들이 움츠러든다. 달도 없는 이 황량한 밤에 페르시아의 나이팅게일은 헛되이 울부짖는다. 꽃들은 지고 다시는 돌아오지 않는가? 봄은 영원히 사라져 버렸는가?

아시아의 형제자매들이여!

우리는 오래도록 이상들 사이를 헤매었다. 다시 한 번 현실을 직시하자. 우리는 무관심의 강을 표류했다. 다시 한 번 현실이라는 가혹한 해안에 상륙하자. 우리는 수정처럼 투명한 자제력을 지녔다는 자부심을 내세우며 서로를 고립시켜 왔다. 이제 비참함이라는 공동의 바다에 우리 자신을 녹여내자. 서구의 죄책감은 '황색 재앙'이라는 유령을 불러냈지만, 우리는 동양의 고요한 시선으로 '백색 재앙'을 주시하자. 나는 폭력이 아니라 남자다움으로 나아가자고, 공격

---

1) 백하(白河) : 중국 하남성(河南省) 백하진(白河鎭) 공리산(攻離山)에서 발원해 숭현(嵩縣), 남소현(南召縣), 신야현(新野縣) 등을 거쳐 흐르다가 양하구(兩河口)에서 당하(唐河)와 합류했다가 한수(漢水)로 흘러드는 강.
2) 라지푸타나(Rājputana) : "라지푸트(Rajput, 왕의 아들을 의미)족의 땅"이라는 뜻으로, 대체로 인도 서북부 곧 현재의 라자스탄주에 해당한다.

이 아니라 자의식으로 나아가자고 그대들을 부르고 있다.

유럽의 영광은 아시아의 굴욕이다! 역사의 진행은 서구가 불가피하게 우리를 적대하게 된 단계들에 대한 기록이다. 지중해와 발트해의 그 쉼없는 해양 본능은 사냥과 전쟁, 해적질과 약탈에서 비롯된 것인지라 농업 중심의 아시아가 누리던 대륙적 만족감과는 처음부터 뚜렷한 대조를 이루었다. 모든 인류에게 신성한 단어인 자유는 그들 서구인에게는 개인적 쾌락의 투영이었을 뿐, 서로 연결된 삶의 조화가 아니었다. 그들 공동체의 힘은 언제나 공동의 먹잇감을 덮치려고 단결하는 능력에서 나왔다. 그들의 위엄은 자신들의 쾌락을 위해 약자들에게 강요하는 데 있었다. 그들의 긍지는 사치라는 마차에 얽매인 무력한 자들에 대한 경멸에서 나왔다. 자유를 과시하던 그리스인들조차 스파르타의 농노들에게는 폭군이었고, 로마인들의 향락은 에티오피아인들의 땀과 갈리아인들의 피로 만든 것이었다. 서구인들은 자랑스레 평등을 내세우지만, 그들의 귀족 계급은 여전히 민중의 등에 올라타고 돌아다닌다. 부유층은 끊임없이 빈곤층을 짓밟고 있다. 그리고 영원한 유태인은 오늘날 그 어느 때보다 더 심하게 괴롭힘을 당하고 있다.

기독교는 동양의 평화를 전하는 메시지로서 한때 수평선을 뒤덮었지만, 자기 주장을 굽히지 않는 맹렬한 정신은 온유함의 바다 속으로 녹아들지 못했다. 중세 교회의 심리는 길들여지지 않은 짐승들이 절제의 쇠창살에 부딪치며 울부짖는 소리로 가득해 기묘하고 암울하다. 해질녘 고딕 양식의 아치 사이로 상처 입은 영혼들이 그

토록 붙잡기 두려워했던 무한한 사랑을 찾아 속삭이듯 날아다닌
다. 그들의 가장 위대한 찬송가는 안도감에 찬 고통의 한숨이지, 최
종적 결합이라는 축복에 휩싸인 처녀의 가슴에서 울리는 메아리가
아니다.

그러나 르네상스를 통해 서구인들은 어울리지 않는 동양적 종교
의 분위기에서 벗어나 새로운 활력을 들이쉰다. 그 활력의 광휘는
엄청나고, 그 죄악은 장엄하다. 그 기억할 만한 시대의 예술과 문학
은 족쇄에서 갑자기 풀려난 거인족들의 광란적인 환희로, 아니면
학교에서 해방된 소년 시절의 방탕한 외침으로 왁자하다. 근대의
정신은 신에게서 황금으로 홀쩍 넘어갔다. 영혼과 다투다가 좌절한
그들은 또 다른 형태의 정복에 나섰다. 외부의 자연에 대한 정복은
농업이고, 영적인 정복은 과학과 예술이었다. 수공업을 근대의 산업
으로, 거래를 무역으로 변모시킨 그 조직의 넘치는 에너지는 길드
를 공화국으로, 도시를 국가로, 왕국을 제국으로 만들고 군중을 프
랑스 혁명으로 이끌었다. 과학은 동일한 정신으로 유용성을 중시
해 전쟁을 기계학으로, 의학을 공학으로, 종교를 병원과 위생의 문
제로 전환했다. 지구를 에워싸고 있는 증기와 전기는 모든 대륙에
런던의 재단사와 파리의 모자 제작자를 떠넘긴다. 결합의 천재들이
모든 인종을 위해 짜고 누빈 단일한 의상이 그 상징이다.

르네상스는 또 이익이 될 만한 곳이면 세상 어느 곳이든 착취하
려고 뛰어다니는 저 사업의 알려지지 않은 면을 우리에게 보여준
다. 아메리카는 그들이 탐내던 인도의 부를 얻으려 시도하던 과정

에서 우연히 발견한 것에 불과하며, 그로부터 6년 뒤에 바스코 다
가마가 [남아프리카의] 희망봉을 돌아 [인도의] 캘리컷에 도달했
다. 우리 바다에서 엘도라도[3]를 찾겠다고 나선 저 모험가들에게 결
코 부족하지 않았던 것은 스페인의 잔인함과 포르투갈의 기만이었
다. 해외 상관(商館)의 허가가 제국으로 성장하고, 교회 설립의 인
가가 노예제로 이어질 줄을 누가 예견했겠는가? 그러나 이런 일들
은 우리가 관용한 대가였으니, 성부(聖父)들이 사기 행각으로 성자
의 반열에 오르고 쾌활한 해적들이 강탈한 일로 축성(祝聖)된 일도
마찬가지다.

17세기 초에 영국과 프랑스, 네델란드, 덴마크 등의 동인도 회
사들이 부상했지만, 그들의 정계 진출은 그들 상호간의 경쟁, 델리
(Delhi)의 그 견고한 무슬림 세력, 그리고 서구의 진격을 용감하게
견뎌내고 때로는 비엔나의 성벽으로 밀어붙이기까지 한 튀르크 제
국(오스만 제국)에 대한 두려움 때문에 오랫동안 저지되었다.

그렇지만 빛나던 초승달(오스만 제국)은 그 다음 세기에 서구
의 끈덕진 연합 앞에서 빠르게 스러졌고, 쿠츄크 카이나르지 평화
조약[4]의 재앙으로 러시아는 처음으로 포르테(Porte, 오스만 제국

---

3) 엘도라도(El Dorado) : 16세기에 스페인 사람들이 남아메리카에 있다고 상상한
   황금 도시.
4) 쿠츄크 카이나르지 평화 조약(Peace of Kutchuk-Kainardji) : 1774년에 다뉴브강
   하류의 쿠츄크 카이나르지에서 러시아-튀르크 전쟁을 끝내기 위해 체결된 조약.
   이 조약으로 튀르크는 러시아에 킨부른 요새를 비롯한 여러 지역을 할양하고 또 흑
   해와 에게해에서 자유롭게 통상할 권리를 주면서 크림 칸국의 통치권을 포기했다.

의 조정)의 내정에 간섭하게 되었다. 데칸(Deccan) 고원에서 마라타족(Mahratta)이 부흥하면서 촉발된 인도의 내분 그리고 아우랑제브[5]가 죽은 뒤에 이어진 무기력한 저항은 클라이브[6]와 헤이스팅스[7]에게 기운을 불어넣어서 그들이 다른 모든 회사들에 대한, 또 놀랍게도 그 나라 자체에 대한 영국의 지배권을 주장하게 만들었다. 1803년에 최후의 무굴 황제는 연금생활자가 되었고, 1839년에 압뒬메지트[8]는 유럽 열강의 보호 아래 오스만 제국의 술탄이 되었다.

앞으로, 멸망의 운명을 향해 앞으로 탐욕스런 무리가 달려간다. 극동 아시아는 이제 생체 해부를 당할 준비가 되었다. 우리는 1840년의 아편 전쟁으로 중국에서 백색 재앙을 겪었다. 그 전쟁은 모든 전쟁 가운데 가장 치열했던 전쟁으로, 우리는 유독한 상품을 받아

그야말로 튀르크에게는 재앙 같은 조약이었다.

5) 아우랑제브(Aurangzeb, 1618~1707) : 무굴 제국의 6대 황제. 그가 부흥하던 마라타족을 평정하지 못한 탓에 결국 무굴 제국도 쇠퇴하게 되었다.

6) 로버트 클라이브(Robert Clive, 1725~1774)를 가리킨다. 영국의 군인으로, 1744년에 동인도 회사의 서기로 인도에 갔다가 1747년에 영국군 장교가 되었다. 1757년에 플라시 전투에서 프랑스를 무찌르고 벵골 지역에서 영국의 지배권을 확보했다.

7) 워런 헤이스팅스(Warren Hastings, 1732~1818)를 가리킨다. 1750년에 동인도 회사의 서기가 되어 인도로 갔으며, 마드라스(오늘날의 첸나이) 참사회 차석이 되어 행정과 세금 제도를 개혁했다. 1773년에 인도 총독이 되어 영국의 인도 지배를 위한 토대를 다졌다.

8) 오스만 제국의 31번째 술탄인 압뒬메지트 1세(Abdülmecit, 1823~1861)를 가리킨다.

들이도록 포문 앞에서 강요당하고 영국의 활동 근거지로 홍콩을 강탈당했다. 1857년의 애로호 사건[9]에서도 영국과 프랑스 연합군은 아무런 명목도 없이 베이징을 침공해 이화원(頤和園)을 약탈했다. 이화원의 보물들은 오늘날까지도 영국이 자랑하는 예술 소장품이다. 2년 뒤에 프랑스의 삼색기는 사이공에서 펄럭이더니, 마침내 안남(베트남 중부)과 통킹(베트남 북부)을 보호령으로 선포하고 시암(태국)을 위협해 메콩강 남쪽으로 내몰아 움츠러들게 했다. 보호령이라니! 누구로부터 보호한단 말인가? 그 이듬해, 미국이 앞장선 전 세계의 무장한 대사관들은 일본의 문을 두드리며 일본의 의지에 반해서 개항을 요구했다.

하지만 왜 우리의 몰락에 대한 이런 이야기를 늘어놓는가? 왜 조선과 카스피해, 태평양 섬들과 페르시아 만의 끔찍한 희극과 고통스러운 익살을 이야기해야 하는가? 청일전쟁 이후의 삼국간섭[10]에 대해 들어보지 못했는가? 그때 서구의 우호적인 개입으로 만주가 사실상 러시아에 넘어가지 않았는가? 독일이 중국 중부의 요지인 교주(膠州)를 합병한 것을 보지 못했는가? 두 명의 선교사가 우리

---

9) 애로호 사건(Arrow Affair) : 1856년 10월, 광저우(廣州) 앞 주강(珠江)에 정박하고 있던 영국의 해적선 애로호에 청나라 관리가 올라가 중국인 선원들을 체포하고 영국 국기를 강제로 내리게 한 사건. 이 사건으로 벌어진 전쟁을 '제2차 아편 전쟁'이라 부른다.

10) 삼국 간섭 : 청일전쟁에서 승리한 일본이 1895년에 맺은 시모노세키 조약을 통해 요동반도를 차지하자, 러시아 · 독일 · 프랑스가 외교적 개입을 통해 일본의 철수를 요구하며 관철한 사건.

의 최고 성전을 모독한 데 격분한 중국의 폭도들이 그들을 죽였다
는 이유로 말이다. 연합군의 점령지에서 일어난 그 마지막 비극을
목도하지 않았는가? 전 유럽이 힘을 합쳐 강간과 약탈을 자행하며
자신들이 해적의 혈통임을 다시 한 번 증명한 일 말이다. 버마(미얀
마)는 어제만 해도 존재했는데, 이제 어디로 갔는가? 티바우(띠버
왕)의 홍옥들 속에서 만달레이[11]의 무고한 피가 울부짖는다. 코이
누르는 골콘다의 눈물 방울이다.[12] 그들의 저택과 박물관들 가운
데 파괴된 재화, 사원에서 훔쳐 온 보물들, 비명을 지르는 여성에게
서 빼앗은 보석들을 자랑하지 않는 곳이 있는가? 영국의 금본위제
는 [인도의] 벵골과 카르나티크를 약탈한 물품에 기반을 두고 있으
며, 그 자신들의 계산에 따르면 플라시 전투와 워털루 전투[13] 사이
에 10억 파운드가 은행으로 들어갔다고 한다. 참으로 서양의 영광
은 동양의 굴욕이다! 지식인으로서 나는 부끄럽다.

　세 개의 강력한 정복의 띠가 우리의 대륙에 드리워져 있다. 북쪽
으로는 러시아의 침략이 시베리아에서 급속하게 내려와 대련만[14]

---

11) 만달레이(Mandalay) : 미얀마의 마지막 왕조인 꾼바옹(1752~1885) 왕조의 수
　　도. 꾼바옹 왕조는 띠버왕(1878~1885 재위)이 1885년 영국과 전쟁에서 패함으
　　로써 수도를 내주고 멸망했다.
12) 골콘다(Golconda) : 인도 텔랑가나주의 하이데라바드에 있는 요새. 그 근처의 광
　　산이 코이누르 다이아몬드 같은 보석을 생산하는 광산으로 유명하다. 코이누르
　　는 영국 여왕의 왕관에 박혀 있는 다이아몬드로, 현재는 런던탑에 보관되어 있다.
13) 플라시 전투는 1757년에 벵골에서, 워털루 전투는 1815년에 벨기에 워털루 인근
　　에서 벌어졌는데, 모두 영국이 승리했다.
14) 대련만(大連灣) : 요동 반도의 동쪽에 있는 개방된 만 또는 정박지.

에서 파미르 고원을 지나 흑해까지 그 날개를 펼치고 있다. 남쪽으로는 인도에서 안전을 확보한 영국의 방어선이 수에즈에서 시작해 음모의 페르시아와 분쟁의 아프가니스탄에 있는 슬라브인들의 지대에 닿고, 싱가포르, 홍콩, 위해위[15]에서 동부 해안을 에워싸고 있다. 중앙으로는 사이공과 캐롤라인 제도(諸島)에서 시작하는 프랑스-독일 방어선이 두 방어선 사이를 가로지르고 있다. 따라서 아시아의 문제는 그들(유럽)의 과도한 군국주의가 초래할 험악한 충돌에 대한 안전판이 된다.

유럽의 평온은 동양에서는 항상 폭풍을 의미한다. 그들끼리 경쟁적 이해 관계로 충돌할 때만 우리는 일시적으로나마 평안해진다. 고대 제국들의 서글픈 생존자인 우리 가운데서 일본을 제외하고 누가 진정으로 독립국을 자처할 수 있겠는가? 살인이 서구인들 쪽에서는 사고가 되고 사고가 동양인들 쪽에서는 암살이 되며, 백인 증인의 조직적인 위증이 우리 모두의 증거와 증언을 뒤엎어버리는 영사재판[16] 법원의 은총을 우리 모두가 똑같이 누리고 있지 않은가? 강탈된 이권과 강제적인 관세, 우리가 무기력하게 분노하도록 부추기는 주민들, 우리에게 파멸을 권고하는 재정 고문들, 죽음보다 더 나쁜 위생 조치를 권장하는 의료 상담자들, 그 모두를 우리는 똑같

---

15) 위해위(威海衛) : 중국 산동 반도 동북단의 해안으로, 1898년부터 1930년까지 영국의 조차지였다.

16) 영사재판(領事裁判) : 강대국이 약소국 안에서 자국민을 피고로 하는 사건을 조약에 의해 자국 영사가 자기 나라 법률에 따라 재판하는 것.

이 두고 있지 않은가? 금을 빼돌리려는 배들이 드나드는 항구, 물길을 막고 우리에게 열병과 기근을 몰고 오는 거대한 철도, 우리의 가장 거룩한 이상에 저주를 퍼붓는 화려한 교회, 그들만이 휴양할 수 있는 값비싼 병원, 우리는 산책이 금지된 아름다운 공원 따위에 투자하는 것을 우리 모두 좋아하지 않는가? 이 모든 풍요를 우리는 누리고 있는데, 그보다 더한 것이 또 무엇이겠는가? 바로 굶주림.

정치적 패배의 대가는 노예의 처지이며, 경제적 정복의 결과는 고문이다. 18세기 후반, 유럽의 산업주의는 동양을 약탈하면서 챙긴 신용과 자본을 통해서 그 창조적 활력을 일으켰다. 제련에서는 석탄이 나무를 대체했다. 이제 무늬 짜는 북, 제니 방적기, 뮬 정방기(精紡機), 역직기(力織機), 증기 기관은 모두 가공할 만한 장비로 완성되었다. 농업에 참여하지도 않고 인류의 산업 계획을 완전히 해결하지도 않은 채 상업주의에 뛰어든 서구는 상품 시장을 찾는 데 혼신을 다 바치는 거대한 기계가 되었다. 이제 서구는 파는 쪽이고, 우리는 사는 쪽이다. 이제 전쟁은 그들의 공장에서 선포하고, 정치가의 수완은 우렁찬 제분소의 먼지로 뒤덮여 있다. 우리의 개별적인 거래가 저 조직화된 상업의 대대적인 포격에 맞서 살아남을 가능성은 얼마나 될까? 저렴한 가격과 경쟁은 숨어 있는 크루프 기관총처럼 생존한 수공업자들을 닥치는 대로 쓰러뜨린다.

우리는 무장 해제되었다. 고압적인 외교와 적대적인 법률로 말미암아 보호 의무가 거부되었기 때문이다. 토지와 노동에 기반을 둔 우리의 사회 체계는 기계와 자본이라는 군대에 굴복했다. 우리 공동체에서는 새로운 환경에 적응하기 위한 대규모 이주가 일어나고 있다. 비통한 시도들이 얼마나 잦은지! 백만 중국인의 엄청난 이민은 미국을 놀래키고 호주를 두려워하게 했다. 복잡한 대외 관계와 거듭되는 배상금으로 말미암아 불가피하게 늘어난 세금 징수 때문에 우리 농민과 장인 들이 고향을 떠나는 것일까? 우리의 나라가 우리 자식들을 모두 품기에는 너무 작아진 것일까? 중국인에게는 조상의 무덤 위로 흔들리는 소나무보다 더 소중한 것은 없다. 그런데도 마을은 텅 비고, 도시는 황량하다. 그들은 밥 한 그릇을 먹으려고 바다를 건너갔다. 왜? 무엇 때문에?

이제 인도의 깡마른 모습이 형언할 수 없는 슬픔과 함께 내 앞에 떠오른다. 고귀한 이상과 더 고귀한 위업의 조국, 영웅적인 쿠룩셰트라[17]와 강대한 마가다, 학식 있는 날란다와 빛나는 바라나시, 시타[18]와 시바지,[19] 비크라마디티야[20]와 악바르, 잔시[21]와 고빈드

---

17) 쿠룩셰트라(Kurukshetra) : 인도 북부 하리아나주의 한 도시. 서사시 『마하바라타』에서는 서로 권력을 다투던 카우라바와 판다바가 전쟁을 벌인 곳으로 나온다.

18) 시타(Sita) : 인도의 서사시 『라마야나』에 등장하는 여성 주인공. 비슈누의 일곱 번째 아바타인 라마(Rama)의 배우자이다. 힌두교 전통에서는 부인과 여성으로서 미덕을 갖춘 표본으로 존중되고 있다.

19) 시바지(Shivaji, 1630~1680) : 무굴 제국에 대항해 데칸 영토를 점령하고 1674년에 마라타 제국을 일으킨 군주.

20) 비크라마디티야(Vikramaditya, 기원전 77~기원후 15) : 인도의 전설적인 왕으로, 영토를 아랍과 유럽, 아프리카까지 확장했다고 전한다.

21) 흔히 '잔시의 여왕(Jhansi's queen)'으로 일컬어지는 인도의 여성 독립운동가 락슈미 바이(Lakshmi bai, 1828~1858)를 가리킨다.

싱[22] 등의 꿈으로 장식된 인도. 그러나 오늘 나는 아시아의 고아가 영원히 잃어버린 부모의 보살핌을 헛되이 구하는 모습을 본다. 불명예라는 보석들로 무겁게 장식된 가슴이 별처럼 빛나는 라자(제후)들과 나와브(지역의 태수나 토후)들의 인도, 기억해서는 안 될 고대의 영광을 젊은이들에게 숨기는 백발 대학자들의 인도, 수놓은 사리에 여인이 애국의 눈물을 떨구는 어렴풋한 규방들의 인도, 감히 항의하지 못하는 국민의회의 인도, 보호 받을 수 없는 생산 기업들의 인도, 기근으로 초토화된 논들의 인도, 전염병으로 폭동이 일어나는 시장의 인도, 수치심으로 얼룩진 기념비의 인도, 그런 인도를 나는 본다.

히말라야 산맥은 이 무언의 번뇌 속에서 평원에 머리를 숙인다. 영국 정부의 보고서가 그 조직적인 빈곤화 정책이라는 악마적인 비밀을 스스로 폭로하지 않았던가? 1850년에 인도인들의 하루 벌이가 2펜스(1/50파운드)였고 1900년에는 고작 3파딩(1/320파운드)이라는 사실을 영국인들의 통계가 증명하지 않았던가?[23] 무엇을 기대할 수 있겠는가? 늑대는 게걸스럽게 먹고, 양은 그저 울부짖을 뿐이다. 우리에게는 여전히 위대함의 그림자가 드리워져 있고, 그들

---

22) 구루 고빈드 싱(Guru Gobind Singh, 1666~1708)을 가리킨다. 전사, 시인, 철학자이며, 시크교의 지도자였다. 고빈드는 무굴 제국의 폭정과 박해에 대항하며 자신의 종교적 가치를 지키기 위해 스물한 번의 전투를 치렀다.

23) 파딩(farthing)은 영국에서 1960년까지 쓰인 통화이다. 1파딩은 1/4페니의 가치가 있으며, 1/960파운드에 해당된다.

에게는 반란의 기억만이 남아 있다.

산업의 정복은 끔찍하고, 도덕적 예속은 견딜 수 없다. 우리 조상의 이상, 우리의 가족 제도, 우리의 윤리, 우리의 종교는 날로 사라져 가고 있다. 이어지는 각 세대는 서양인과 접촉하면서 도덕적 활기를 잃어 가고 있다. 성취가 순수함, 총명함, 남자다움을 대체하고 있다. 우리는 자신도 모르게 우리에게 남은 모든 것을 전면적으로 파괴하는 데 일조하고 있다. 우리는 붕괴로 이어질 개혁을 시도하고 있다. 우리는 사회를 시험하면서 파멸로 치닫는 경쟁을 다그치고 있다.

우리의 몰락을 막으려고 외국의 지식을 탐구하는 일은 외국인의 잘못된 관점에서 우리의 마음을 바라보도록 훈련시킨다. 절망의 순간에 우리는 종종 정직함이 편리함보다 더 중대하다는 사실을 잊는다. 우리의 가장 위대한 지성에도 이상한 가설이 올라탄다. 궤변은 남자다움이 듣기 싫어하는 나약함에 큰 힘을 보태준다. 어떤 이들은 복종이 저항의 진정한 수단이라 주장하고, 많은 이들은 행동을 버리고 심사숙고해야 한다고 단언하는데, 이는 어떤 부흥도 일어날 시기가 아직 아니라는 데에 모두들 동의한 것이다.

유럽을 모방하고 숭배하는 일이 마침내 우리에게 자연스런 양상이 되었다. 캘커타(콜카타)나 토오쿄오의 부유한 젊은이들이 우스꽝스럽고도 슬프게 런던의 최신 패션을 과시하는 것은 널리 퍼진 인식의 표현일 따름이다. 유행을 좇는 우리 학자들이 [서구의] 근대 철학에서 쓸 만한 문구를 찾는 것처럼 그들은 옷차림에서 보호색을 찾고 있다. 산스크리트는 게르만어가 아니라서 야만스럽고, 타지마할은 이탈리아적이지 않아서 오점이며, 『사쿤탈라』는 괴테가 찬양했기에 경이로운 작품이고, 베단타 철학은 쇼펜하우어가 차용했기에 보물이다. 가우리샹카르 산은 에버리스트[24]가 히말라야를 발견하기 전까지는 존재하지 않았다. 티베트는 랜더[25]가 라싸를 꾸며내기 전에는 신화였다. 우리는 그들의 군대에 항복했고, 그들의 상품에 굴복했다. 그런데 우리는 왜 그들의 이른바 '문화'에 정복당하지 않았을까?

자, 잔치에 쓰는 그릇, 내가 가장 아끼는 물담뱃대, 옥으로 만든 아편 파이프를 꺼내 보라! 이것들은 적어도 내 생애에는 없어지지 않을 것이다. 우리가 살아 있는 동안에는 천년왕국이 결코 오지 않는다. 날씬한 산야신(수행자)이 아늑한 감방에서 잔치를 벌이게 하라, 쾌활한 파키르(탁발승)가 나무 그늘에서 노래를 부르게 하라, 푸념하는 관리가 형편없는 시를 짓게 하라, 늘 그랬던 것처럼! 세상은 적자생존의 터전인데, 우리가 왜 간섭해야 하는가?

우리의 어머니들이 노예의 기색을 띠고 있는 것에 부끄러워하라! 우리의 딸들이 겁쟁이들과 혼인하는 것에 부끄러워하라! 그들은 중

---

24) 영국의 측량기사이자 지리학자인 조지 에버리스트(George Everest, 1790~1866)를 가리킨다. 에베레스트산은 그의 이름을 따서 붙인 것이다.
25) 영국의 작가이자 탐험가인 헨리 세비지 렌더(Henry Savage Landor, 1873~1924)를 가리킨다. 렌더는 일본, 중국, 조선 등을 두루 여행했으며, 티베트를 여행한 뒤에는 『금단의 땅에서』(*In the Forbidden Land*, 1898)를 썼다.

국의 외교에 대해 왈가왈부하는데, 칼이 아니라 혀에 기대야 하는 국민에게는 화가 있으리라. 그들은 인도의 미묘함에 대해 가타부타 하는데, 제 몸을 갑옷으로 감싸는 대신에 생각을 말로 숨겨야 하는 국민에게는 화가 있으리라. 그들은 아라비아의 신앙에 대해 따따부따하는데, 섭리를 기다리며 신과 함께 행진하지 않는 국민에게는 화가 있으리라.

II.

아시아 국가들의 상호 고립은 그 오싹한 상황이 갖는 총체적인 의미를 이해하지 못하게 한다. 각 나라는 갖가지 문제들, 곧 왕조의 몰락, 권력자의 태만, 하늘이 내린 특별한 시련 따위를 자기 나라만의 문제로 여긴다. 그들은 자신의 문제에 당혹스러워하며 버둥질하느라 그 이웃들도 자신과 똑같은 불행을 겪고 있다는 사실을 외면한다.

동양의 가족과 국가의 자급자족 구조는 서구인들의 호기심을 자제시키는 관용을 발전시킨다. 자연이 할당한 영역 안에서 제국들은 광활한 사막 너머에, 험준한 산맥 뒤편에 내리퍼붓고 있는 운명을 알아채지 못한 채 흥망성쇠를 거듭했다. 주권은 종종 예의를 교환했고, 종교는 늘 이상을 주고받았으며, 평화는 끊임없이 예술과 어우러졌다. 그러나 외국의 정치에 대한 무관심은 그들의 보편적인 전통이다. 『마하바라타』는 중국의 비단에 대한 찬사를 빠뜨리지 않고, [동아시아의] 고승전은 인도인의 생활에 대한 기록으로 가득하며, [일본의] 나라(奈良)에는 페르시아의 디자인이 풍부하다. 그렇지만 [중국의] 진(秦) 제국(기원전 221~기원전 206), [인도의] 팔라 왕조(750~1162), [페르시아의] 사산 왕조(224~651)의 운명에 대해서는 서로 말하지 않는다.

우리 바로 앞의 수 세기는 복잡한 외국 정세 때문에 우리의 친교를 촉진하는 데 유리하지 않았고, 양자강에서 갠지스강으로 흘러들거나 바그다드에서 만리장성까지 펼쳐진 고대의 교류에 대한 기억조차 흐릿하게 만들었다. 지금 우리가 서로에 대해 아는 것이 얼마나 적은지 놀랍다. 우리는 유럽의 모든 언어로 지껄이고 있다. 그런데 우리 가운데 누가 자국어 외에 동양 언어를 하나라도 배웠는가? 페르시아와 천상의 삶 사이의 저 긴밀한 관계가 테헤란을 이슬람화한 보정부(保定府)[26]로 만들고 있다는 사실을 누가 알겠는가? 쿄오토를 일본화된 바라나시로 만드는 것이 힌두교와 대승불교의 내적 동일성이며 거기에서는 시바 신이 부동존(不動尊)으로, 사라스바티 여신이 변재천녀로 숭배된다는 사실을 누가 알겠는가? [영국

---

26) 보정부(保定府) : 중국 하북성(河北省)의 중서부에 위치한 명 · 청 때의 관청으로, 베이징에서 서남쪽으로 120km 지점에 있었다. '보정'은 "수도를 보호한다"는 뜻이다.

군이] 아프리디인[27]들에게 발포하라고 한 것[28]과 똑같은 함성을 향해 운남의 검은 깃발[29]이 나부낀다는 것을, [인도] 푸나의 차파르카 형제들에게 타오른 것과 똑같은 애국심으로 나마무기에 대한 사츠마의 분노가 깨어났다는 것[30]을 누가 알겠는가?

부끄럽게도 이웃 나라들에 대한 우리의 인상은 대부분 그 출처가 유럽이었으며, 의도적으로 왜곡된 것은 아니라 해도 당연히 그들의 해석에 물들어 있었다. 외교관이 날조한 섬뜩한 이야기, 선교사가 묘사한 끔찍한 식물들, 무엇보다도 문학적인 여행가의 풍부한 상상력은 혐오스러울 정도로 기괴하거나 비인간적이라 할 만큼 허황된 색채로 동양을 물들인다. 외국의 오해에 대한 우리의 무관심 그리고 우리의 유머 감각 자체가 이런 상상할 수 없는 중상모략에 내재한 어떤 모순도 우리가 간과하게 한다. 또 우리는 침묵이 우리 동포를 [서구인들이 저지르는 것과] 유사한 비방으로 오도할 수 있다는 사실을 잊는다.

---

27) 아프리디인(Afridi) : 힌두쿠시 남쪽에 뻗어 있는 사페드코 산맥의 동쪽 지맥(支脈)에서 파키스탄 페샤와르 군 경계에 이르는 산간지대에 사는 파슈툰족.
28) 영국이 아프가니스탄에서 벌인 제1차 영국-아프가니스탄 전쟁(1839~1842) 때의 일을 가리킨다.
29) 청나라 말기에 운남에서 한족(漢族)의 지배에 대해 무슬림들이 일으킨 반란, 곧 '운남 회족 반란'(1855~1873)을 가리킨다.
30) 1862년 9월 14일에 무사시쿠니(武蔵国) 다치바나군(橘樹郡)의 나마무기(生麥) 근처에서 사츠마번(薩摩藩)의 권력자인 시마즈 히사미츠(島津久光, 1817~1887)의 행렬에 말 탄 영국인들이 난입했는데, 사츠마번의 사무라이들이 그들을 무례하다는 이유로 살해한 사건이 있었다.

습관은 반성적 사고로는 상상조차 할 수 없는 것을 신념이라며 강요한다. 그대들은 중국이 공포에 질린 채 살고 있고 터키인들이 잔혹한 짓들에 짓눌려 있으며 인도가 음탕함에 젖어 무기력하게 앉아 있다고 생각하지 않는가? 멀리 떨어진 서구가 [우리 자신보다] 우리의 공감에 더 가까이 와 있다. 왜냐하면 우리의 성향은 명백한 것과 합리적인 것을 항상 자신과 동일시하고, 두려워할 만한 것과 미지의 것은 방기하기 때문이다. 그렇기에 하남(河南)의 반란[31]보다 뉴욕 5번가의 추문에 더 크게 흥분하며, 아라비 파샤의 패배[32]보다 파리의 대로에서 난 사고에 더 깊은 감정을 일으킨다. 시는 신문이 시작한 것을 완성한다. 우리는 그리스에서 바이런과 함께 울고, 힌두스탄에서 키플링과 함께 웃으며, 일본에서 피에르 로티[33]와 함께 방긋 웃는다.

그렇지만 결국 서양이 동양에 대해 뭘 알겠는가? 유럽인이 떠드는 동양학이란 사실은 그림자일 뿐이다! 옥스퍼드나 하이델베르크의 어떤 교수가 브라만의 전승에 대한 지식에서 인도의 이류 학자

---

31) 중국의 의화단 운동(1899~1901)을 가리킨다.

32) 아라비 파샤(Arabi Pasha, 1841~1911) : 이집트의 민족운동 지도자. 자국에 대한 서구 열강의 간섭에 반대했는데, 1882년에 무력 침공을 한 영국군에 대항해 싸우다가 패배했다.

33) 피에르 로티(Pierre Loti, 1850~1923) : 프랑스의 해군 장교이자 소설가. 세계 여러 나라를 두루 다니면서 이국 취향의 특이한 작품을 썼다. 1885년에 일본에 머물면서 일본 여성과 동거한 경험으로 쓴 소설 『국화부인』(1887)은 서구인이 일본에 대해 품고 있던 이미지에 큰 영향을 끼쳤다.

에 맞설 수 있겠는가? 베를린이나 소르본의 어떤 학자가 유교 고전에 대한 이해에서 중국의 삼류 관료와 견줄 수 있겠는가?

유럽에는 일본 미술에 대해 박식함을 자랑하는 권위자들이 있지만, 그들의 정보는 골동품상들의 잡담에서 얻은 것이다. 인도에는 페르시아 시에 대한 유명한 비평가들이 있는데, 그들의 명성이란 '토박이' 번역가들이 고픈 배를 움켜쥐고 한 노동 위에서 쌓은 것이다. 그들의 작품 가운데 일부는 공감할 수도 있겠으나, 그 모두 거만하기 짝이 없으며 깊은 통찰력을 보여주는 것은 하나도 없다. 동양에 대해 쓴 새 책들은 모두 [그 내용과] 관련된 나라에서는 상냥한 유감과 함께 환영받는다. 우리는 그 관점에 대해서는 궁금해하지만, 그 자료나 결론에 대해서는 전혀 궁금해하지 않는다. 하지만 이것들은 우리가 서로 정보를 주고받을 수 있는 유일한 수단이다. 동양학을 위한 공통된 문학적 매개의 결여, 외국어로 표현된 것에 대한 자연스런 거부감, 성급한 일반화로 얻는 값싼 허명(虛名)에 대한 경멸, 사상가들 간의 소통과 교류의 부재 따위는 우리의 공통 문명에서 기본이 되는 원칙을 마련하는 데 있어 일종의 고정된 장벽이다.

그렇지만 동양적 삶의 근저에 놓인 통일성은 상호 교류가 부족함에도 정확한 통찰력을 우리에게 제공해준다. 친밀함과 정보를 얻게 해 줄 수많은 이점을 누리는 가장 공감하는 서구인들조차 불가사의한 아시아적 특성을 이해하지 못한다. 동양인은 동양인하고만 곧바로 편안해 한다. 우리 아시아의 민족들은 각각 다른 민족과 동일한 사회적 이상을, 동일한 경제 체제를, 서로 똑같이 품고 있는 열망과 편견을 보여준다. 터번의 형태나 파자마의 재단은 외관상의 차이를 보여주고 목축을 하는 북방이나 어업을 하는 남방은 서로 다른 식단을 제공하지만, 방콕의 결혼 문제는 카이로의 그것과 같고 봄베이의 거리 풍경은 광동의 그것과 같으며, [조선의] 서울에서 일어나는 다툼은 [페르시아의] 수사(Susa)에서 일어나는 것과 다르지 않다. 우리는 모두 농업 공동체에 빚지고 있는데, 그곳에서는 가족이 사회의 단위이며 여성이 어머니로 숭배되고 노동은 의무의 상호 교환을 통해 조화를 이루며 자유가 관용을 통해 평가되고 자기 희생을 덕목으로 삼는다.

우리 선조들의 이동은 유사한 지역과 동일한 직업이 동시적으로 발전하면서 필연적으로 나타나는 통일체의 융합을 촉진했다. 베다 철학은 불교를 통해 고귀한 이상으로 인도, 중국, 일본, 시암, 버마를 하나로 묶었으며, 수피즘과 유사한 속성을 통해 [인도의] 잠부디바 전체를 상호 연관된 사상이 뒤얽힌 단일한 그물망으로 엮었다. [중국의] 천태지의(天台智顗, 538~597) 대사, [일본의] 코오보오(弘法, 774~835) 대사, [페르시아의] 하피즈(Hafez) 그리고 [인도의] 상카라차리야는 추상적 관념이 사랑 위를 떠다니고 보편성이 자비 속에서 융합되는 이 거대한 명상의 바다에서 빛나는 섬일 뿐이다. 몽골의 대초원은 그들 신화와 이미지의 많은 부분을 히말라야에 빌려주었고, 그것은 도교와 탄트라를 공통된 상징과 유사한 해석으로 아울렀다. 황하 계곡의 고색창연한 관념조차 아무르의 강둑에서 나일강에 이르는 이슬람 신앙의 가부장적 섭리 및 천상의 운명과 밀접한 관련이 있다고 주장할 수 있다. 이슬람은 말을 탄 유교라고 묘사되는데, 꽤 정확한 표현이다.

정신과 형식에서 아시아적 의식의 통일성은 우리 예술에서 가장 뚜렷하게 드러난다. 그 미묘한 세련미는 서구 예술의 미숙한 조잡함을 훌쩍 뛰어넘는다. 바르후트 난간과 페르세폴리스 기둥, 당나라의 거울과 아나라자푸라의 조각, 아잔타 벽화와 호오류우지(法隆寺) 벽화, 사라센의 유약과 원나라 도자기, 무굴 제국의 화가들과 한조(漢朝)의 화원 화가들 사이의 명백한 관계를 파악하는 데는 숙련된 비평가가 필요하지 않다. 아쇼카왕의 칙령이 대륙 전체에 끼친 그의 영향을 증명하지 않는가? 게테족[34]이 우리 국경에서 옥수스, 펀자브까지 떠돌아다니지 않았던가? 칭기즈 칸의 후손들이 델리의 왕좌에 앉지 않았던가? 인도에서 온 4천 명의 승려와 1만 가구가 한때 낙양에 거주하지 않았던가? 현장(玄奘) 이후로 우리의 걸출한 여행가들은 자신들이 가로지른 광활한 지역의 관습들이 놀라울 정도로 유사하다는 사실을 끊임없이 언급해 왔다. 그리고 이제 어떤 동양인이라도 잠깐만 접촉한다면, 어떤 아시아의 나라라도 한 번만 방문해 본다면, 우리가 친족이라는 그 압도적인 사실이 다시 한 번 드러날 것이다.

---

34) 게테족(Getae) : 도나우 강 하류 지역과 오늘날 남부 러시아 일부 지역에서 살았던 트라키아 출신의 고대 사람들.

우리 사회가 서구의 아시아 정복에도 견딜 수 있는 것은 이 통일성의 정신이었다. 왕조는 바뀌었지만, 그 옛날의 이상은 결코 약화되지 않았다. 타타르인은 중국에 흡수되었고, 무슬림은 힌두교와 합체되었다. 그러나 이제 서구는 완전한 이방인으로 와서는 자신들이 대체할 수 없는 질서를 전복하고, 우리가 철저한 파멸이라 여기는 계획을 강요하고 있다. 승리인가, 아니면 죽음인가?

오늘 우리는 오랜 이별 끝에 다시 만난 형제처럼 이제는 가버린 소중한 이들을 그리워하며 서로의 눈에서 감히 표현하지 못했던 위로를 찾고 있다. 인도에서 우리는 노인에게 인사하며 그의 걱정으로 초췌한 얼굴, 사내답게 굽은 허리, 떨리는 자존심을 눈물을 글썽이며 바라본다. 일본에서는 젊은이를 반기며 그의 자라고 있는 팔다리를 만지고 그 유치한 허세를 함께 놀리면서 은근히 자부심을 느낀다. 어쨌든 우리는 마침내 다시 만났다. 아시아의 정신에, 옴!

Ⅲ.

동양의 사회와 이상을 엄정하게 검토하면서 서양과 대비되더라도 전혀 두려워할 필요는 없다.

가족을 뜻하는 한자 '가(家)'는 한 지붕 아래의 세 사람을 나타내는데, 그 자체로는 아버지와 어머니, 자녀라는 동양의 삼위일체 사상을 상징한다. 이는 남편과 아내라는 서양의 이중주와는 대비된다. 그것은 바로 상호 사랑과 의무라는 끊을 수 없는 유대감으로 엮인 아버지의 돌봄, 어머니의 내조, 효성스런 복종이라는 삼중 관계와 관련된다. 이러한 삼위일체가 사회적 이상으로 확장되면, 아시아적 삶의 아름다움과 향기를 구성하는 자비, 형제애, 충성과 예의라는 꽃을 피운다.

서구의 이원성은 가족이라는 개념 안에서 완전히 용해되지 못했다. 개인은 사회 체계에서처럼 가족 안에서도, 기본적인 단위임을 결코 멈춘 적 없는 가족 안에서조차 자신을 강력하게 주장하기 때문이다. 이기적인 권리에 대한 주장과 개인 재산의 구분은 부부의 행복을 흐릿하게 만들었고 또 지극히 비참해 보이는 그들의 끊임없는 불화와 불행한 실패의 근원이 되었다. 결혼의 신성함은 세속적인 계약으로 격하되고, 순결은 종종 부정한 금으로 측정되었다. 그들의 자식은 둥지를 떠나 다른 곳에서 짝을 찾고, 여자들은 어머니가 아니라 안주인으로 숭배되고 있다. 그들이 짓는 시의 경쾌함, 기사도의 대담함, 그들의 본성에서 가장 부드러운 감정은 모두 상냥한 어머니가 아니라 숙녀의 사랑에 집중한다. 성적인 숭배는 그들의 삶에서 지나치게 중요한 위치를 차지한다. 그것이 그들의 감정에서 거의 전부이다. 우리에게는 일부일 뿐인데.

이런 상황들은 생존을 위해 경쟁하는 야생 사냥감처럼 짝짓기하던 약탈적인 야만인을 떠오르게 한다. 공동의 먹이를 위해 꼴사나운 이기심으로 뭉치고 피비린내 풍기는 불신으로 약탈품을 분배할 때 그들의 사회적 협력 방식은 원시적인 추적과 전쟁을 떠올리게 한다. 그들의 미덕은 공감과 형제애가 아니라 자립과 동료애로 발전했고, 그들의 사회 유형은 조화로움이 아니라 동일화로, 그들의 권력은 행정이 아니라 지배로 발전했다. 그들이 시베리아의 황무지나 메소포타미아의 평원을 떠돌고 있을 때, 우리 조상들도 선사 시대의 그 긴 밤에 똑같이 원시적인 단계를 거쳤을 것이다. 하지만 베다와 고대 중국의 지식은 최초의 그 어슴프레한 빛으로도 이미 사회 문화에서 그들보다 훨씬 앞섰음을 보여준다. 힌두쿠시 산맥의 산길과 섬서성(陝西省)의 계곡은, 지중해 반도에 약탈하는 식민지가 자리하기 훨씬 전부터, 그들이 독일의 숲들을 훑어가거나 발트해의 파도에 흔들리며 다니기 훨씬 전부터, 이미 가족의 화합이라는 기품을 지니고 있었음을 보여준다. 만약 복잡한 것과 동질적인 것이 단순한 것과 이질적인 것을 앞서는 것이라고 한다면, 동양 사회는 분명히 더 높은 영예를 차지할 수 있다.

서로 관련된 의무들의 조화를 보여주는 동양 사회는 경이로울 정도로 아름답다. 땅은 직업을 제공하고, 직업은 공동체의 이상을 제공했으며, 각 구성 요소는 완벽한 전체를 형성하며 결합했다. 가부장적 관념과 중앙집권적 세력의 투영인 동양의 군주는 전체 체계에서 공동사회주의의 다양한 요소들보다 더 중요하지도 덜 중요하지도 않다. 선양(禪讓)에 의한 것이든 혈통에 의한 것이든 천자는 민중의 바다 위에 떠 있는 배였다. 그 민중은 나막신을 두드리며 자유로운 노동의 기쁨을 노래했다.

카스트의 기원에 관한 베다의 우화는 인류의 다양한 직업이 동일한 브라흐마의 여러 부분에서 나와 사회에 필요한 기능을 수행하며 그 모두 신들에게는 동등한 것으로 받아들여진다고 이야기한다. 높고 낮은 박자로 비슷한 기쁨과 슬픔의 가락을 뽑는 공감의 음악은 공통적인 형제애를 통해 울려 퍼진다. '자비'라는 말은 불교의 전부이며, 마찬가지로 '인(仁)'은 유교의 전부다. 그것은 모든 중생이 구제될 때까지 열반하지 않겠다고 한 아디붓다[35]와 보살들의 자기희생에서 잘 드러난다. 기근이 온 나라를 덮쳤을 때 단식하거나 서리에 농부의 난로가 차가워졌을 때 따뜻한 옷을 벗어던졌던 군주들의 삶이 유교의 모범을 보여준다. 그러한 사실은 말 못하는 동물들에게도 친교를 베풀거나 병들고 늙은 짐승에게 지금도 거주지를 제공하는 그 숭고한 자비심이 입증해 준다. 계급의 구별이 존재했던 곳에서는 호전적인 사람들보다 평화적인 사람들을 고귀하게 만드는 경향이 있었다. 왜냐하며 진정한 문명은 폭력이나 유혈 사태를 좋아하지 않기 때문이다.

군대가 서양에서 누렸던 그런 우월한 지위를 동양에서는 결코 누린 적이 없다. 브라만은 항상 [전사 계급인] 크샤트리아보다 존경을 받았고, 중국에서는 문인들이 언제나 무신(武臣)보다 상위에 있었다. 무용(武勇)의 일본에서조차 사무라이들은 칼날을 벼리는 것보다 영혼의 거울을 닦는 일을 자신의 의무라고 주장하면서 종교

---

35) 아디붓다(Adi-Buddha) : 밀교 계통에서 천지가 창조된 초기에 스스로 태어나 우주를 창조했다고 하는 붓다로, 본초불(本初佛)로 한역된다.

처럼 칼을 칼집에 봉인해 두었다.

서양은 동양에는 자유가 부족하다며 자주 비난해 왔다. 참으로 우리는 그들이 서로 주장하던, 즉 군중 사이를 집요하게 밀치고 다니면서 [개가] 뼈를 보고 끊임없이 으르렁대듯이 주장하던 개인의 권리라는 저 조잡한 개념, 서양의 영광처럼 보이는 그런 개념은 갖고 있지 않다. 자유에 대한 우리의 관념은 이런 개념보다 훨씬 더 고상하다. 우리에게 자유란 개인의 내면에서 개인의 생각을 완성하는 데에 있다. 진정한 무한은 원이지, 뻗어가는 선이 아니다. 모든 유기체는 부분들이 전체에 종속된다는 것을 의미한다. 진짜 평등은 각각의 기능이 적절하게 실행되는 데 있다. 동양의 여성다움은 부자연한 남성성의 그 의심스런 특권에서보다는 어머니, 아내, 그리고 딸에게서 가장 자유롭게 나온다. 물고기는 허공에서 해방되어서는 안 된다.

동양의 달콤한 관용은 서양에서 가장 공격적인 요구로도 얻지 못한 것을 아낌없이 허락한다. 동양의 삶은 겉보기에는 절제된 듯 보이지만 서양보다 더 개성에 이바지한다. 서양의 획일성과 경쟁은 기계로 만든 값싸고 단조로운 상품 속으로 [사람들을] 몰아넣기 때문이다. 우리의 가장 가난한 사람들도 저녁 나무 아래에서 파이프 담배를 피우며 여유를 즐기는데, 그때 서양 정치의 엄격한 체제 아래에서는 생각지도 못할 자유로운 분위기에서 마을의 정치에 대해 토의하기도 하고 또 떠돌아 다니는 도사와 대화를 나누며 서양 철학자들은 도달할 수 없는 경지에 오르기도 한다.

우리 민족들의 삶에서 가장 심오한 사실이라 할 종교적 믿음은 이웃 나라 사람들의 호기심의 대상이 아니다. 우리는 결코 종교적 박해로 성 바르톨로메오 축일의 학살[36]이나 스페인 종교재판의 참상을 겪지 않았다는 것은 분명한 사실이다. 베다 사상의 발달은 그 자체로 이단의 역사이며, 그것으로 인도는 이제 종교 박물관이 되었다. 브라만교 교도들의 불교도 학살은 허구로 판명되었고, 아우랑제브의 이른바 광신적 행위는 [과도한] 세금 부과에 지나지 않았다. 중국에서 우리는 불교와 조로아스터교, 네스토리우스교와 이슬람교를 관용의 정신으로 동등하게 환영해 왔다.

그렇지만 동양의 위대한 자유는 여기서 그치지 않는다. 우리는 사회 안에서의 자유뿐 아니라 사회 그 자체로부터의 자유, 곧 [사회와] 단절한 삶도 누린다. 산야신, 비구, 도사, 라마(영적인 스승) 등은 황의(黃衣)를 입거나 황관(黃冠)을 쓰면서 세속의 이름과 사회적 인연을 뒤로하고 자연의 아이로 다시 태어난다. 그는 모든 카스트로부터 벗어나고 카스트 자체를 초월한다. 그는 애정을 밟아 뭉갠다. 그에게는 보편적인 사랑이 있기 때문이다. 구름이 그의 지붕이고, 산이 그의 잠자리이다. 몸에 걸친 가사를 날리는 시원한 바람처럼 그는 매이지 않고 돌아다닌다. 그는 여전히 자신이 머물며 명상하는 숲과 같다.

---

36) 1572년 성 바르톨로메오 축일 전날 밤인 8월 23일부터 10월까지 프랑스의 수도 파리에서 가톨릭 추종자들이 개신교 세력의 하나인 위그노들을 학살한 일. 이 학살로 사망한 이들의 수는 5천 명에서 3만 명 정도로 추산된다.

왕들은 신에게 절을 하지 않고 위대한 거지(행각승) 앞에 엎드린다. 사치스런 궁중을 드나드는 유력한 신하들의 꿈은 언제나 대나무 숲을 향했고, 그들의 한숨은 소나무 우거진 언덕의 부름에 응답했다. 모든 가장의 열망은 집안일을 아들에게 맡기고 물러나서 소박하고도 세련된 은거나 은둔의 삶을 살 나이에 도달하는 것이다. 코란에서 군주제는 없다고 단언하는 이슬람에서도 같은 정신이 수피즘을, 그리고 할도 마캄[37]도 어떠한 행위도 보지 않고 스스로는 아무 것도 보지 않는 파키르(fakir, 탁발 수도승)의 영광을 발전시켰다.

탁발은 기쁨이고, [수도사의] 고깔 달린 외투는 고행이다. 낯선 땅에서 자라나는 기독교의 수도원 생활은 곧바로 에세네파와 치료사들의 자유를 망각하고서 속박된 사회 안에 속박된 사회를 조직해 탐욕스런 성직자들의 수완과 야심 찬 로마 가톨릭의 그늘 아래 두었다. 우리는 동양의 승려들이 때때로 세속적인 욕망에 사로잡혔다는 사실, 우리에게도 로욜라, 리슐리외, 아벨라르가 있었다는 사실, 마스(Math)가 늘 금욕의 의지처가 아니었고 마우(Mau)가 종종 세련되고 편안한 거처였다는 사실을 부인하지 않는다.[38] 그러나 그 이상(理想)은 언제나 가장 높았다. 지팡이는 그것이 가리키

---

37) 수피즘에서 할(hal)은 개인의 노력으로 얻거나 유지할 수 없는 신의 은총이며, 마캄(maqam)은 수피가 신과 합일하는 경지에 이르기 위해 밟아가는 영적인 단계다.

38) 마스와 마우가 무엇인지 알 수 없다.

는 길에서는 신성한 것이었고, 가사는 그것이 가린 몸의 약점에 아무런 책임이 없다. 우리는 명예를 넘어선 이를 명예롭게 여기며, 받지 않으려는 자에게 베푼다.

사회적인 것과 초사회적인 것의 조화는 정말로 우리 문명의 전체 사상을 완성시키며, 사회적인 것, 아니 오히려 제국주의적인 것과 반사회적인 것 또는 무정부적인 것, 즉 물질주의적인 것과 청교도적인 것의 대립을 버릴 수 없는 서구의 편파성으로부터 우리 문명을 구원해준다. 그곳에서 왕들은 베르사유에서 단두대로 갈 수밖에 없고, 네로나 크롬웰이 될 수밖에 없다. 동양 정신의 자연스런 성찰은 상반되는 것들을 통해 전체를 추구하며, 눈물을 흘리면서 웃음 짓고 죽음을 비웃을 수 있게 한다.

중국은 단순히 세속적인 도덕의 땅이 아니며, 인도 또한 천상의 사색만을 일삼는 땅이 아니다. 중국의 베다인 『역경(易經)』에는 유가와 도가 학파의 요소들이 모두 녹아 있다. 유가는 사회적 이상을, 도가는 초사회적 이상을 대변한다. 베다는 『브라흐마나』와 『우파니샤드』의 어머니이며, 그리하스타(Grihastha, 결혼과 가정 생활)와 산야신(은둔 수행자)의 경쟁하는 개념을 구현한다. 역사 의식은 각각이 번갈아 우위를 차지함에 따라 이쪽에서 저쪽으로 옮겨가지만, 둘 가운데 어느 쪽도 저쪽이 이쪽의 보완임을 잠시도 잊지 않는다. 중국에서 주(周)와 한(漢) 왕조의 의례 체제는 북방에서 불교의 확산으로 강화된 육조(六朝)의 초월주의 학파의 반동으로 이어졌으나, 유교의 인의(仁義)는 도교에서도 위대한 원리로서 항상 존중

되었다. 인도에서도 브라만 시대 이후에 불교 시대가 이어지고 다시 푸라나 시대가 그것을 대체했는데, 보편적 해방의 위대한 요약본이라 할 『바가바드 기타』는 업(業)의 중요성을 결코 소홀히 하지 않았다. 아쇼카 왕과 비크라마디티야는 우리의 무제(武帝)와 태종(太宗)이 경쟁적인 학설의 신봉자들을 선호한 것처럼 브라만과 불교도 들을 모두 존중했다. 나중에 그들은 더 넓은 토대 위에서 만난다. 상카라차리야와 신유교 이후의 근대 아시아 철학은 표면상 적대 관계에 있는 것 모두를 포괄적인 하나의 체계 안으로 화해시키는 데 집중하는 경향이 있다.

동양의 성취는 아주 오랜 세월 동안 안정을 유지해 온, 그 자체가 승리라 할 사회 체계에 대한 찬사다. 우리는 세계의 모든 위대한 종교에 기여해 왔다. 그런 일을 개인들이 해냈으리라 생각하는가? 오히려 위대한 천재는 여러 세대, 때로는 여러 세기에 걸쳐 피우려 애쓴 꽃일 뿐이며, 언어와 관습, 사고 따위 환경이, 한마디로 공동의 삶이 강력하게 성장하면서 만들어낸 구성 재료일 따름이다. 그러므로 우리 가운데 있는 어떤 사람도, 오두막 문간에서 실을 잣는 여인도, 밭에서 힘써 일하는 농부도, 거지도, 상인도, 가장 허름한 순례자도 동양이 신앙의 세계에 준 위대한 선물에서 제쳐둘 수 없다.

유럽인에게 신성(神性)은 단지 확대된 유한한 자아에 지나지 않았다. 올림포스는 길들지 않은 열정으로 진동했고, 발할라는 야만적인 환락으로 떠들썩했다. 기독교에서는 인간의 신격(神格)을 넘어서 궁극적인 보편성을 내다보는 데까지 나아가지 못했다. 동양의 다신교는 의도적인 상징주의이지, 원시적인 의인화의 잔재가 아니다. 다양성 속의 통일성을 끊임없이 추구하는 우리 철학은 칸트 이래로 근대 유럽이 파악하려고 공연히 애쓰는 그 높이를 오래 전에 넘어섰다. 그들의 경험적 방법은 그들이 결코 더할 수 없는 합계를 필요로 하며, 그들의 형이상학은 분석하다가 길을 잃고 헤매는 분류하기일 뿐이다. 피상적인 사람들에게는 단순한 설명이 명료해 보인다. 사려 깊은 사람들에게는 반쪽짜리 진실의 나열이 애매함만 드러낸다. 수학, 천문학, 물리학, 의학 분야에서 동양은 오늘날의 과학적 개념을 고안한 창시자였다. 중국은 이 시대에 불행을 우리 해안으로 인도할 나침반을, 그리고 이제 우리의 고대 영광을 토대부터 허물 화약을 직접 발명했다.

예술에서 창조는 모방이 아니라는 점, 아름다움은 보편적인 것이 특수한 것에 대한 묘사가 아니라 특수한 것에 숨을 불어넣는 개별적인 삶 속에 있다는 점, 예술 정신은 해부학이나 원근법 같은 색다른 장식이 아니라 고유한 가락과 조화를 걸치고 있다는 점 따위를 서구는 여전히 분별하지 못하고 있다. 여기서도 성의 숭배와 육체적 개성에 대한 그들의 과도한 애호는 예술을 관능은 아니더라도 감상주의로 전락시킨다. 우리의 시인들과 화가들은 그들보다 더 숭고한 기분으로 자연에 다가갔다. 우리에게 대대로 내려온 솜씨 또한 서구 예술가들이 자랑하는 것보다 더 절묘한 마무리, 형태와 색채에 대한 더 고상한 감각을 발전시켜 왔다. 문학에서는, 아 우리의 광활한 은하계를 수놓은 찬란한 이름들을 왜 들먹이는가!

우리가 타락한 시대에도 우리의 지성은 그들과 다투는 것을 두려워하지 않는다. 영국이 공무원 시험에서 더 이상 무제한적인 경쟁을 허용할 수 없었던 것은 벵골인과 마라타인이 최고 영예를 가로채자 불안해졌기 때문이 아닌가? 독일의 실험실과 이탈리아의 무기 공장에 일본인의 이름이 좀 있지 않던가? 자가디시 찬드라 보스(Jagadish Chandra Bose, 1858~1937)가 최근에 뉴턴 이후로 가장 위대한 발견을 하고 또 동물계, 식물계, 광물계를 관통하는 통일성을 보여주지 않았던가? 심지어 신체적인 면에서도 아시아인은 인내력과 조작 능력뿐 아니라 근육 운동에서도 서구인을 능가할 수 있다. 링 위에서 가장 뛰어난 서구인들 가운데 누구든 펀자브의 날렵한 파보안이나 야마토의 교활한 유도에 도전해보라고 나는 권한다. 시크교도, 구르카족, 터키인, 그리고 일본인들의 용기는 이미 충분히 입증되었다. 유럽은 튜턴 기사단의 꽃이 우리가 휘두른 외날 곡도(曲刀)의 바람에 먼지처럼 흩어졌던 날을, 그들의 도시들이 우리의 격렬한 군마들의 발굽 아래에서 전율했던 날을 기억하지 못하는가? 전투에서는 맨 앞에 섰으나 인정받는 데서는 맨 뒤였던 헌신적인 토착민(구르카족) 연대가 얻은 영예를 영국은 훔쳐가고 있다.

서구의 무례함은 우리가 정체된 성장의 희생자라고 쓴 데서 잘 드러난다. 하지만 그들 자신도 특수한 발전의 비정상적인 표본이 아닐까? 우리는 그들의 돈과 악덕, 가면을 쓴 위선과 미혼의 딸들, 평화를 위한 군비와 사랑을 위한 입법, 인색한 사치와 술에 찌든 가난, 싸구려 교육과 야비한 인간성, 시간의 단축과 긴장된 희망 따위를 의아하게 여긴다. 상업주의는 자본을 제국주의화하지만 노동을 노예화한다. 파업이라는 폭풍이 휘몰아치고, 무정부 상태가 그 뒤에서 달아오른다. 내일이면 저울이 뒤집어질 수 있고, 동양에서는 구입을 거부할 수 있다. 공장은 목장이 아니고, 은행은 곡창(穀倉)이 아니다. 이 얼마나 큰 경제적 대격변이며 사회 구조의 붕괴인가! 그렇지만 유럽은 젊다. 르네상스는 어제 일이다. 유럽은 배울 여유가, 또는 다시 배울 여유가 있다.

외세가 우리에게 가한 성공적인 타격이 우리 문명의 열등함을 증명하는 것은 결코 아니다. 기생충의 침범은 대개 고등 생물이 겪게 마련인 슬픈 운명이다. 생명의 중요 기관을 갉아먹는 암의 악성 종양은 그 자체의 독성을 드러낼 지는 몰라도 그것이 자리 잡은 조직의 허약함은 보여주지 않는다. 그러는 동안 피에는 독이 스며들고 생명은 이울고 있다. 일어나라, 그리고 그 치명적인 방해물을 잘라 낼 때까지 멈추지 마라. 우리는 강건한 외과의사를, 희망의 간호사를 소리쳐 부른다.

우리의 회복은 자각이다. 우리의 치료는 바로 칼이다.

부활

서구의 침범에 대해 아시아의 제도들이 미약하게 저항한 것은 사실상 그 제도들의 강함과 우월성 때문이었다. 그것들 자체의 완벽함은 외부의 전쟁보다는 내부의 화합으로 이어졌다. 자유와 관용이라는 그 타고난 성질은 결과를 거의 따지지 않은 채 새로운 요소들의 유입을 조장했고, 그것들 자체의 도덕성은 아시아인들이 상상도 못할 [서구의] 배신에 대해 조금도 의심하지 못하게 했으며, 그것들의 교화적 성격은 최후의 수단이 아닌 한 침략에 맞서는 일을 항상 더디게 만들었고, 그것들의 원숙한 개성은 외세의 침략을 물리칠 수 있는 민족적 단결성을 저해했다.

동양의 제국들이 각각 차지한 광대한 영토는 셀 수 없이 많은 신앙들과 방언들이 서로 자유를 누리며 나란히 번영하도록 했으나, 소통이 수월하고 동원이 용이하도록 조직된 유럽의 소왕국들처럼 간단히 단결해서 움직이는 것은 불가능하게 만들었다. 쉰두 개의 방언과 무수한 민족들로 구성된 중국은 넓이가 4백만 평방마일이나 되어 유럽 전체보다 광대하다. 수많은 부족들과 분기된 종파들을 가진 이슬람 세계와, 열다섯 개의 언어와 무수한 예배 형태를 가진 인도는 둘 다 유럽보다 위대하다. 우리는 각자 자신 안에 하나의 세계를 품었음에도 상대를 압도하겠다는 꿈은 결코 꾸지 않았고, 단합시키는 적개심에서 비롯되는 민족 의식을 느낄 기회도 없었다.

슬프도다, 외부의 적을 갖지 못한 민족이여! 그들에게는 자신을 재건할 기회가 없으니.

한편, 서구는 끊임없는 지배욕을 통해 각자 그 제한된 영토 안에서 국민성에 대한 견고한 개념을 발전시켜 왔다. 더 협소한 영토는 심지어 그들의 혈관을 지나는 똑같은 맥박을 느낄 수 있는 수단이 되었다. 그들에게 처음으로 통일을 가져다 준 로마 제국은 중세에 로마 교황의 기독교 세계로 이어졌다. 그러나 규모에 대한 우리 아시아인의 개념은 서구가 획득한 판도를 무의식적으로 확대하게 만들었다. 우리는 크레시나 헤이스팅스[39]의 전투가 아프가니스탄이나 [인도의] 마이소르 같은 나라의 국지적 소요 사태보다 규모가 더 큰 것이 아니라는 사실을 잊고 있다. 카이사르의 영토는 칭기즈 칸의 영토에 견주면 아무 것도 아니었고, 그레고리우스의 권력은 [무굴 제국의] 영광스러운 악바르나 압바스 왕조의 칼리프보다 작은 영역에 미쳤다.

서양이 공동의 자기 방어를 위해 힘을 합치고 그리하여 오늘날 그들이 우리에게 재앙과도 같은 합동 공격을 할 준비를 하도록 기회를 제공한 데 대한 책임은 우리 동양에 있을지도 모른다. 그들의 성기사들은 폰타라비에서 함께 피를 흘렸고, 그들의 기사도는 아스

---

39) 크레시(Cressy)는 프랑스 북부 칼레 남쪽의 크레시앙퐁티외 마을을 영어식으로 표현한 것으로, 1346년 백년전쟁의 초반에 일어난 대규모 전투 지역이다. 헤이스팅스(Hastings)는 영국의 이스트서식스주에 있는 도시로, 1066년에 일어난 헤이스팅스 전투로 유명하다.

칼론 성벽 앞에서 고통을 받았으며, 그들의 군단은 다뉴브의 피비린내 나는 강둑에 집결했다. 그래서 이슬람교도라는 이름조차 그들의 어린아이들에게 적의를 불러일으키고, 이교도는 모든 농민에게 불가사의한 적이 되었다.

동방에서 고통을 겪은 선교사들의 이야기는 근거가 없든 마땅한 것이든 간에 십자군 전쟁 이후 계속해서 울려 퍼지던 대중의 심금을 건드렸다. 그들의 제국주의와 상업주의는 자신들의 야심찬 계획을 위해 그것을 재빠르게 이용하고 있다. 유럽의 국가들은 동방의 국가들을 향해 한결같이 위압적인 태도로 주저 없이 연합한다. 국제법은 미개인들에게는 봉인된 책일 뿐이며, 세력 균형이란 동양에서 약탈한 물품들을 공평하게 분배하는 것을 의미한다.

유럽의 정책은 지배를 위해서는 분열시켜야 함을 결코 잊지 않는다. 그들은 수니파와 시아파가 적대 관계를 이어가도록, 술탄과 샤(이란 국왕)가 국경 분쟁과 외교적 대립에 휘말리도록 힘을 기울였으며, 또 중국과 일본 사이에 전쟁이 일어나기를 간절히 바랐다. 인도에서는 힌두교도와 무슬림 사이의 분열을 조장하는 동시에 만주와 남중국 사이에서는 그럴듯한 공평함을 내세우며 불화를 유발한다. 그들은 각 지역이 고유한 방언을 사용하고 각 종파가 자신의 신이 아닌 다른 신들에 대한 숭배를 모독하게 하려고 지역적 애국심의 장점을 중언부언한다. 모든 지주가 항상 그 이웃과 소송을 벌이고 모든 봉건 군주가 귀족들과 대립하도록, 모든 아시아인이 자국민을 불신하도록 그들은 세심하게 관리한다. 그들은 우리가 대중을 융합시킬 수 있는 민족 영웅이나 공동의 이상에 대한 기억을 떠올릴까 두려워한다. 그리고 우리는 무지하게도 그들의 모략에 굴복했고 또 계속해서 굴종하고 있다. 단결이라는 우리의 성채는 조금씩 무너지고, 우리 형제들이 우리 앞에 놓인 운명을 알아채지 못한 채 쓰러지고 있다. 영국령 인도는 결국 정복된 것이 아니라 스스로 분신(焚身)한 것이다.

그러나 저 얄궂은 운명은 참으로 불가사의하다! 유럽의 제국주의는 자신을 파괴하게 될 무기를 마련해 왔다. 그들의 공격적인 무역은 우리에게 증기선과 철도, 전신(電信)과 신문을 제공했는데, 그것들은 관념의 일반적인 이해를 촉진하고 국가를 단일한 전체로 통합한다. 우리의 이른바 교육은 호전적인 선교사가 시작했고 전도하는 외교관들이 마무리했는데, 그 교육은 번영을 꾀했음에도 불가피하게 파멸로 이끌 도덕적 혼란과 눈먼 경제를 우리에게 보여주었다.

그들의 역사를 들여다보면, 그들의 조잡한 문명에는 저주와도 같은 끔찍한 변칙과 무시무시한 야수성이 있음을 알게 된다. 그들과 끊임없이 접촉하면서 우리는 그 깡패가 겁쟁이이며 그들의 힘은 개인의 용기가 아니라 부당한 위세에 있음을 알아차렸다. 과학적 방법을 터득하면서 우리는 공정한 시합이 벌어지는 곳이라면 어디에서든 그들과 경쟁할 수 있다는 사실을 배웠다. 우리가 국제 분쟁에서 겪은 슬픈 경험은 그들 사이의 혈연이 인간성과 정의라는 단물보다 더 그들을 강하게 끌어당긴다는 사실을 경고해준다.

　　내가 여러분에게 호소하는 데 쓰는 바로 그들의 언어(영어)는 동양의 통합을 알리는 조짐이다. 쿠릴 열도에서 코모린 곶[40]까지, 캄보디아의 해식(海蝕)·해안에서 크레타 섬의 물결 치는 초목까지 공동의 부활을 외치면서 뻗어간다. 그리고 아시아 전체에 무장하라고 외치는 서구의 오만함이 주는 그 오싹한 이미지보다 더 필요한 것이 무엇이겠는가?

　　모든 아시아인의 가슴이 그들의 압제로 말미암은 말할 수 없는 고통에 피를 흘리지 않는가? 모든 아시아인은 그들의 경멸에 찬 눈빛이 보내는 매서운 채찍질에 피부가 쓰라리지 않는가? 유럽의 위협 그 자체가 아시아를 의식적인 통합으로 내몰고 있다. 아시아는 그 육중한 몸을 움직이는 데에는 언제나 느렸다. 그러나 내일이면 잠자던 코끼리가 깨어나 무섭게 내달릴지도 모른다. 그리고 8억 3천만 명이 합당한 분노를 실행에 옮긴다면, 그 발걸음에 대지는 진동하고 알프스 산맥 자체가 바닥부터 전율하며 라인강과 템즈강은 공포에 질려 역류하게 될 것이다.

　　그런데 사랑과 평화에 대한 우리의 본능은 언제나 저항을 최소화하는 길을 모색한다. 유럽인들의 아주 작은 양보는 새천년의 도래라며 환호를 받고 또 우리가 최후의 해결책을 모색하도록 일깨울 누적된 분개심을 누그러뜨린다. 우리의 애국적인 노력은 경제 부흥

---

40) 코모린 곶 : 인도 남동부의 타밀나두주에 인도양을 끼고 자리 잡은 암석 지형의 곶으로, 인도 대륙의 최남단에 위치한다.

이라는 빈말 속에서 종종 사라져버린다. 유럽이 아시아와 경쟁할 여유가 없다는 이유로 만든 적대적인 법률에 모든 생산 기업이 두드려 맞을 수밖에 없다는 사실을 우리는 깨닫지 못하는 것일까? 오직 자유인만이 자신의 산업을 재편할 수 있다. 노예는 효율적인 행위를 하지 못한다.

상업적인 자기 방어는 지극히 어려운 상황에서 또 제한된 영역에서만 가능하다는 것을, 경제는 결국 존재의 일부일 뿐이며 전부가 아니라는 것을, 우리는 이해할 수 없는가? 우리가 사용하는 수단이 우리가 추구하는 목적과 반대일 경우도 있다. 왜냐하면 상업적인 경쟁 방식은 외국 조직의 손아귀에서 놀아나기 마련이고, 바니아[41]의 정신은 희생 정신에 도움이 되지 않기 때문이다. 집에서 짠 면직물은 노예의 치욕을 감출 수 없고, 명예는 보석이나 곡물의 무게로 재지 않는다. 산업화된 일본의 활동은 국가의 독립이 보장되었을 때에야 비로소 깨어났다. 중국과 터키는 여전히 통상 전쟁을 치를 수 없다. 맨체스터의 항의와 버밍엄의 위협으로 모든 경제적 활기가 마비되고 아버지 같은 영국이 번영하고 살찌도록 굶주림을 체계적으로 강요 받는 인도가 무엇을 이룰 수 있을까?

구체적이고 실용적으로 접근하자. 자유를 원한다면서 왜 우리의 힘을 부차적인 수단에 낭비하는가? 자국의 상품만 사용하는 것은 분명 건강한 징후이며, 외국의 관습에 대한 보수적인 반응은 보조

---

41) 바니아(Bania) : 인도에서 대금업자와 상인들로 구성된 카스트.

적으로 보탬이 될 수 있지만, 우리가 겪는 고통의 근본 원인은 그런 우회로를 따라서는 결코 근절되지 않는다. 누에가 은빛 둥지를 틀면 산 채로 삶긴다. 옛이야기를 보면 당나귀가 호랑이에게 차린 터무니없는 예의는 잡아먹히는 것을 결코 막아주지 못했다. 중국의 고전 속 전설은 우리에게 사방의 오랑캐들을 경계하라고 거듭 강조해 왔다. 『바가바드 기타』에서 크리슈나는 결과를 위해서가 아니라 행동을 위해서 발을 내딛고 영원히 계속 싸운다. 코란은 낱장마다 끊임없이 칼날이 번쩍인다. 우리의 문제는 아주 간단하다. 애국심을 조직적으로 고취하고 전쟁을 체계적으로 준비하는 것뿐이다.

동양의 각 민족은 자기 안에서 재건의 씨앗을 찾아야 한다. 범아시아 동맹은 그 자체로 거대한 힘이지만, 개별 민족들은 먼저 자신의 힘을 느껴야 한다. 아무리 우호적이든 또는 동정적이든 간에 외국의 지원에 최소한이라도 의존하는 것은 용서할 수 없는 약점이며, 우리가 개시하고 완수해야 할 위대한 대의에 걸맞지 않다. 우리 각자는 여전히 대단한 조상들의 기억, 숭고한 희생과 찬란한 용맹에 대한 기억을 간직하고 있지 않은가? 그 훼손된 폐허는 아직도 경이로움을 자아내고, 그 희미해진 메아리는 우리에게 떨리는 경쟁심을 일깨운다. 우리는 이세민과 강희제, 비슈마와 아르주나,[42] 알리와 술레이만, 나낙과 람다스, 악바르와 나디르 샤 등의 후손이 아

---

42) 비슈마(Bhishma)와 아르주나(Arjuna)는 인도의 서사시인 『마하바라타』에 나오는 영웅들이다. 비슈마는 강한 신념과 희생의 상징이며, 아르주나는 지략형 영웅이다.

닌가?

운동 지도자들은 자라나는 세대에게 민족 영웅의 정신을 불어넣기 위해 힘을 합쳐야 한다. 그들이 어머니의 가슴에서 영웅심을 빨아들이고 유치원과 교실에서 고대의 전투에 대해 다시 논쟁하게 해야 한다. 역사는 우리 과거의 영광과 현재의 비애를 보여주도록 기록해서 모든 학생이 복수하고 나라를 구하려는 열망으로 불타오르게 해야 한다. 모든 시장과 마을에서, 규방의 어둠 속에서, 아쉬람의 고요함 속에서 치욕과 반항의 외침이 울려 퍼지도록 민중은 노래를 불러야 한다. 군대는 그들의 칼이 오직 모국을 위한 봉사에 바쳐졌다는 것을 느껴야 하며, 처녀는 노예로 남기로 한 겁쟁이들로부터 뒷걸음쳐야 한다. 농민은 빈곤의 이유가 과중한 세금에 있음을, 공인은 퇴락한 산업의 무용함을, 상인은 국가가 자유로워지지 않으면 진정한 번영이 불가능함을 배워야 한다. 민족의 통합을 공고히 할 수 있는 어떤 상황도 소홀히 해서는 안 되며, 종파 간의 갈등을 완화할 수 있는 어떤 기회도 놓쳐서는 안 된다. 우리 자신의 가능성과 방책을 배울 수 있도록 백인의 위세라는 마법을 완전히 깨뜨려야 한다. 그리고 과업은 꾸준하게 유기적으로 진행되어야 하며, 고립된 열정이나 일시적 분출에 휩쓸려서는 안 된다. 명석하게 결단해야 하고, 맹렬하게 경계해야 하며, 신속하게 맹공해야 한다.

그 민족의 통치자들이 자국의 이익에 눈을 감고 외국 정부가 필연적으로 어떤 형태의 민족 부흥에도 장애물을 만드는 나라에는 상당한 난관이 있을 수 있지만 정말로 이겨낼 수 없는 것은 아니다. 저 포착하기 어려운 밀림의 불길에 어떤 법률적 조치가, 어떤 행정적 감시가 쓸모 있겠는가? 그러니 거대한 들불처럼 우리의 민족적 열정을 퍼뜨려야 한다. 수상한 명예가 반역자를 매수하고 애매한 양보가 소심한 자의 의지를 꺾을 수는 있겠으나, 사상이 강철 같은 영혼에 한 번 아로새겨지면 그것은 결코 씻어낼 수 없다. 자유에 대한 사랑은 지극히 순수하고 밝은 불꽃이기에 사람들은 그 영광스런 깃발 아래에 모여들 수밖에 없다. 어떤 철벽도 고무적인 노래의 행진을 막을 수 없다. 〈라 마르세예즈〉를 바스티유 감옥에 결코 가둘 수 없었듯이.[43] 종교의 외투는 갑옷 입은 반역의 손을 덮어 가릴 수 있고, 우리의 은수자 피에르[44]는 새로운 십자군에게 설교할 수 있으며, 우리의 잔 다르크는 아시아를 위해 순교한 여인이 될 수 있다.

얼마나 놀라운 일인가, 용기와 통찰력을 가진 소수의 사람만이 불가능한 일을 해낼 수 있다는 것이! 독일 제국, 미국 공화국, 이탈리아 왕국은 낙담한 대중의 마음에 불굴의 정신을 불어넣은 몇 사람의 업적이다. 그리고 수백만 명이 단 하나의 찬란한 이름에 이끌려 가는 데 익숙한 동양에서는, 한 명의 희생적인 지도자가 서양의

---

43) 〈라 마르세예즈(La Marseillaise)〉는 프랑스 혁명 때 파리로 진격해 온 의용군이 부른 노래인데, 1795년에 프랑스의 국가로 공식 지정되었다.

44) 은수자 피에르(Peter the Hermit, ?~1115 또는 1131) : 중세 유럽의 광신도이며, 그의 일과는 당나귀를 타고 이슬람과 전쟁을 해야 한다고 주장하는 것이었다. 그는 성 베드로가 자신의 꿈에 나타나 그런 명령을 내렸다고 주장했다.

어떤 나라에서 해낸 것보다 더 엄청난 업적을 이룰 수 있다. 아침에 홀로 외쳐 저녁에 많은 무리를 불러 모았던 시바지와 구루 고빈드 싱의 위대한 공적을 우리는 기억하지 않는가? 갠지스강은 바드리 나트[45]의 한 샘물에 지나지 않는다.

전쟁에서도 잘 지휘하기만 하면 소수의 병력으로도 놀라운 이점을 갖고 대규모 연대에 맞설 수 있다. 바로 얼마 전, 스페인군 2만 명이 쿠바의 고메스[46]가 이끄는 수백 명에게 괴롭힘을 당하다가 목숨을 잃었다. 그리고 영국의 대군은 그 전체가 보어인의 게릴라 전술에 어처구니없는 모습을 보이다가 미래의 두려움에 떨며 불명예스런 평화 협정을 체결해야 했다. 우리가 원하는 것은 수적인 우위가 아니라 단결과 지도력이다. 세포이 항쟁(1857~1858)이 실패한 것은 그들의 시기심으로 말미암은 내분 때문이지 영국군의 용맹함 때문이 아니었다. 의화단(義和團)은 만약 청의 정부군이 공동행동에 참여하기만 했더라도 성공할 수 있었을 것이다.

아시아에는 게릴라 전술로 외세의 패권을 깨부수고 시민과 군인을 일깨워서 모국의 해방에 동참하게 할 수 있는 언덕이나 강이 부족하지 않다. 유럽은 우리를 완전히 압도할 만한 대규모 병력을 결

---

45) 바드리나트(Badrinath) : 인도 우타라칸드주에 있는 마을. 히말라야 산맥의 산중에 자리잡고 있는 힌두교의 성지로서, 갠지스강의 본줄기가 이곳을 지나 흘러간다.
46) 막시모 고메스(Máximo Gómez, 1836~1905)를 가리킨다. 도미니카 출신으로, 열 살 때 쿠바로 건너가 쿠바 독립 전쟁에 참여해 사령관이 되었다. 스페인군을 물리치고 전쟁을 종식하는 데 공헌했다.

코 보낼 수 없다. 그들이 우리 땅을 차지하기 위해서는 필연적으로 잘 훈련된 토착의 군대를 장악하는 데 달렸다. 그런데 그 군대는 우리의 것이 아닌가?

일본의 눈부신 부활은 아시아 부흥의 한 사례로서 매우 교훈적이다. 일본 또한 민족적 통합을 이루고 서구의 정복에 맞설 군대를 양성해야 하는 이중적인 문제에 직면했었다. 마카도(천황)는 쇠락한 델리의 왕좌보다 더 무력한 그림자 같은 존재였다. 예순네 개 번의 다이묘오(大名)들은 그들끼리 다투고 있었으며, 쇠퇴하던 쇼오군은 어떤 대가를 치르더라도 세습하던 지위를 되찾으려고 안간힘을 쓰고 있었다. 유럽의 열강들은 패권을 경쟁하는 다양한 [다이묘오] 세력에게 지원을 아끼지 않았으므로 2,500년 동안 이어진 왕통을 자랑했던 야마토는 인도처럼 쉽사리 운명에 굴복할 수도 있었다.

그러나 임박한 위험을 알아채고 훌륭한 해결책을 위해 노력한 이들이 몇 명 있었다. 한 명의 시인, 한 명의 역사가, 한 명의 철학자, 한 명의 장군, 한 명의 대신. 그들의 이름만으로도 그들의 업적 전체를 다 알 수 있다. 그들은 "존왕양이(尊王攘夷)!"를 내세우며 왕정 복고와 외국인 혐오, 민족의 통합과 독립을 외쳤다. 커다란 희생을 치르고 영웅적 피를 흘렸으며, 문학의 어조가 바뀌었고, 애국심이 깨어났으며, 쇼오군의 계몽된 조언자들에 의해 내전이 신속하게 종식되었다. 이 땅의 귀족들은 온 나라의 통합이 굳건해져 외세에 맞설 수 있도록 자신들의 세습 영지를 천황에게 바쳤다. 그 이후로

육군과 해군을 강화하기 위한 확고한 정책으로 일본은 근대의 열강들 사이에서 한 자리를 차지했는데, 열강들이 이해하고 존중하는 것은 무자비한 힘뿐이었기 때문이다. 마침내 일본은 [외국] 영사관의 사법권을 빼앗았고, 서방의 가장 거만한 국가들이 일본과 동맹을 맺고 싶어 했다.

동쪽에서 태양이 다시 떠올라 낙담의 밤을 몰아냈다. 마침내 환상은 깨졌다! 우리는 양자강의 계곡에 펼쳐지는 햇빛을 본다. 그 빛줄기는 메콩강의 잔물결 위에 퍼진다. 4천만 명의 희생적인 섬사람들이 이를 성취했는데, 왜 4억 명의 중국인과 3억 명의 인도인은 약탈적인 서구의 더 큰 범죄를 막아내기 위해 무장하지 않는가? 왜 무슬림 제국들은 영광스러운 성전(聖戰)을 일으키지 않는가? 왜 하라-하라와 디우-디우[47)가 혼재된 외침 소리가 아리야바르타[48)에서 다시 울리지 않는가? 우리는 우랄 산맥의 고개에서 조상의 영광이 물결치는 푸른 펀자브를 기다린다. 우리는 사자를 타고 아수라를 창으로 찌르며 무적의 행군을 하는 두르가[49)를 기다린다.

인류를 보편적인 조화로 감싸기 위해 강력한 아시아의 평화가 올 것이다. 그러면 유럽은 더욱 자유롭고 단호한 손길로 건네는 아시

---

47) 하라-하라(hara-hara)와 디우-디우(diu-diu)는 인도의 음악과 무용에서 박자를 맞출 때의 소리.

48) 아리야바르타(Āryāvarta) : "아리아인들의 땅"이라는 뜻으로, 고대 힌두교 문헌에서 인도아대륙의 북부를 가리킨다.

49) 두르가(Durga) : 힌두 신화에서, 부정적인 모든 것에 대한 다르마의 궁극적 승리를 상징하는 전쟁의 여신.

아의 축복을 받을 것이다.

칼

옴, 영광의 칼이여!

옴, 강한 것이여! 옴, 무적인 것이여!

시바의 참된 자식이여! 불에서 태어나 차갑구나! 폭풍을 기다리는 숲처럼 고요하고, 별을 잃은 밤처럼 깊구나! 변함없이 눈으로 덮인 거대한 히마바트(히말라야 산맥)에서 불어오는 우마(시바의 아내)의 숨결처럼 순수하고, 뮬란의 고독한 방패에 부딪히는 우박처럼 밝고, 링고(Lhingo)가 거센 바다를 가로지르게 한 강풍처럼 격렬하고, 전쟁의 영광스러운 도전을 향해 번뜩이는 잔시의 여왕이 매처럼 쏘아 보는 눈빛처럼 흔들림이 없구나.

옴, 고요한 영혼이여! 그대는 생명이니, 그대의 얼굴이 죽음을 비추기 때문이라! 비겁함은 그대의 후광 앞에서 움츠러들고, 교만함은 그대에게서 영광을 찾고, 수치심은 그대에게서 복수를 갈망하고, 악마들은 그대에게 용기와 피를 요구하노라. 하지만 용감한 자는 오직 자유만을 갈망하노라. 그대만이 노예가 된 종족의 족쇄를 끊어내리라!

인도는 가차없는 자비의 무서운 어머니인 칼리(Kali)의 이름으로 그대를 경배한다. 일본은 불굴의 연민을 지닌 위대한 환영으로서 부동명왕(不動明王)의 이름으로 그대를 경배한다. 게베르[50]는 우리의 나약함을 불태우는 영원한 불꽃 속에서 그대를 경배한다. 터키는 어둠을 쓸어버리는 낫 모양의 달 속에서 그대를 경배한다. 중국은 하늘의 별들을 정렬시키는 북극성의 빛 속에서 그대를 경배한다. 그대에게 우리의 경의를, 그대에게 우리의 꿈을, 그대에게 우리의 엄숙한 흠모가 피워 낸 시들지 않는 꽃을!

잠깐 잠자며 쉬어라. 머지않아 그대의 칼집이 터져 산산이 부서질 테니. 용이 똬리를 틀듯 고요한 심연처럼 잠들어라. 계속 잠들어라. 폭풍이 구름 위에서 웃을 때, 칼리의 손이 그대를 깨워 번개의 이빨처럼 빛나게 할 것이니.

옴, 강한 것이여! 옴, 무적인 것이여!

때가 왔다

이 고통의 밤이여, 만세! 오랜 세월 조마조마하게 하던 폭풍이여, 만세! 우리의 운명에 드리운 조용한 우울이여, 만세!

이 침묵을 통해 아시아의 위대한 목소리는 아시아의 아이들을 다시 일깨워 강력한 투쟁으로 이끌지 않겠는가? 이 어둠 속에서 사랑의 더 밝은 전망이 온 인류 위에 떠올라 혼란에 복수하지 않겠는

---

50) 게베르(Gheber) : 이란에서 조로아스터교를 실천하는 종파의 교도.

가? 연꽃은 어두운 물 위에서 떨고 있다. 평원의 목마른 풀들은 다시 새로워진 첫 빗방울을 마시려고 이미 고개를 들고 있다.

때가 오고 있다. 자유의 깃발이 우리 땅 곳곳에서 휘날릴 때가, 들뜬 기쁨으로 부르는 고무적인 노래가 시장에서 울려 퍼질 때가, 사랑하는 땅을 위해 쟁기를 다시 휘둘러 복수할 때가, 규방이 애국심의 탁아소가 되어 아기들이 영웅적 어머니의 정신을 빨아들일 때가, 노예로 남기로 한 비겁한 사내들에게서 처녀들이 등을 돌릴 때가, 영광스러운 조상들을 본받겠다고 청년들이 불타오를 때가, 시인이 삶보다 더 위대한 죽음을 노래할 때가, 군인이 자신의 칼을 오로지 모국을 위해 바쳤다고 느낄 때가, 오고 있다.

때가 오고 있다. 반란의 무장한 손이 종교의 천둥 구름 뒤에서 칠 때가, 은수자 피에르가 일곱 번째 십자군에게 설교할 때가, 오를레앙의 전쟁 처녀가 호전적인 신앙의 깃발을 흔들 때가, 예배자들이 그들의 낡은 제단은 기도가 아니라 무력으로만 보호될 수 있음을 깨달을 때가, 화약은 향이 되고 염소는 제물이 되지 않는 때가, 가장 신성한 제단을 함께 지키기 위해 종파적 자부심이 융화될 때가, 아리야바르타가 민족적 열망의 불꽃 속에서 하라-하라와 디우-디우가 뒤섞인 외침 소리와 함께 울려 퍼질 때가, 오고 있다.

때가 오고 있다. 지도자들이 헌법적 조치나 경제적 항의라는 몽상에서 빠져나와야 할 때가, 국가적 기획이 조직의 결속을 통해 한 뜻으로 추진되어야 할 때가, 작은 새들이 마을에서 마을로 날아다니며 기이한 예언을 지저귈 때가, 안개 낀 늪지대와 험준한 언덕에도 지도자가 있어 모든 나무와 바위 틈의 관목들까지 무장시킬 때가, 밀림의 불이 광란의 불길이 되어 모든 것을 휩쓸고 지나갈 때가, 외국의 위세가 신비한 힘에 의해 깨지고 수백만 명의 침묵이 압도적인 홍수처럼 하룻밤 새에 이 땅을 덮칠 때가, 오고 있다.

겁쟁이들은 찬란한 자유의 모습 앞에서 움츠러든다. 신중한 자들은 위대한 혁명의 문턱에서 멈춘다. 그들은 죽음 속의 삶보다 삶 속의 죽음을 더 좋아하는가? 우리 역사에서 이제 위기가 도래했으니, 지독한 시련을 직면해야 한다.

오카쿠라 텐신의 생애

● 『동양의 이상*The Ideals of the East With Special Reference to the Art of Japan*』은 1903년에 런던에서 간행되었다. 이 책은 1904년에 간행된 『일본의 각성*The Awakening of Japan*』, 1906년에 간행된 『차의 책*The Book of Tea*』과 더불어 오카쿠라 텐신(岡倉天心, 1862~1913)의 대표적인 저서다.

『동양의 이상』은 원제목에서 볼 수 있듯이 "특히 일본 미술과 관련하여"라는 구절이 덧붙어 있다. 이는 일본 미술의 미학이나 원리 또는 그 정신을 중심으로 동양의 이상에 대해서 말하려 하였음을 드러낸 것이다. 실제로 이 책은 일본미술의 역사를 지배층의 변화에 따라 구분하여 서술하고 있다. 이는 곧 일본의 미술사와 미학이 동양의 이상을 고스란히 담아내고 있다는 텐신의 관점이나 이해를 드러내는 것이다. 이 책의 전반적인 성격은 본문을 읽다 보면 충분히 파악할 수 있으므로, 여기서는 텐신이 어떠한 과정을 거쳐서 일본

미술에 관심을 갖게 되었으며 또 그 관심을 아시아로 확장하였는지, 미술과 동양에 대한 그의 인식에 변화는 없었는지 등을 그 삶의 여정을 통해서 들여다보고자 한다. 이것이 『동양의 이상』을 더욱 깊이 이해하는 데 긴요한 구실을 하리라 생각한다.

오카쿠라 텐신

　　오카쿠라 텐신은 1862년에 요코하마(横浜)에서 태어났다. 부친은 오카쿠라 칸에몬(岡倉勘右衛門)으로, 본래 에치젠(越前) 후쿠이번(福井藩)의 무사였다. 그런데 번의 명에 의해서 무사의 칼을 내려놓고 상인이 되어 요코하마에 상점을 열었다. 텐신은 둘째 아들이었는데, 본명은 카쿠조오(覺三)다. 텐신은 그의 호로서, 1896년경부터 사용된 듯하다. 텐신은 어려서부터 영어를 익혔는데, 이는 부친이

상인이었다는 사실과 관계가 있을 것이다. 그리고 아울러 한학(漢學)도 배웠다.

1873년에 번주의 명으로 상점을 닫게 되었고, 일가는 토오쿄오로 이사하였다. 텐신은 이때 토오쿄오외국어학교(東京外國語學校)[1]에 입학하였다. 2년 뒤에는 토오쿄오카이세이학교(東京開成學校)에 갔는데, 이 학교는 1877년에 학제 개혁에 의해서 토오쿄오대학(東京大學)이 되었다. 텐신은 이 대학의 문학부(文學部)에 입학하여 정치학과 이재학(理財學, 경제학)을 배웠다. 부친이 상인이 되었으므로 아주 당연한 선택이었다. 그런데 바로 이 문학부 생활에서 뜻밖의 영향을 받아 나중에 그의 일생을 전혀 엉뚱한 방향으로 전개시킨 일이 일어났다. 바로 어네스트 훼놀로사(Ernest F. Fenollosa, 1853~1908)를 만난 일이었다.

훼놀로사는 하버드대학교에서 철학과 사회학을 공부하고 1874년에 졸업하였다. 그리고는 케임브리지대학교에서 철학과 신학을 공부하였으며, 그 후 1878년에 동물학자이자 동양학자인 에드워드 모스(Edward S. Morse, 1838~1925)의 초청으로 일본 토오쿄오대학에서 정치경제학과 철학을 가르치게 되었다. 훼놀로사는 토오쿄오대학에서 강의를 하면서 여가에는 일본 곳곳에 있는 사원과 신사(神社)를 탐방하였다. 이때 그의 강의를 듣고 있던 텐신이 조수 노릇을 하였다. 어려서부터 영어를 익힌 텐신이 훼놀로사의 통역을 맡은

---

1) 지금의 토오쿄오외국어대학(東京外國語大學)이다.

것이다.

텐신은 훼놀로사와 함께 다니면서 천천히 자국 미술에 눈을 떴다. 그리고 이것이 계기가 되어 졸업 논문을 '미술론' 으로 쓰게 되었다. 1880년에 졸업하면서 문부성(文部省)에 근무하게 되었는데, 처음에는 음악취조괘(音樂取調掛)에 있었고, 그 다음에는 도화취조괘(圖畫取調掛)로 옮겼다. 일본미술의 조사 및 미술 행정에 점점 깊이 관여하게 되었다.

이윽고 1884년에는 훼놀로사와 함께 칸가카이(鑑畫會)를 결성하였다. 말 그대로 "회화를 감정하는 모임" 이다. 이는 보수적인 류우치카이(龍池會)에 대항하는 모임이었다. 본래 류우치카이는 메이지 초기의 급격한 서구화로 말미암아 종래 미술 작품들의 가치가 떨어지고 수요도 줄어들면서 작가들이 궁핍해지자 미술의 보존과 진흥을 목적으로 결성된 단체였다. 그런데 이 단체의 주요 인물이었던 훼놀로사가 카노오 호오가이(狩野芳崖, 1828~1888)를 통해서 일본과 서양의 절충이라는 새로운 일본화를 지향하자 내부에서 반발과 대립이 일어났고, 이에 훼놀로사와 텐신 등은 새로이 칸가카이를 결성하게 된 것이다.

칸가카이의 주요 활동은 훼놀로사에 의한 고미술 감정이나 동시대 작품의 전람회를 여는 일이었다. 특히 종래 유파의 제약에 얽매이지 않는 창작을 장려하였다. 이러한 운동은 1889년에 토오쿄오미술학교(東京美術學校)의 설립으로 이어졌다. 토오쿄오미술학교는 메이지 유신 이후에 서구화에 경도되어 서양 회화 일변도였던 상황에서 전통적인 일본 미술로 복귀하는 것을 기본 방침으로 삼았고, 그래서 일본화가 중심이었다. 텐신은 토오쿄오미술학교 설립을 위해서 1886년에서 1887년 사이에 훼놀로사와 함께 구미 각국을 시찰하기도 하였다.

1889년에 토오쿄오미술학교가 설립되자, 텐신은 교수로 부임하였다. 그리고 이듬해 10월에는 교장으로 임명되어 본격적으로 미술교육에 뛰어들었다. 그의 나이 스물아홉이었다. 이해에 그가 담당한 강의는 『토오쿄오미술학교일람』에 따르면 '미술사' 와 '미학 및 미술사' 인데, 현재 '일본미술사' 로 알려져 있는 책[2]의 내용을 그때 강의했으리라 여겨진다. 또 토오쿄오미술학교에 있으면서 요코야마 타이칸(橫山大觀, 1868~1958), 시모무라 칸잔(下村觀山, 1873~1930), 히시다 슌소오(菱田春草, 1874~1911), 사이고오 코게츠(西鄕孤月, 1873~1912) 등을 교육시킨 일은 유명하다.

텐신이 토오쿄오미술학교의 교장에 취임하기 전과 후에 특히 심혈을 기울여서 한 일은 바로 고미술을 조사하는 일이었다. 1886년 4월에는 오오사카와 나라 지역의 고미술을, 7월에는 쿄오토 지역의 고미술을 조사하였다. 그 후로도 지속적으로 전국에 있는 사찰과 신사를 조사하여 소장하고 있던 작품 현황을 파악하였다. 그러다가 일본 안에서 머물지 않고 중국까지 가게 되었다. 이는 일본미술사를

---

2) 헤이본샤(平凡社)에서 간행한 『오카쿠라텐신전집(岡倉天心全集)』 4권(1980) 및 『일본미술사』(2001)가 그것이다.

체계화하려는 텐신의 노력이었다.

1893년 7월, 테이코쿠박물관(帝國博物館)[3]의 명령으로 5개월 동안 중국에서 현장조사를 실시하였다. 이를 통해 용문석굴을 발견하는 등 중국 고미술에 관한 주요한 학술적 성과를 올리기도 했지만, 무엇보다도 자신의 미술사관(美術史觀), 일본미술과 동양미술에 대한 사유에 있어 커다란 자극을 받았다. 특히 자신이 '일본미술사'를 강의하면서 강조했던 관점을 확고하게 하는 근거를 확보했다는 사실은 매우 중요하다.

텐신은 '일본미술사' 강의에서, 일본의 미술현상을 '외국과의 관계' 속에서 명확하게 밝혀야 한다는 것을 강조한 바가 있다. 가령 스이코(推古) 시대의 미술을 말할 때에는 고대 중국의 양상에 대해서도 상세하게 다루려고 하였다. 그렇게 해야만 오롯한 미술사가 성립된다는 것이었는데, 이것이 바로 텐신의 미술사 방법론에서 근저가 되는 시각이다. 중국 여행은 바로 이러한 시각이나 신념에 풍부한 내실을 제공해주었다.

1901년에서 1902년 사이에는 인도를 방문하였는데, 이 또한 중국 여행과 마찬가지로 텐신의 사유를 매우 풍부하게 해주는 구실을 하였다. 특히 비베카난다를 만나서 교류하게 된 일은 텐신에

---

3) 텐신은 1889년에 테이코쿠박물관(帝國博物館)의 미술부장이 되었다. 테이코쿠박물관은 메이지 중기인 1889년부터 1900년까지 존재했던, 궁내성(宮內省) 소관 박물관이다. 토오쿄오와 쿄오토, 나라 세 곳에 있었는데, 여기서는 토오쿄오에 있던 테이코쿠박물관을 가리킨다. 이 박물관은 1900년에 토오쿄오테이시츠박물관(東京帝室博物館)으로 개칭되었는데, 이는 토오쿄오국립박물관(東京國立博物館)의 전신이다.

게 동양에 대한 사유의 폭과 깊이를 더해주는 계기가 되었을 것이다. 실제로 이즈음에 『동양의 이상』과 『동양의 각성*The Awakening of the East*』을 집필하기 시작하였는데, 『동양의 이상』이 "아시아는 하나다"로 시작되는 것도 이러한 경험에서 나온 것으로 보인다.

텐신은 이렇게 미술사가로서 내실을 다지면서도 아울러 교육자로서 또 행정가로서 일본 미술을 살리려는 노력도 하고 있었다. 먼저 1889년에 타카다 사나에(高田早苗)[4]와 함께 '일본연예협회(日本演藝協會)' 설립에 참가하였고, 1891년에는 일본청년회화협회(日本靑年繪畵協會)의 회장이 되었다. 1896년에는 일본청년회화협회를 모체로 한 일본회화협회를 결성하여 부회장이 되었고, 아울러 코샤지보존회(古社寺保存會)의 위원이 되어 코샤지보존법(古社寺保存法)를 제정하는 데 진력하였다. 코샤지보존법은 말 그대로 일본의 문화재보호에 관한 법률이었다. 또 1896년에는 토오쿄오미술학교에 서양화과(西洋畵科)를 설치하였다.

그러나 1898년에 토오쿄오미술학교에서 배척받아 사직하게 되었는데, 이 일을 두고 '미술학교소동(美術學校騷動)'이라 부른다. 1898년, 테이코쿠박물관의 관장이던 쿠키 류우이치(九鬼隆一)[5] 가

---

4) 타카다 사나에(高田早苗, 1860~1938) : 정치가·교육가·문예비평가. 토오쿄오대학 문학부에서 텐신과 학우였다. 와세다대학의 총장을 지냈고, 문부대신(文部大臣)을 역임하였다. 『영국정전(英國政典)』, 『대의정체론(代議政體論)』 등의 저술이 있다.

경질될 것이라는 소문이 돌자, 텐신과 사이가 나빴던 토오쿄오미술학교의 교사 후쿠치 후쿠이치(福地復一)[6]가 텐신이 맡고 있던 테이코쿠박물관 미술부장의 자리를 넘겨받는 대가로 쿠키의 유임운동을 벌였다. 게다가 쿠키 류우이치는 본래 텐신을 지지해주던 인물이었으나, 당시에 박물관 운영방침에서 서로 이견이 있었고 또 무엇보다도 쿠키의 부인과 텐신이 연애 관계에 빠지면서[7] 둘 사이는 매우 악화되어 있었다. 이러한 상황이었으므로 쿠키는 후쿠치의 제안을 받아들였고, 이 때문에 텐신은 테이코쿠박물관의 미술부장 자리와 토오쿄오미술학교 교장직을 사퇴하였던 것이다.

이때 토오쿄오미술학교 교사 가운데는 텐신과 함께 사직한 이들이 적지 않았는데, 하시모토 가호오(橋本雅邦)·요코야마 타이칸(橫山大觀)·시모무라 칸잔(下村觀山)·사이고오 코게츠(西鄕孤月) 등이 그들이다. 텐신은 그들과 더불어 우에노(上野)의 야나카(谷中)에 미술연구단체로서 '일본미술원(日本美術院)'을 설립하였다. 이 일본미술원은 현재에도 일본을 대표하는 일본화의 미술단체로서 활동하고 있다.

---

5) 쿠키 류우이치(九鬼隆一, 1850~1931) : 일본의 정치가. 케이오의숙(經應義塾)을 졸업한 뒤에 문부성에 출사하였다. 1889년에 테이코쿠박물관이 설립되자 초대총장이 되어 1900년까지 근무하였다. 또 토오쿄오미술학교 설립에도 관여하였다.

6) 후쿠치 후쿠이치(福地復一, 1862~1909) : 메이지 시대의 미술가. 토오쿄오미술학교의 도안과 교사로, 텐신을 배척하는 데 중심인물이었다. 나중에 일본도안회(日本圖案會)를 창설하였다.

7) 츠이지케이세이카이(築地警醒會)라는 정체불명의 단체가 텐신을 비판하는 괴문서를 관계 각 방면에 보내기도 했다.

옛 일본미술원(日本美術院) 자리. 오카쿠라 텐신은 자신의 저택을 1898년에
일본미술원으로 만들었다. 지금은 '오카쿠라텐신기념공원' 으로 되어 있다.

1901년에는 앞서 말한 대로 인도를 방문하였고, 1902년에는 『동양의 이상』을 집필하였다. 그리고 1904년에는 요코야마 타이칸 등과 함께 미국으로 갔다. 이는 의사인 윌리엄 비글로우[8]의 소개로 보스턴미술관 동양부에서 초청하였기 때문이다. 텐신 일행은 훼놀로사와 비글로우가 일본에서 수집한 엄청난 양의 미술품을 정리하는 작업을 맡았다. 롯카쿠 시스이(六角紫水)[9]는 칠기류를, 오카베 카쿠야(両部覺彌, 1873~1918)는 금공류(金工類)를, 텐신이 회화와 조각을 각기 맡았다. 또 텐신은 세인트루이스에서 열린 만국박람회에서 "회화에 있어 근대적인 여러 문제"라는 제목으로 강연을 하였고, 이즈음에 『일본의 각성』을 집필하였다.

1905년에 귀국하였다가 다시 미국으로 가서 보스턴미술관의 동양부장을 맡았고, 또 『차의 책』을 집필하였다. 1906년에 다시 귀국하였는데, 고미술품 구입이라는 보스턴미술관의 용무는 미루어두고 중국을 여행하였다. 그리고 타이칸 · 칸잔 등과 함께 일본미술원의 거점을 이바라키현(茨城縣) 이즈우라(五浦)로 옮겼다. 이곳은 현재 이바라키대학의 이즈우라미술문화연구소(五浦美術文化研究所)

---

8) 윌리엄 비글로우William S. Bigelow(1850~1926) : 미국의 의사이자 미술품 수집가. 일본에 살면서 일본의 예술과 문화를 미국 대중에게 소개한 최초의 미국인이다. 일본인들이 서구화 또는 근대화를 지향하면서 자신들의 전통 문화를 판매하거나 파괴하는 동안에 일본 미술을 보호하려고 애쓴 인물 가운데 한 사람이다. 또 일본미술원의 설립에 재정적으로 기여하기도 했다.

9) 롯카쿠 시스이(六角紫水, 1867~1950) : 일본의 칠공예가로, 일본 칠공예계의 창시자다. 토오쿄오미술학교의 1기생으로서 칠공과(漆工科)에 입학하였고, 졸업과 동시에 조교수로 임명되었다. 텐신과 함께 일본의 고미술을 연구하였고, 일본미술원을 창립하는 데에도 참여하였다.

미야기현 이츠우라 해변의 칸란테이(觀瀾亭).

텐신이 지은 정자로, 롯카쿠도오(六角堂)라고 널리 알려져 있다.

그런데 2011년 봄에 일어난 지진과 쓰나미로 말미암아 소실되어 이제는 토대만 남아 있다.

가 되어 있다.

1910년 4월부터 6월까지 토오쿄오테이코쿠대학(東京帝國大學)에서 '태동교예사(泰東巧藝史)' 를 강의하였다. '태동교예사' 는 토오쿄오미술학교에서 '일본미술사' 를 강의한 지 20년이 지나서 한 강의로, 당시 강의를 들은 이들의 강의록을 토대로 해서 나온 것이 『태동교예사』다.[10] 『일본미술사』에 견주면 이 『태동교예사』는 내용이 단편적이고 서술에서 일관성이 결여되어 있지만, 오카쿠라의 사상을 이해하는 데 있어서는 매우 중요한 자료다.

1904년 이후로 계속해서 보스턴미술관의 일을 맡아 하면서 중국과 인도, 유럽 등지를 돌아다니던 텐신은 1913년에 병으로 말미암아 이츠우라에서 정양하게 되었다. 그러면서도 코샤지보존회에 출석하여 호오류우지(法隆寺)의 금당벽화를 보존하자는 건의안을 제출하기도 하였다. 이윽고 9월 2일에 니이가타현(新潟縣) 아카쿠라온천(赤倉溫泉)에 있던 자신의 산장에서 영면하였다.

텐신은 미술사가로서 미술평론가로서 교육자로서 근대 일본의 미술계에 큰 영향을 끼쳤을 뿐 아니라 아시아주의를 주창한 인물로서 주목되기도 한다. 그러한 그의 사상은 특히 『동양의 이상』을 비롯해서 『일본의 각성』, 『차의 책』 등에 잘 나타나 있기도 하지만, 『일본미술사』나 『태동교예사』도 결코 빠뜨릴 수 없다. 그의 사유가 미술, 특히 일본미술에서 출발하여 거기서 마무리되기 때문이다. 텐

---

10) 이 책은 헤이본샤에서 내놓은 텐신의 전집 4권에 수록되어 있다.

신의 저술은 1980년에 헤이본샤(平凡社)에서 출판한 『오카쿠라텐
신전집(岡倉天心全集)』(8권)에 모두 실려 있다.

오래전에 오카쿠라 텐신의 『차의 책』을 번역하였다가 2년 전에 출판하였다. 제목에서 알 수 있듯이 '다도(茶道)'가 어떻게 형성되어서 일본의 미학이나 사상으로 자리를 잡았는지를 서술한 책이 『차의 책』이다. 그래서 다인(茶人)들이 많이 읽으리라 생각했는데, 의외로 현대문학을 하는 쪽에서 눈에 띄는 반응이 있었다. 게다가 근래에 알게 된 몇몇 비평가들이 『동양의 이상』을 번역해서 내놓았으면 하는 바람을 말해주기도 하였다. 그래서 연말연초에 별다른 일도 없고 해서 작심하고 앉아서 번역을 하였다.

『동양의 이상』은 『차의 책』과 마찬가지로 영어로 쓰였는데, 문체가 훨씬 더 거칠고 또 담겨 있는 정보량도 꽤 많아서 애를 먹었다. 특히 인도와 중앙아시아, 중국, 일본 등의 미술에 관한 내용이 중심이 되다 보니, 적지 않은 주석을 달아야 했다. 번역과 주석을 다 끝낸 뒤에, 저자가 동양의 미술을 어떻게 보고 있느냐를 떠나서 이 정도의 정보량을 이 정도로 간략하게 서술할 수 있었다는 사실에 적지 않게 놀랐다. 그것도 백여 년 전에 말이다. 요즘 통합학문이니 고금을 관통하는 학문이니 떠들어대면서도 정작 그러한 저술을 제대로 내놓지 못하는 우리네 학문 풍토를 다시금 되돌아보게 하고 또 반성하게 만든다.

　나는 본래 고전문학이 전공인지라 이런 책의 번역은 외도나 다름이 없다. 그럼에도 동아시아 특히 일본의 문학과 역사, 사상에 워낙 관심이 많았고 또 비교문학을 했던 터라, 그게 인연이 되어서 이렇게 또 주제 넘는 번역을 해서 내놓게 되었다. 일본의 미학과 사상 및 근대 일본에 관심을 가진 이들에게 도움이 되기를 바란다. 나로서는 최선을 다한 번역이지만, 결함이나 부족한 점이 없지 않을 것이다. 그에 대한 비판은 기꺼이 받겠다.

　끝으로, 『차의 책』에 이어 이 『동양의 이상』까지 기꺼이 출판해주신 산지니의 강수걸 사장님과 편집부 여러분께 깊이 감사드린다.

2011년 1월 31일

금정산 기슭의 낙서재에서

개정 증보판을 내며

　내가 오카쿠라 텐신의『동양의 이상』을 번역해서 내놓은 것이 2011년이다. 벌써 14년 전 일이다. 소수의 연구자들만 주목했을『동양의 이상』이 더디지만 꾸준히 팔린 덕분에 새로 인쇄할 때가 되었다. 그래서 인쇄하기 전에 다시 검토하며 어휘나 문장에서 고칠 부분을 찾아서 수정했는데, 그것만으로는 아쉽기도 하고 또 맘에 걸리는 게 있었다. 텐신이『동양의 이상』보다 먼저 썼으리라 추정되는, 그러나 그의 생전에는 간행되지 못하다가 1940년에야 빛을 보게 된 원고가 있었기 때문이다. '동양의 각성'이라 번역되는 *The Awakening of the East*이다.

　『동양의 이상』은 "아시아는 하나다"라는 구절로 시작된다. 짧막하지만 강렬하다. 텐신의 '아시아주의'를 단적으로 드러내기에 가장 자주 인용되기도 한다. 그런데『동양의 이상』은 아시아가 하나라는 데서 출발하지만, 최종적으로는 일본이 아시아에서 가장 우월하며 일본이야말로 아시아의 희망이요 미래라는 데로 귀결된다. 이러한『동양의 이상』과 결을 같이하면서 '아시아주의'의 실체를 더욱 뚜렷하게 보여주는 글이『동양의 각성』이다. 실제로 텐신의 '아시아주의'를 거론할 때『동양의 이상』만큼이나 많이 인용되는 글이『동양의 각성』이다.

이제『동양의 이상』을 일부 수정하면서『동양의 각성』도 번역해 덧붙여 내놓는다.『동양의 각성』은 텐신이 동양의 모든 나라와 국민을 향해 직접 자신의 주장을 펴는 글이어서 굳이 해제는 쓰지 않았다. 둘을 하나로 묶은 것만으로도 충분하리라 생각한다. 새로 글이 더해져서 일이 번거로워졌음에도 잘 엮어 주신 산지니 출판부에 감사드린다.

2025년 6월 12일
남산동 삼매당에서 옮긴이 쓰다

찾아보기

동양의 이상, 동양의 각성

초판 1쇄 발행 2025년 12월 29일

지은이 오카쿠라 텐신
옮긴이 정천구
펴낸이 강수걸
편집 이선화 강나래 이소영 오해은 이혜정 한수예 유정의
디자인 권문경 조은비
펴낸곳 산지니
등록 2005년 2월 7일 제333-3370000251002005000001호
주소 부산시 해운대구 수영강변대로 140 BCC 626호
전화 051-504-7070 | 팩스 051-507-7543
홈페이지 www.sanzinibook.com
전자우편 sanzini@sanzinibook.com
블로그 http://sanzinibook.tistory.com

ISBN 979-11-6861-556-4 93830